21

世纪文学之星

丛书

2016年卷

短篇小说集

七月的凤仙花

杨莎妮／著

作家出版社

作者简介：

杨莎妮，女，回族，1979年生。扬琴演奏家，南京艺术学院首届艺术硕士。曾获1993年全国民族器乐大赛扬琴专业少年组一等奖、2001年第四届江苏省民族器乐比赛扬琴专业金奖等国家、省级大奖多次。1989年参加第二届中国艺术节演出，1990年参加北京亚运会开幕演出，1999年参加建国五十周年汇报演出，2004年赴奥地利维也纳参加金色大厅中国民乐专场演出。

2006年左右开始在《三联生活周刊》《青春》《红岩》《读库》等刊物发表作品。

目录

总 序

袁 鹰

中国现代文学发轫于本世纪初叶，同我们多灾多难的民族共命运，在内忧外患，雷电风霜，刀兵血火中写下完全不同于过去的崭新篇章。现代文学继承了具有五千年文明的民族悠长丰厚的文学遗产，顺乎20世纪的历史潮流和时代需要，以全新的生命，全新的内涵和全新的文体（无论是小说、散文、诗歌、剧本以至评论）建立起全新的文学。将近一百年来，经由几代作家挥洒心血，胼手胝足，前赴后继，披荆斩棘，以艰难的实践辛勤浇灌、耕耘、开拓、奉献，文学的万里苍穹中繁星熠熠，云蒸霞蔚，名家辈出，佳作如潮，构成前所未有的世纪辉煌，并且跻身于世界文学之林。80年代以来，以改革开放为主要标志的历史新时期，推动文学又一次春潮汹涌，骏马奔腾。一大批中青年作家以自己色彩斑斓的新作，为20世纪的中国文学画廊最后增添了浓笔重彩的画卷。当此即将告别本世纪跨入新世纪之时，回首百年，不免五味杂陈，万感交集，却也从内心涌起一阵阵欣喜和自豪。我们的文学事业在历经风雨坎坷之后，终于进入呈露无限生机、无穷希望的天地，尽管它的前途未必全是铺满鲜花的康庄大道。

绿茵茵的新苗破土而出，带着满身朝露的新人崭露头角，自然是我们希冀而且高兴的景象。然而，我们也看到，由于种种未曾预料而且主要并非来自作者本身的因由，还有为数不少的年轻作者不一定都有顺利地脱颖而出的机缘。其中一个重要的原因，乃是为出书艰难所阻滞。出版渠道不顺，文化市场不善，使他们失去许多机遇。尽管他们发表过引人注目的作品，有的还获了奖，显示了自己的文学才能和创作潜力，却仍然无缘出第一本书。也许这是市场经济发展和体制转换期中不可避免的暂时缺陷，却也不能不对文学事业的健康发展产生一定程度的消极影响，因而也不能不使许多关怀文学的有志之士为之扼腕叹息，焦虑不安。固然，出第一本书时间的迟早，对一位青年作家的成长不会也不应该成为关键的或决定性的一步，大器晚成的现象也屡见不鲜，但是我们为什么不在力所能及的范围内尽力及早地跨过这一步呢？

于是，遂有这套“21世纪文学之星丛书”的设想和举措。

中华文学基金会有志于发展文学事业、为青年作者服务，已有多时。如今幸有热心人士赞助，得以圆了这个梦。瞻望21世纪，漫漫长途，上下求索，路还得一步一步地走。“21世纪文学之星丛书”，也许可以看作是文学上的“希望工程”。但它与教育方面的“希望工程”有所不同，它不是扶贫济困，也并非照顾“老少边穷”地区，而是着眼于为取得优异成绩的青年文学作者搭桥铺路，有助于他们顺利前行，在未来的岁月中写出更多的好作品，我们想起本世纪20年代和30年代期间，鲁迅先生先后编印《未名丛刊》和“奴隶丛书”，扶携一些青年小说家和翻译家登上文坛；巴金先生主持的《文学丛刊》，更是不间断地连续出了一百余本，其中相当一部分是当时青年作家的处女作，而他们在其后数十年中都成为文学大军中的中坚人物；茅盾、叶圣陶等先生，都曾为青年作者的出现和成长花费心血，不遗余力。前辈们关怀培育文坛新人为促进现代文学的繁荣所作出的业绩，是永远不能抹煞的。当年得到过他们雨露恩泽的后辈作家，直到鬓发苍苍，还深深铭记着难忘的隆情厚谊。六十年后，我们今天依然以他们为光辉的楷模，努力遵循他们的脚印往前走去。

开始为丛书定名的时候，我们再三斟酌过。我们明确地认识到这项文学事业的“希望工程”是属于未来世纪的。它也许还显稚嫩，却是前程无限。但是不是称之为“文学之星”，且是“21世纪文学之星”？不免有些踌躇。近些年来，明星太多太滥，影星、歌星、舞星、球星、棋星……无一不可称星。星光闪烁，五彩缤纷，变幻莫测，目不暇接。星空中自然不乏真星，任凭风翻云卷，光芒依旧；但也有为时不久，便黯然失色，一闪即逝，或许原本就不是星，硬是被捧起来、炒出来的。在人们心目中，明星渐渐跌价，以至成为嘲讽调侃的对象。我们这项严肃认真的事业是否还要挤进繁杂的星空去占一席之地？或者，这一批青年作家，他们真能成为名副其实的星吗？

当我们陆续读完一大批由各地作协及其他方面推荐的新人作品，反复阅读、酝酿、评议、争论，最后从中慎重遴选出丛书入选作品之后，忐忑的心终于为欣喜慰藉之情所取代，油然浮起轻快愉悦之感。“他们真能成为名副其实的星吗？”能的！我们可以肯定地、并不夸张地回答：这些作者，尽管有的目前还处在走向成熟的阶段，但他们完全可以接受文学之星的称号而无愧色。他们有的来自市井，有的来自乡村，有的来自边陲山野，有的来自城市底层。他们的笔下，荡漾着多姿多彩、云谲波诡的现实浪潮，涌动着新时期芸芸众生的喜怒哀伤，也流淌着作者自己的心灵悸动、幻梦、烦恼和憧憬。他们都不曾出过书，但是他们的生活底蕴、文学才华和写作功力，可以媲美当年“奴隶丛书”的年轻小说家和《文学丛刊》的不少青年作者，更未必在当今某些已经出书成名甚至出了不止一本两本的作者以下。

是的，他们是文学之星。这一批青年作家，同当代不少杰出的青年作家一样，都可能成为21世纪文学的启明星，升起在世纪之初。启明星，也就是金星，黎明之前在东方天空出现时，人们称它为启明星，黄昏时候在西方天空出现时，人们称它为长庚星。两者都是好名字。世人对遥远的天体赋予美好的传说，寄托绮思遐想，但对现实中的星，却是完全可以预期洞见的。本丛书将一年一套地出下去，十年二十年三十年五十年之后，一批又一批、一代又一代作家如长江潮涌，奔流不息。其中出现赶上并且超过前人的文学巨星，不也是必然的吗？

岁月悠悠，银河灿灿。仰望星空，心绪难平！

1994年初秋

序

可以漫游的小说世界

阎晶明

“21世纪文学之星丛书”是鼓励年轻的写作者创作的年度编选，基本条件是作者此前没有正式出版过任何一部文学作品专集(我以为这是一个很有创意的编选概念)，因此编审过程中不熟悉作者名字、经历和创作成绩，似乎算不上是一件十分惊异和不好意思的事。比如作为青年小说家的杨莎妮，对我而言就是个陌生的名字。为此我还征询过谙熟江苏作家的朋友，方知道，原来杨莎妮创作开始的时间其实很早，中间有过中断，所以未被特别注意。可我必须说，这些小说吸引了我，放在众多当代作家的小说累积中，杨莎妮小说体现出来的成熟甚至可以称之为老道的文笔绝不输给成名作家。当然这还不是最主要的，杨莎妮创造了一个特殊的小说世界，这个世界与现实生活的对位程度也许可以追问，但其独特的气息、味道，一种鬼魅的气氛，一种幽暗的光线，许许多多如影如形的人物的走动，哀伤的心理格调，制造出来的其实属于“无事”的悬念与紧张，有时还有一点轻佻的讽刺和轻度的自嘲，悲痛但不激烈，无奈但不抱怨，都是生活里的故事，却又是梦里的幻觉和游走。她所创造的小说情境，因此具有了独特的标识，令人难忘，让人唏嘘，留下许多生活的坚实印迹和不可复原的梦痕。

收在集子里的小说有二十六篇之多，都是短篇，篇幅都不长。但这里却有许多诡异的情节，更多的是心理的一闪念，但它们比上世纪三十年代的“新感觉”小说要更具生活的质地。摆在第一篇的《茶树菇鸽子汤》即很有代表性。街头遇到了前男友正携着现女友，于是在轻度的嫉妒中回忆起两人一起旅行的经历，一份让人曾经有过难忘记忆的茶树菇鸽子汤，那是“像是要发生什么事情一样的味道”，一种强烈的暗示。回到家重做，小说重点写了买鸽子、杀鸽子以及由此带来的惊惧过程，没有喝，倒掉了，一种尖刻的隐喻。小说即刻就来到结尾，一种复仇心理的表达，前男友的现女友长得特别像一只鸽子。“小小的脸，圆圆的眼睛，肉乎乎的身体。”什么刻薄的话也没说，却让人读出了毛骨悚然，然而又不那么可怕，因为这是一个失败者的心理一掠而已。

失败的恋爱，是的，只是恋爱，还不能说是爱情，不会付诸行动的复仇，表面平静，心理上狂风骤雨，这正是小说应该做的事。在这个意义上讲，杨莎妮的小说都是心理反应与情感体验的“实验性”作品。比如《从葬礼开始》，一段不为人知的感情故事因对方突然死亡而终止，于是叙述者以当事人的口吻，回忆加想象地描述了两个人在一起的时光，这里有真情与假意的纠缠，也有荒唐与真切的感受。小说里写到一个特别的“道具”：望远镜。女子可以悄无声息地出入别人家里，而且从望远镜里看到自己的家，这里的隐秘让人震惊，更让人意外的，是叙述者从望远镜里看到两个人在一起的片段，玄幻以至于有点不可思议，但在小说层面上又让人读出一种精彩和奇思妙想。

一个人可以进到另一个人的内室，可以窥探，揭开自己也在其中的秘密，这成了杨莎妮小说故事中的一个常用情节。此外比如《冬至进补》《方便面悲歌》，都用了这样的设计使得故事推进与展开。从奇遇偶遇，到动心行动，杨莎妮的小说想要写出的竟然不是爱情的理想，不是物欲的现实，而是被情欲控制下的不由自主，是非理性与理性相互纠葛，或在两人之间，或在一个人内心的争斗与挣扎。《大桥》《鸡蛋葱油饼》《很多个世界》《酒巴打烊时》都是偶遇与奇遇之后的波澜故事。同时，她总能加进一些奇异的情节，让故事出现翻转，出现始料不及，从而使小说产生额外的效果。比如《大桥》，一个男人根本就没搞清楚饭店里偶遇的两个年轻女子的任何信息，接下来的故事一直是这个人和其中的一个胖姑娘的交往，待到结尾，他从胖姑娘的口中得知另一个清瘦的姑娘刚刚从大桥上一跃而下自杀身亡时，他才突然狂奔而去，无由的冲动原来又是产生自一个人的幻想和内心的风暴。缥缈而去、转瞬即逝的情感、幻觉、想象，既如此脆弱又如此挥之不去。《颠倒邮轮》《孤独广场舞》《鸡蛋葱油饼》《黑夜栅栏》《七月的凤仙花》都是对人物幻想状态的尖锐描写。

但杨莎妮的小说却不属于对意识流的热衷，其中的生活气息非常世俗、非常具体。也就是说，作者本人是以冷静的、不急不慌的态度去写人物的狂躁行为和孤独幻想。她的小说的世俗标识甚至更加明显。几乎超过一半的作品写到了美食。与美食有关的几乎是她离不开的表达方式，即使通过小说名也能看出来。“茶树菇鸽子汤”“方便面”“鸡蛋葱油饼”“柚子”是食物，“酒吧”“素食馆”“巧克力蛋糕店”是吃喝的处所，“冬至进补”“美食的我”简直就是美食观念的直接表达。好几篇小说还涉及多种美食。作者写这些时，并不是为本来的故事添加“饮食文化”，也不是以年轻人的“见多识广”炫富，她写到的那些吃的都很平常，都是普通人日子里的元素。正像“鸽子汤”比喻了某个人，隐喻了某种情绪一样，“方便面”也成了情感受挫后的自暴自弃“伴侣”。她笔下的人物总是在饭桌上“结缘”，用“送饭”表达感情（《茶树菇鸽子汤》《方便面悲歌》），以对待食物的态度表达对人的爱恨情仇。

应该说，杨莎妮作为小说家确有其独到之处。初看之时的确被一种新鲜感吸引，老道的叙述，熟练的文笔，奇异的故事，闪电式的结尾，无由的情感和“几乎无事的悲剧”，她的作品具备了好的短篇小说的许多质地。当然我觉得她的叙述上有相似之嫌，不相似无以成风格，无以突出标识，但很多相近之故事和叙述方法，也会消磨一些小说故事的冲击力、新鲜度和尖锐感。如果她还要在这条路上继续，这或许是我唯一能提出的思考建议。不管怎么说，她的小说故事飘逸不定，有时让人想到《聊斋志异》，诡异的故事和真切的现实感，不去明说的情感表达和略略的尖刺，还让人想到读《世说新语》的感觉。她在一条正确的小说之路上行走着，而且很现实也很中国，或许应当再拓宽一些，再有力量一些，那就一定会走出一片新天地吧。但这又要保证她小说的本来质地和鲜明风格，把握得当是很难的。期待读到她更多的小说。

茶树菇鸽子汤

在狮子桥步行街看见了前男友，因为是和平分手，所以想着该上前和他打个招呼。快走近的时候，发现他身边有个女孩儿。因此想就算了吧，如果他没和她提起过我，要他解释也算给他找了多余的麻烦。走过去以后，回想起那个女孩，感觉好像像谁，像谁呢？

我把同学、同事、朋友、朋友的朋友、亲戚、歌星、影星、女优、柜台的BA小姐、作家、音乐家等等都想了一遍。没有。

或许是像男人，我又想了遍男同学、男同事、男性朋友、男性朋友的男性朋友、男亲戚、男歌星、男影星、男优、柜台的BA先生、男作家、男音乐家……也没想到。

于是作罢。和前男友一起去过深圳旅游。他有同学在深圳工作，所以吃住都很方便。印象最深的是被他同学带去一家潮州菜馆，吃饭时间还没到，人已经坐了大半，我们三个人挤在一张小桌子上。

点了很多菜，能记住的是一上来端出的

每人一碗白粥，分量大得惊人，而且真是彻彻底底什么味道都没有的白粥。还有些什么菜不记得了，只有那罐茶树菇鸽子汤的味道，在记忆里面永远不能删除的部分一直待到现在。

咽下第一口汤，应该不能说咽下，是汤汁如龙卷风一般，从口腔中席卷而过，穿过喉咙消失在身体内部。它的鲜美果真是横扫一切的霸道，在这之前吃的菜的味道，已全部被它卷走，独剩下如空旷的巨型广场般的口腔在等待着第二次的侵袭。这样形容相当抽象和空洞，最接近这种味道的说法，就是咬破一只全鸡的旺鸡蛋的膜衣，吮吸里面的汁液。想象一碗由旺鸡蛋一滴一滴的汁液汇集而成的热乎乎的汤。这个说法也仅是接近而已。这种形容，大概也只有南京人才能体会个一二吧。前男友喝着这道汤，一边点头一边皱着眉头，大概在想该用怎样的话来说明这汤的味道，想了半天，最后说了一句："我觉得这汤就像是要发生什么事情一样的味道。"

回到南京后，迫不及待地想要尝试自己做这道汤。生平第一次去买鸽子，没料到杀鸽子居然不见血，活生生将鸽子闷死。颤抖着手从卖鸽子的手里接过装着处理好了的鸽子的塑料袋，心情忧黯着回了家。那道汤是将鸽子剁成块，我依照着做这步。光秃秃白惨惨的一只鸽子呈不自然的状态，躺在木质的砧板上。那一刻无从下手。先捡了最细的脖子处开始，一刀下去，手指粗细的脖子没有完全断开。鸽子如呼天抢地般的样子，梗着一半连着一半裂开的脖子，眼睛半睁着直视着我的眼睛，似仇恨似不屑似的说："我会记住你的！"

我吓得大哭起来，扔下菜刀躲进房间，再没敢看它一眼。

之后打了电话喊前男友过来处理，他说好办，遂整只丢下锅加水炖起来。炖好后我战战兢兢地喝了一小口，腥味儿不能忍受，整锅全部倒了。

总算是想起前男友身边的女孩儿像谁了。她不是像某个人，而是非常像只鸽子。小小的脸，圆圆的眼睛，肉乎乎的身体——想来和前男友分手，不是因为性格不合，而是我和他遭到了那只死不瞑目的鸽子的复仇。

从葬礼开始

我悄悄地去了你的葬礼，第一次见到你的父母、女儿，还有你的妻子。我以前说过，同住在一个社区，早晚会和你们全家偶遇。但是说来也真奇怪，六年了，我们和你们（我们家和你们家）从来没有出现迎面相遇的场面。也许是因为社区很大吧，我老公说过，这么大的社区，差不多是他老家一个行政村的面积了。

你的妻子在号啕大哭，周围的人无论怎么劝，也止不住她类似吼叫般的哭声。听着让人揪心，我也忍不住眼泪扑簌簌地往下掉。好在这里是殡仪馆，一个人站在墙角流眼泪不会被谁注意到。

在把你推入火炉之前，所有的亲人都围着你绕一圈，看你最后一眼。这也是你在人世间的最后一刻了。我没有资格靠近你，只能远远看着，透过人与人的缝隙看到似乎已经破碎的你。

如果能像国外的葬礼那样，为你念一段悼词该有多好。当然，为大大咧咧的你写的悼词，不该显得特别伤感和决绝，但你的那些品质，优秀的让人感动的品质，我可以在大家面前朗读吗？

“六年前，我和曾之天相识了。初次见面就被他的热情坦诚所吸引，在之后的交往中，他对家庭的爱，对亲人、孩子的照顾，对自己工作、生活角色的担当，证明他是一个独特和充满魅力的男人。他也会遇到诸多的困难和烦恼，但是他很少去抱怨，默默承受着自己肩上的重担。他把微笑和坚定，流露给周围人，使身边的亲人和朋友在舒适安定的环境中，过着愉悦的生活。

“当他的朋友和亲人遇到麻烦的时候，他会不遗余力地帮助他们。哪怕他力不能及，他散发出的毫无实际作用的热情依然可以帮助到他们。而这一切，他从来不图回报。他是一个好父亲、好丈夫、好儿子，自始至终他从未动摇过守护家人的决心。他一直坚信，他的人生应是无私的，他要保护他们直到永久。

“曾之天的离去，让我们所有人感到痛心，他爱身边的人，就像呼吸一般自然。我们也爱他，就像亲人一样无法割舍。但愿他能升入天堂，在今后的时光里，享受到生活的快乐，而不再为琐碎而烦忧。”

这样的悼词，我只能默默地在心里念给自己听。你的为人所见的生活里，没有我这个人，就像你永远是我生活里看不见的影子。我们互相影响着彼此，却只有我们自己知道。

第一次遇到你是在社区的大超市里，画面清晰得就像昨天。我站在调味品货架前自言自语：“老抽？生抽？酱油？豉油？天哪，我应该买什么？”

“老抽颜色比较深，比较上色。生抽颜色浅，味道咸一些。豉油属于复制酱油，味道更鲜。酱油我理解就是老抽生抽豉油的总称。两广地区会叫作抽不抽的，我们以前都是叫酱油。”你一口气说完。

“哦，这样啊。”一下子听这么多，我一时消化不了。

“你要做什么菜。”

“红烧肉。”我说。

“一般来说，红烧用老抽，凉拌用生抽，清蒸用豉油。这个吧。”你拿了一瓶老抽放进我的推车，“其实红烧菜里面再加一点儿生抽，味道会更鲜美，要不要再买一瓶生抽?”

“要。”我觉得有那么一点眩晕。

你又放进一瓶生抽在我的手推车里。

“谢谢。”我推着车子离开。

“红烧肉放冰糖比白糖好吃。”你又追加一句。这让我背过脸忍不住地笑起来。

第二次见面就是我们的第一次。真是奇怪透了，和老公谈恋爱谈了大半年才有了第一次。和你却在第二次遇见的时候就可以肆无忌惮地让你抱住，何况见面的地点让人尴尬。

那天是老公出差，我发了高烧。头疼得实在熬不住，拖着脚去了社区的医院。简单地看了之后，不出预料地给挂了水。一个人举着药水瓶蹒跚进输液室，心情真是糟糕透了。

找了张躺椅，把药水挂上挂钩，刚半躺下，就听见了你说话。

“哎，哎，你好。”你的声音低沉沙哑。

坐下时居然没看出旁边的人是你。突然觉得很害羞，一来一个年纪不大，当然也不小的女人，独自去医院挂水，显得有些凄惨。二来，现在的自己是彻底的素颜，脸色惨不忍睹。

“你也生病了?”我问。

“嗯，扁桃体发炎，不能说话。”你的声音那么好听，低沉着，直戳我的心脏，突然间就想把你像小宝宝似的抱起来。

“呵呵，”我笑起来，“那么啰唆的人不能说话了，好玩。”

你装着生气。

我们轻声地聊天，你嗓子疼，可话还是挺多。我以为挂水会很无聊，包里放了一本书，可从头至尾都没拿出来。我看见左边的你，两条腿分开着架在脚凳上。头脑昏昏沉沉地有一种想要立刻扑倒在你身上的冲动。

你挂完后还是说着话等我，声音沙哑得好似咽喉随时就要关闭。可我喜欢听，还问一些问题。你上班路上要多长时间？你老婆多大了？你们怎么认识的？你女儿在哪个小学……你总是回答得详尽又啰唆。我们一起走出社区医院，到了我家楼下，你反倒没有话了。我们面对着发了会儿呆。

“上来喝点儿茶，或者咖啡。”我说，我把“老公出差去了”这句咽回肚子。

我们的第一次就是在两个病人有气无力的拥抱中开始的。以后你常说是我主动的，我明明就是请你喝杯茶，你却趁我端着茶杯的时候，摸了我的屁股，明显是你主动呀。

我们能维持这么久，这出乎我们俩的意料。我们相互戏称“炮友”，却时常思念到不能承受，并且这样的思念没有因为时间的流逝减少。

有一次读到毛姆的一段话，虽然很长，但还是想说给你听。简直就是一种预测，用在我们俩身上，全中。

“恋爱时，人们应该控制交往次数。我们谁也没法永远爱一个人。如果在尝到爱情的甜蜜之前有些障碍、挫折的话，爱情将会更加坚不可摧，天长地久。如果一个人要么因为爱人不在身边，两人难以见面，要么因为所爱之人反复无常或是冷淡无情，结果没法享受爱情，他便可以想想自己愿望实现之时，收获的喜悦将会多么强烈，于是从中获得一点安慰。爱就那德性，如果在追求爱情的道上一路畅通无阻，他就不会谨慎行事，最终受到的惩罚便是日久生腻。最持久的爱情是永远得不到回报的爱情。”

我们交往的次数被严格控制，如果我们的合法伴侣没有出差、加班或明确表示不回来，我们都不敢贸然行事。更何况你有个宝贝的女儿，你在她面前的形象，是一成不变的好父亲。因此我们的交往障碍重重，通讯发达的今天，我们同在一个社区，却不能随时打电话、发消息、上网说话，更不用说去敲开对方的门。有了误会和矛盾，我们不能及时地沟通，匿藏在心里，想等到见面的时候爆发。而见面的时候，一个拥抱或深吻，已经把一切彻底化解。

这大概就是毛姆预测的，六年了，我们没有厌倦，反而获得了最持久的爱情，因为永远得不到回报。

距离你的离开已经过去一个星期了。我还是在心里对你唠唠叨叨个没完。这已经是多年来的习惯了，在你活着的时候，在我们无法见面的时候，我就是这样在心里跟你唠唠叨叨个没完。我把工作、生活上的琐事讲给你听，把听到看到的笑话默默重复一遍让你一起笑，在心里问你各种菜谱，当然，还有很多抱怨你甚至怨恨你的话……

现在你不在了，从表面看来我和过去无异，必须保持着无异，因为我认识的所有人，都不认识你。

也就是说，我再也见不到你了，是吗？走出殡仪馆之后，眼泪就不能再流，双手使劲地互相掐住，使眼泪疼到收回。我要见你。

今天是“头七”，你一定会回家，你的家人会在今天躲开你。他们怕被你看见，令你记挂，影响你投胎再世为人。但我不管，我要见你，无论如何都要见到你。

我知道你家门口的鞋架下藏着一把大门钥匙，我家也是。那是你教我的。有一次我忘了带家门钥匙，在家门口苦等老公到大半夜。之后说给你听，你告诉了我这个方法，你说你家门口的鞋架下，永远放着一把家门钥匙。

晚上十点，我去敲你家的门。如果你的老婆孩子在家，我便装着找错了门。敲了好几分钟，果然没人。我掀起鞋架，看见一把孤零零躺着的钥匙。

这就是你的家。没错，在这里我能闻到你的味道，你曾经留在我身上的气味。有时候，你离开后我不愿意洗澡，多么喜欢你的味道留在我的皮肤上。像一种动物的体味，带着让人眩晕的腥甜。而今天之后，这种气味是不是不会再出现，永久地消失在黑暗里。

就像你说的，你们家真的很小。你说你想多赚钱，买一间更大的房子，这里留给你女儿做嫁妆。

客厅里没有摆放沙发茶几，只一张餐桌、三把餐椅就已经把客厅塞得满满当当。桌上摆放着饭菜，那是你的家人为你准备的。以前你们家都是你做饭，从今之后，大概她们也不能吃到你做的饭菜了吧。

你说过你做菜非常好吃，可我一次也没吃到过。不，我喝过你熬的白粥。那次重感冒没有一点儿胃口，老公又在外地。通电话的时候，我对你说，一两顿不吃死不了的。你急得骂我有病。迷迷糊糊被电话吵醒，你说你在我家门口，让我开门。打开门，看见你端着一锅白粥傻乎乎的模样，我稀里哗啦地哭了出来。

一边喝粥，一边听着你唠叨："这粥熬得到位吧，有独门秘籍。先要把米泡得膨胀开，锅里水烧得沸腾了，再把米放进去。滚了之后开小火，闷的过程中千万不能搅动，一直等到每一粒米都开了花，才可以轻轻地搅拌。要很轻很温柔……"

想着你熬的白粥，看着满满一桌子为你准备的饭菜，我竟然觉得饿了。死人怎么会吃饭呢，还是我帮你吃吧。

这菜做得可真难吃，除了买来的几道卤菜还能下饭，鸡汤和几样蔬菜实在难以下咽。被你宠坏的老婆，接下来的日子应该会很辛苦吧。

吃饱之后我爬上你们的床。你说我家的床又大又软，你们的床确实不那么舒服。但我躺在上面还是感到了倦意，也许是因为枕头上有很重的你的味道。和你在一起，奇怪，和你在一起的时候，即使是偷情，即使是不道德，却总能感到安全和放松。你的气息让我松弛地平躺在床上，思维开始不受控制地四处乱窜。不久我便被拉入深深的黑暗，在那里我看见了你。

"没听你说过心脏有问题啊，怎么说挂就挂了？"我捶了你胸口一下。

"所以，这就叫说挂就挂呀，难道要先拖个一年半载，卧病在床，你是照顾我呢，是照顾我呢，是照顾我呢？"

"我照顾你。"我的眼泪哗啦啦地流了出来。

"傻了吧你，那么多人排着队要照顾我，哪儿轮得到你。况且照顾我有那么容易吗，你个大小姐，什么都不会，也不是哦，你会吃会玩会花钱，还会……呵呵……"

"你喜欢我吗？"我知道现在不问的话，一辈子都没有机会了。

我们从来没有说过喜欢，说过爱，但六年来我知道我们彼此已经深刻在心底。就像年轻的男女害怕表白后失去，我们害怕的是表白之后的失控。

"什么喜欢不喜欢，"你还是一副嬉皮笑脸的样子，"我们都这么大人了，说这些，你嫩葡萄的时候又没让我吃到。我嘛，也不行咯，这个你知道哎。遥想当年我一日一天，一天一日地过。我们嘛，遇见太晚了，说啥都没用。不过不说呢，这时间过得也太快，我也没想到，还真来了个说走就走的旅行。还真没准备好呢，"你突然一把抱紧我说，"我不想离开你。"

我们抱在一起大哭，哭得不管不顾的。你最后一次进入我的身体，熟悉的暖流注入全身，下身热辣辣地刺激，痛快得像狂风席卷。我闭着眼睛体会最后的疯狂，却还是清醒了过来。我一下子意识到，例假来了，慌忙坐起来检查内裤和床垫，果然印上了深红色的血迹。提前了三四天，这样的情况对我来说很少见。

我从床上爬起来，不知道该怎么处理床上的血迹。我想赶紧溜走好了。虽然你老婆肯定会发现，但是没有现场逮到的话，属于死无对证。死无对证，呵呵，我们的关系现在真的是死无对证了。

我在黑暗中走向大门，拧动大门的把手。门把手纹丝不动，像是被焊死一般。门似乎已不再是门，而是一堵有着门的图案的墙。我想使劲敲打，却害怕被邻居听见。

我在房间里转悠了几圈，最后走上阳台，希望那里会有出去的办法。在阳台上，我看见一架望远镜，能感觉到这架望远镜价值不菲，它的存在和你家里廉价寒酸的家具、摆设形成鲜明的对比。我从来没听你说过有这么个宝贝，更没听你提起你有观星这类的爱好。它的存在，与你和你家的一切格格不入，独立在另一个层面。

我好奇地走近它，从这里望向远处，镜头开始很模糊，我试着轻轻调整角度，很快，我从镜头里看见了我家。

我们两家的距离不算多远，但也几乎是小区的这头到那头，中间隔着好几期不同户型、不同档次的楼盘。穿越在这些楼群之中，弯弯绕绕与迷宫无异。可我没想到，穿过这些错落的建筑，从这里到那里有一条直线的视角，我家里的一切可以被收进镜头。

吹过一阵夜风，裸露的皮肤一下子收缩，就连头皮也起了鸡皮疙瘩。从望远镜里，我看到了我自己。

我坐在客厅的沙发上，眼睛盯着前方，望远镜里竟能清楚地看到我眼珠里跳动的电视屏幕光。过了一会儿，我站起身伸了个懒腰，从沙发旁拿出瑜伽垫平铺在沙发前。我开始练习瑜伽，就和往常一样。

我望向右侧大门的方向，老公从通道里走出来，看见我后说笑了一句。我冲他扮了个鬼脸，撅起嘴。之后他走到我面前，把我扑倒在瑜伽垫上。我们脱去裤子，拿出茶几抽屉里的避孕套，在垫子上做爱。

这一切在望远镜的镜头下被放大，我感到全身凉飕飕的。有多少次，你在这里看见我和老公在客厅或房间里亲热，看见我们说说笑笑，看见我拆开他送的礼物，给他拥抱和亲吻，看见我们和谐温馨的家庭生活。我编造的我们夫妻不合的谎言，其实早就被你拆穿。你装作疼爱我的样子，与我保持着恰当的情人关系。我感到自己的可耻，企图拥有两个男人的爱。但我真正的感受，确实是深爱着你们两个人。有用望远镜可以看到的，也有看不到的。

我浑身不停地打战，因为在望远镜里，我看见你坐在我家的沙发上，一会儿看看我和我老公的进展，一会儿向着望远镜这里，朝我的方向微笑。

我感到恐慌，一时间有三个问题我无法解决：

我现在该怎么出去，离开你家。

我该如何处置我家里的那个我。

你会不会一直跟在我旁边，微笑地看着我？

大 桥

有时候我会把自己想象成快要死的人，得了某种让自己绝望让别人悲悯的绝症，让自己过得充实些。但我依然无所事事。除了在一所不入流的技校里教一门无关紧要的课之外，对什么都没有很大的兴趣。偶尔看看书上上网，偶尔和同事同学吃饭。偶尔和亲戚家人出去旅游，但与其说是旅游，不如说是长时间发呆。偶尔去相亲，看着对面的女生总觉得这一切不是真的，而对方抛出的问题更让我觉得虚幻：房子、车子、工资、福利、保险、职位、理想……确实，交女朋友固然是件打发时间的好事，但没有女孩儿对着一个毫无热情的人可以坚持住两个月以上。这绝不是喜新厌旧，而是我真的没有兴趣。

四点半下班之后，我拖着脚步在大街上晃荡，听着自己鞋底在地上的摩擦声。匆匆过往的行人和车辆，真不知道他们都急着去忙什么。路过书城的时候，想想不如买本书打发今天晚上的时间。在小说类书架前踱过来踱过去，一来看着琳琅满目的书无从下手，二来想要多耽搁一会儿，磨蹭到六点就可以直接出去找点儿吃的，然后回家，翻书，睡觉，顺利到达明天。

正当我从书架上抽出一本爱伦·坡短篇小说集的时候，右边另一双手也刚好拿住了书的一个角。我们谁也没松手，互相对视了几秒。对方是一个长头发的女孩儿，她的身后站着一个短头发女孩儿。两人都二十左右，算不上美貌，但看起来青春怒放，各有动人之处。我随即松了手，挤出个没有意义的表情，转身要走。

“哎，”长头发女孩儿叫我，“好像就这一本，你要是喜欢你拿吧。”

“不是不是，我不是一定要买这本的，”我慌忙从对面的书架抽了一本封面夸张的小说，“反正封面是这种黑乎乎的就行，我什么都看，就是打发打发时间。”

“那谢谢你了，黯黑大叔。”长头发女孩儿把爱伦·坡的书环抱在胸前，一副少女天真的模样。短发女孩儿似乎也跟着谢了谢。

“不用谢。”我一边转身离开，一边琢磨着为什么叫我“黯黑大叔”。“大叔”，从年龄上来看，并不为过。“黯黑”倒也蛮贴切，总之我和阳光肯定是搭不上边的。

终于挨到了六点左右，我走进小巷子里一家由居民楼改造成的米线店，也看见刚才买书的那两个女孩儿正坐在面朝大门的位置上。她们看见了我，都吃惊地瞪起了眼睛。

“好巧啊，大叔，”长头发女孩儿叫起来，“你也来吃这家‘十大不为人知的街巷名店’啊。”

我不知道什么“十大不为人知的街巷名店”，靠家近就来了。环顾店里，没有多少空位，我就顺从地坐到了她们的对面。点了一份三鲜米线后，我老老实实地坐在凳子上等，不想说话，也不想看对面的两个女孩。但桌子实在小得可怜，我除了打量这两个女孩儿，实在没地方安置自己的目光。长头发的女孩儿画着又粗又长的黑眼线，使得原本不大的丹凤眼看起来精神奕奕，而且总是在左顾右盼，准备随时随地和人说话交谈的状态。虽然坐着，但我发现她有些肥胖，巨大的胸部抵在桌子边缘，让她显得有些老成，有些世俗。“她要是只剩下一对胸脯整个人也就完美了。”我无聊地想了想。旁边一直沉默寡言，连眼神都没有多少动作的短头发女孩儿，皮肤有些蜡黄。她一直像兔子一样警觉，硕大的玻璃球般的眼睛总是久久地盯着一个地方。当我和短头发女孩儿目光对视的时候，有一种心脏被人握住的感觉，很不自在。

米线端上来后，我低着头稀里呼噜地吃着。长头发女孩儿眼珠滴溜溜地转了很多圈，一副羞涩的表情问道：“嗯，大叔，你多大了？”

“三十多点儿。”

“那你是做什么的啊？”

“教书，大江职业技术学院。”

“挺好的。是这样哦，”长头发女孩儿把筷子搁到碗上，直视着我的眼睛说，“大叔，我想请你帮个忙。”

“啊？”我有点儿担心对面是两个女骗子，可我除了身上的两百块钱和一部用了四年的手机，也没什么值得骗子打主意的东西。

“哎，说来呢真有些不好意思。”长头发女孩儿完全没有不好意思的意思，“有一个男孩儿一直在追我，我也和他相处了一段时间。可是我发现我们一点儿也不合适，就提出了分手。可是他死活也不同意，不停地给我打电话，我不接，他就用不同的电话给我打，还会半夜三更的打到宿舍。他还写肉麻兮兮的情书，恶心得我们宿舍的人都看不下去了，她们以此嘲笑我。幸好他的学校在江北，离我们这儿还挺远，不然天天都会跑来劫我。不过就是因为他会不打招呼地突然出现，弄得我每天都提心吊胆，就怕他见着我又是一番恶心的真情告白什么的。”

我又仔细地打量了一下长头发女孩儿，她转着眼珠绘声绘色地说着，似乎有些唾沫星溅到我碗里。会有人为了这个女孩儿不屈不挠？我还真是想不明白，不知道她自己有没有想明白这个问题。换成是旁边这个短头发女孩儿可能性还大些。这个兔子一样的小姑娘，才能叫人产生出一些爱恋。

“所以呢，我想请你……”长头发女孩儿顿了顿。

“扮我的男朋友。”

“揍他一顿。”

两个女孩儿同时开口。

长头发女孩儿撇了撇嘴，像是没有听见短头发女孩儿的话。短头发女孩儿嘟囔着：“看不顺眼就揍呗，有什么不对。”

我清了清嗓子问道：“为什么找我啊？”

“我同学朋友他都认识，而且都和我差不多大，没什么说服力。一时半会儿也找不到合适的人。你呢看起来像个正儿八经的大人，他肯定会相信的，然后就知难而退啦。”长头发女孩儿突然换了撒娇的口气，“大叔，求求你了，帮帮我吧。我们约他到一个咖啡店，你也不用怎么说话，慢慢喝着咖啡，反正给他看见有你这个人就行了。好吧，我觉得你也蛮闲的，你就答应吧。”

我想了好一会儿，被长头发女孩儿磨了好一会儿，最后还是把手机号码留给了她。

一个星期过去了，她们一直没有给我打电话。我想大概是小女孩儿和男朋友吵架，玩儿分手，一时冒出的不靠谱的主意罢了。这一个星期对我而言很漫长，因为日子过得像在学校操场上的跑道上跑步一样，就是一圈又一圈。

不过，这天晚上，手机响了。“大叔，黯黑大叔，还记得我吗?”电话那头的声音也像一双不大的眼睛在转着。

“哦，记得。”

“上次拜托你扮我男朋友的事，你还记得吗?”

“哦。”我不置可否地答。

“明天我约了他，和他最后摊牌，你要来哦。我们俩提前一点儿到，在那里等着他，让他看见我俩像一对。”

“是吗?”

“你明天要准时哦。”长头发女孩儿噼里啪啦地报出地址和时间。

我是有多么的空虚无聊才答应了帮这个莫名其妙的忙。我准时到达咖啡馆，看见长头发女孩儿端坐在靠窗的座位里。短头发女孩儿没有来？这是我的第一反应。再一想，我假扮成长头发女孩儿的男友和她的前男友对峙，这样的场合，多出一个不相干的人来确实不合情理。

我走过去，按照长头发女孩儿的示意，坐到她的旁边。我感到有些尴尬，女孩儿倒是大大方方地跟我唠唠叨叨地描述男孩儿对她穷追不舍的种种事迹。我一边心不在焉地听着，一边眼神飘荡在窗外。

秋风已经呼啦啦地转到眼前，枯黄的树叶带着皱褶，零碎地铺在路面上，看上去那么悲哀。我为自己悲哀，也曾经想要像古往今来励志故事中的主角那样，经历挫折磨难然后达到某个辉煌，成为一个标杆。可那些都是说故事吧，真的会那么有趣？我有一份稳定而平淡得如正方形白瓷砖的工作。我有一个和我一样工作稳定慢慢爬升的父亲。我没有为了挣钱破釜沉舟、奋不顾身的勇气和必要。没有因为要参加选秀节目，不顾一切的煽情劲头。没有投入一项研究，而不能自拔的动力。更加没有动荡年代所需要的激情。在我出生之后没多久，我的父母就用他们的爱和能力，把我成功培养成为一个他们所希望的人，每一步都尽在掌握的人，从未错过一步。我习惯于享受着他们提供的一切，小富即安的现实生活和荡然无存的精神世界，从未被质疑过。总之，我其实就是一片早早掉落到地面的枯叶，等着进入退休进入坟墓的行尸，如同嚼蜡，荒度着循环反复的每分每秒。

被长头发女孩儿抛弃的男生终于出现了。样貌比我想象中的周正了许多。微微有些胖，却也一副浓眉大眼的学生模样。

长头发女孩儿一看见他立刻飞快地说道："这就是我现在的男朋友，好了，你也看到了，我没骗你吧。"

"我从来没有怀疑过你的话，但是我更相信，在这个世界上没有哪一个人会像我这样的对你。我对你的好，不是用说的，不是用看，不是用做的，是需要你用心去感受的。"

我的心里泛起一阵阵的酸味，这个男孩儿的确散发着让人作呕的气息。渐渐在我的视线中他像一条肥壮蠕动的虫子直立地站在我的面前。蠕虫灰白的身体散发着酸臭味儿，从阔长的嘴唇里吐出的话语，翻成一个个黏稠的泡沫。

男孩还在话剧表演般地咏诵着："我知道你爱上了这个老男人，也许他很有钱，也许他很有势力，而我只是一个不名一文的穷学生。我希望用我的真诚感动你。你既然心意已决，我不会阻挡你的幸福。但在我们即将真正分开的这一刻，我希望你可以给我一个温柔的吻。在我今后的日子里，我会不断回味其中的甘苦酸甜……"

男孩儿伸出湿漉漉，几乎要滴落下黏液的嘴唇凑过来，向长头发女孩儿靠近。而这时，女孩儿也微微眯起眼睛，似乎准备着迎向这个恶心的吻。

突然我的耳边响起短头发女孩儿"揍他一顿"的声音。那么清晰的声音，就像在我的耳边吹着气，贴着我的鬓角说出的一样。我一拳打在男孩儿嘟起的泛白嘴唇上。随着一声闷响，男孩儿向后退了一步，将身后的椅子撞倒。轰隆的声响后，我视线中的男孩儿也从蠕虫的样子恢复到了本来的面貌。鼻子流出血，从捂住鼻子的手指缝中流出。大约是现在的孩子被驯养得没有了“打架”这个概念，他尽管眼里含着疼痛的眼泪，手上沾着血，却也没有向我发起进攻的意思，只是不住声地嚷嚷道：“你这人是怎么回事啊，你怎么能打人呢，我要报警了，野蛮人……”

长头发女孩儿张着嘴呆立着，一时不知怎么是好。我看着男孩儿虚张声势地喊叫着，除了出了点儿鼻血，状态好极了。

我从口袋里掏出一张一百元钱按在桌上，语气平稳地说，“喝杯咖啡，老实坐着，一会儿就没事了。以后说话注意用口语，说人话。”说完，拉着长头发女孩儿向外走。

男孩儿在背后使用口语骂了起来：“有钱了不起啦，有钱就能打人了，你以为我好欺负……”嘴上骂着，却没有一点儿追上来的意思。我和长头发女孩儿不慌不忙地走出去，在街角分了手。

之后的一个星期，我的右手一直沉迷在狠狠向男孩儿出拳的那个状态当中。用一句俗不可耐的话来说，就像是给生活来了重重的一击，虽然并不贴切。无论怎么看，我还是过着平淡如水的生活，这个小小的涟漪并没有为我带来多大改观。但就在那个时候耳边听到的短头发女孩儿说“揍他一顿”的声音，却让我想要再见到她一面的念头越来越强烈。对于她的长相，似乎不那么清晰了，但她带给我的是一种类似冲动和反抗的力量。我渴望这样的东西出现，就像大火不可遏制的蔓延。那一拳之后我依然是温吞吞地起床，温吞吞地工作，温吞吞地吃饭，甚至连打电话给长头发女孩儿，问她要短头发女孩儿的联系方式的勇气也没有。

当看到长头发女孩儿来电话的时候，我的心扑通扑通地跳动起来，就像第一次才知道自己还有心跳这回事。

“大叔，”长头发女孩儿嗲声嗲气地说，“上次你打他呢，虽然有些过了，但毕竟是帮我嘛。我还是应该谢谢你的。”她顿了顿，“不过，我还是有点儿不放心他，所以忍不住就打了个电话给他。你别说，你那一拳下去，他真是乖多了，他说不再乞求做我的男朋友，只希望我们像最初那样，成为普通的朋友。”

“还不是一样。”我嘟囔了句。

“什么?”

“没什么。”

“大叔，你上次帮我，我想请你吃个饭。不过，明天你能不能再帮我个忙?”

“陪你去看他。”

“哇，你怎么知道的?你太厉害了，料事如神啊。”

“呵呵。”我干笑了两声。

“那就这么说定了。”长头发女孩儿说了时间、地点，咯咯笑着挂了电话。

一整夜我都在琢磨，明天短头发女孩儿会不会一起去。如果她没去的话，我该怎么要到她的联系方式才不显得唐突。我觉得自己想要见到她的心情是那么迫切，以至于夜里紧张得几次被噩梦惊醒。

在约定的公交车站，还是没有看见短头发女孩儿。只有长头发女孩儿一边撩着头发，一边笑着和我打招呼。

很快，去往江北的公交车来了，我们上车后找到座位并排坐下。

车子启动以后，我的手心开始冒汗，还是不知道该怎样提起短头发女孩儿才显得自然。依然是长头发女孩儿向我讲述她和男孩儿之间的事情。

“其实如果只是单纯地做普通朋友，这个人还是蛮好的，心也蛮细的。所以这次我是以朋友的身份，去看看他被打得怎么样了。”

我几乎要笑出来，对她说：“你这是以朋友的身份去看看他被打成你普通朋友时受的伤怎么样了。”

长头发女孩儿似乎没听懂我说话，甚至没听到我说话，只顾继续说：“上次你说要他说话注意口语，我也懂你的意思。他这个人，一到谈情说爱的时候，就会满嘴不知哪里学来的话。不过其实我自己也不知道谈恋爱的时候应该怎么说话。我其实也没那么讨厌他，但又觉得他怪怪的，说不好。”

长头发女孩儿的唠叨终于停顿了。汽车颠簸了一下，驶上长江大桥。这座当年全国人民都引以为豪的长江大桥如今看来不再那么气派。灰蒙蒙的化工厂烟雾使得能见度很低，带着一缕抑郁的神情。

“嗯，”我握着前排椅背的扶手，吞吞吐吐地问，“那个人，就是你那个同学，我是说短头发的那个女同学，和你蛮好的那个，她怎么没跟你一起？”

“短头发的同学？你怎么知道我有个短头发的同学？我和你说过吗？我怎么不记得了？”

“啊，怎么了？”我觉得她的反应有些奇怪。

“我没和你说吗？她就是从这里跳下去的。”长头发女孩儿指指车窗外。灰蒙蒙的江面上有几艘货船拖着长长的水纹和厚厚的烟雾慢吞吞地移动着，似乎就要沉到水里去了。

“什么？”我惊叫道。

“就是我的同学自杀，从长江大桥跳下去的事啊。我和你说过的吧。我一直都没和你说过？”

“什么时候的事？”我问。

“半年前吧。她是我最好的朋友，听到这事的时候，我吓得半死，也特别难过，学校还请了心理辅导师来给我们上课。”

“是为什么自杀。”

“不知道啊。遗书也写得含含糊糊，大概是说生活没有意义，忍受不了重重地出拳，却打在软绵绵的空气中，等等这样，很抽象的，没提到什么具体的事。”

我感到汗水浸湿了扶手，打滑。我反复回想和确认自己到底什么时候认识她们两个的。半个月前，在书城遇到她们，确定无疑。因为日子单调乏味，认识两个女孩是相当大的事情，我不会记错。

一时间，短头发女孩儿瞪大的眼睛似乎就在我的身边闪烁。有那么一刻，我觉得我们的距离那么的近，她好像要和我说些什么，正在靠近我，我们几乎要眼睛碰到眼睛了。

汽车驶下大桥，向路边的公交站台靠近，车门打开的时候，我飞快地对长头发女孩儿说：“我还有事，先走了。”我冲下公交车，转身向长江大桥飞奔。眼前就像一条顶端亮着璀璨光芒的隧道，直直地指引着我跨上大桥的桥面。江上刮来的呼啦啦的风，混合着化工原料的腥臭气味，浸入身体。江面上灰黑的波浪像温柔抚摸的女孩儿的手掌。

我久久地站立在栏杆旁边，被江风吹得瑟瑟发抖。但我一步都不想挪动，我感觉自己发现了一些不曾注意的东西，比如，我是那么喜欢那个短头发的女孩，似乎有种与生俱来的熟悉亲切，她的每句话几乎都能记得。

颠倒邮轮

还是去吧，该是对我犹犹豫豫的性格做个了结了。买衣服的时候犹犹豫豫，是因为穿什么都不美。吃饭的时候犹犹豫豫，因为觉得吃什么都会长胖。设计的东西迟迟不能出来，因为怎么也觉得不够完美。就这样犹犹豫豫的一生，或许到了寿终正寝，也犹犹豫豫该不该死去。

请了假，办理完相关手续，把认为最适合海上环境的衣裙塞进行李箱，辗转于高铁和大巴，按住被风吹起的大檐草帽，站立在码头边。

巨大敦厚的克列星敦号邮轮横亘在码头之上，像随风召唤的银白色幽灵，带着祥和与神秘，像开启厚重铁门的钥匙，吸引着我沿着噔噔作响的栈桥和台阶登上了邮轮。

手握邮轮的区域功能分布图，有一种来到陌生森林的错觉。进入这钢铁铸成的庞然大物，迷乱中带着些许的兴奋。莫非真的能像广告词中说得那样，在此度过绝妙的轻松时光。

被服务生指引进自己的房间，像密室求生的屋子一样，每一件物品似乎都充满了种种的暗示和隐藏。床就是床的样子，矮柜就是矮柜的样子，墙上的挂钩也刨除所有的装饰，弯曲着固定在墙上。一切以我从未见过的最原始的样子出现，邮轮之旅到底是一次生命的狂欢，还是回归的段落。想象与现实的理解从来没有对位过，这次又会是怎样的结局。心里隐隐感到寒意，却并不觉得难受。

放置好行李，回到甲板，狂欢的痕迹已经初现。伴随着汽笛的嗡嗡作响，船上船下的人群告别挥手。巨大的声浪把我淹没在过去的回忆里，像漂泊不定的流浪者，想要抓住声浪中的某棵稻草。可是什么也不能听见，甚至怀疑起自己的耳朵是否出了什么问题。

我躲进自己的房间，像躲避外太空的侵入者。声浪消失成一条细细的线，穿针引线过门底的细缝在我的房间里打了几个圈。感受到邮轮微微地晃动了一下，这就要开始了。离开坚实的陆地，在号称无边无际的大海上，用一种步伐无法替代的前行方式，开始了旅行。船身的晃动更加明显，一切已经开始转变，或者说转换，总之不同以往。

最初的剧烈变化已经渐渐减弱，取而代之的是单调平和。该到甲板上去看看了，也许会有漂亮的人或风景，抑或来自海洋的动人故事。毕竟这里已经脱离了我原本的生活，无依无靠地飘荡，像一粒几万万年的尘埃。

背上一只米白色的帆布包，穿过细长低矮的房间过道，在浓重机油的金属内脏中转折，爬上带着曲线图案的钢板台阶，跨过约二十厘米高的锃亮的门槛。蓝色的海面在视线中由下而上地浮出，被铁栏杆划分成一条一条的规整图形。这就是大海，在其怀中，自然与以往不再相同。

甲板上三五成群地或坐或站着许多衣着艳丽的人群。难道不对吗，旅游、度假，就是应该把自己弄得像只即将浴血的斗鸡，或者说放任自己最本源的，哪怕是最糟糕的审美。就像我这样，把深深浅浅的白色像摊开在地摊上的商品那样，铺在身体的各个部位。有什么关系？

两个小时以后，甲板外的风景没有一点点的变化。没有觉得无边无际，视力所及，隐约可以看见一条狭长而略带波折的曲线。也许那只是地平线，而非大海的边缘。晴空上朵朵点缀的白云，划分出了陆地与海洋的板块。这里的界限无关生死，无关痛痒，却又那么明显清晰地呈现在眼前。

甲板上的广播里播放着免费午餐（费用已包含在船票中）已经开始供应的消息。船舱二楼的托尼瀑谷餐厅供应西式自助餐，三楼的船长宴会，完全是中餐菜式，有酸笋鸡皮汤、火腿炖肘子、松瓤鹅油卷、螃蟹小饺儿、火腿鲜笋汤、豆腐皮的包子、奶油松瓤卷酥、碧粳粥等，但名额有限，先到先入座，三桌满员后即刻开席。

甲板上的人群在听到广播后陆陆续续向餐厅走去。也有几个依然保持着之前的姿势，在海风的拂动下像没了听力似的一动不动。也许总有些人和我一样的想要远离人群，暴露在阳光下，却被看不见的围栏紧紧包裹。音乐、诗歌、电视剧、网络、图画、小说、宇宙……什么都好，只要是能包裹住身体，形式不一而足。

赶在自助餐的尾声走进餐厅。人流还在餐厅里穿梭，除了吃饭，虽然还有健身、电影、图书馆等可供消遣的区域，但吃着闲聊，更像是度假的终极意义。菜肴新鲜而寡淡，生菜沾着露珠似的青翠欲滴，牛排咬进嘴里，像生猛的野兽在口腔中鏖战。让人不禁想探头伸出窗外，看看外面是不是一片葱葱翠翠的农田瓦舍，或者弱肉强食的野生森林。

一个人坐在靠窗的座位，望向远处，只有蓝色的海水和海水的蓝色，再无其他。如果只要求吃饱，是件多么容易的事情。一眼望去，围绕整个西餐厅摆放菜肴的桌子，菜品几百上千，能装进肚子的不过小之又小的一部分。

正午时分甲板上的阳光，就像飞翔而过的猎鹰，割破双眼的瞳孔。我躲进自己小小的房间，在舒缓平稳的浅浅机器轰鸣中，趴在床上看着从陆地上带来的马尔克斯的小说。时间多得像挥之不去的苍蝇，小说里的内容一点儿也不能明白，在认识一个个的汉字与连贯不了它们的意思之间，秒针缓慢地爬行。

迷迷糊糊中看见一只毛茸茸的小怪物爬上我的床，几十只细小的腿脚轮番着向上攀援。我大喊着："你是谁？这是我的床，不许上来。快给我下去！"我又推又踹，想把它赶下床。可是它的力气大得惊人，或者是我在睡眠中完全使不上劲。无奈地看着这个黑乎乎的小怪物在我的床上、身上肆无忌惮地翻滚弹跳。它黑豆似的眼睛从各个角度盯着我，直看得我没有了一点儿呼救的胆量。我在半梦半醒中告诉自己，不用担心，这是一个梦，醒来或许还会想念这个煤炭球似的小家伙。或者，我告诉自己，这是日常生活的反射，是不是有着什么令自己恐惧的事物、人物，在梦中以黑妖的形态展现。只有在梦中战胜它，才可能在真实的生活中战胜它，哪怕无视它也好。虽然这么想着，可妖怪近在咫尺的骚扰还是弄得我不厌其烦。我破口大骂道："你什么鬼东西，这里可不是地上了，你在这里还想为所欲为？你别太得意，现在不是之前，你想折磨我到什么时候。我可不会像在陆地上那样任由你摆布了，我现在是在大海上。小心我把你捏个粉碎，再扔进海里。你再跳一下试试，我要让你知道，我不是好惹的！"

我倏地坐起身，搭在胸口的书啪地掉落在地上。被梦魇住的时候，只要使劲地生气，很快就能醒来，这个办法屡试不爽。眼前低矮的房顶和不无象征意味的简约家居，让我很快地回到船舱中的房间。好吧，我想着自己在梦中的话，觉得十分可笑，却像是另一个人在对我说话一样。得得，凶得像更年期的寡妇似的，莫不是真要把我捏个粉碎，扔进海里不成。我在只有碗那样大小的水池里，洗了把脸。换掉被无聊的梦境弄得又皱又有些汗湿的衣裤，套上件蓝底碎花的连衣裙，再次上了甲板。

邮轮号称可以承载千人，可甲板的躺椅上只躺着十几个人。我在暴烈的阳光下，选了把斜放着的躺椅靠下。任由汗水在海风中融化，这是享受还是折磨，我感动得想要哭，却还是一副面无表情的样子。

“你好。”一个声音对我说。

“你好。”我没有意识地惯性回答道。

我睁开微微酸疼的眼睛，太阳的阴影里站着一个男人的身影。他转到我的左侧，使我可以清楚地看见他的样子。白色的T恤配着浅米色的休闲长裤，额前的短刘海被风吹得向左侧斜斜地分开，饱满光洁的额头展露出来。长长的睫毛在太阳的光线里，投射出一圈弧线的阴影。笑容带着轻微的谦卑，使得眼睛中反射出海水的蔚蓝。

“坐在这里可以吗？”他柔和地问。

我依然惯性地点点头。

他优雅地斜坐到我左边的躺椅上，将上身轻靠在四十五度角的椅背，再把两条长腿轻轻搁上躺椅前端，双脚长出椅子一些。

“我叫吴旭维（音），你一个人？”

“是啊，想一个人像模像样地度个假，却发现真是无聊得要死。”

吴旭维笑了笑：“我是要去出差，飞机应该早就到了，可就想慢吞吞地坐邮轮把时间消磨掉，想知道以前那么赶，到底把节约下的时间用到什么地方去了。”

“真是有趣的想法，现在知道节约下的时间去到哪儿了吗？”

“还不清楚，但或许是被飞机机舱里的空气转换设备转换出机舱，变成雨或雪落到了地面，滋润土地或者洪水暴发。”

我哈哈大笑起来，吴旭维浅浅地微笑，露出上排六颗整齐的牙齿。

我们常规性地聊了聊天气和邮轮上的设施和菜肴，接下来吴旭维像单口相声演员似的，滔滔不绝地说起了笑话。一个接着一个，关联缜密，不着痕迹地转换，个个精彩拍案。

“早上赶公共汽车，到站台的时候，汽车已经启动了。于是我只好边追边喊：‘师傅，等等我！师傅，等等我呀！’这时一名乘客从车窗探出头来冲我喊了一句：‘悟空，别追了。’”

虽然是个老笑话，却在这么个死气沉沉的午后，把我笑得像上了发条的机械蛙，咯咯咯咯地响个不停。不知不觉中天色已经渐渐开始暗了下来。

“你住的是单人间？”吴旭维突然问道。

“不是节假日，也没有好到肯为我请假的朋友。不过一个人住也挺好，安安静静地漂在海上，像少年派一样。”

“那我做那只老虎好不好？”吴旭维伸过长长的手臂，在我的胳膊上滑过。

我轻轻地向右边挪了挪，“请我喝杯饮料好吗？”我问。

“你等着。”吴旭维站起身，向冷饮车走去。

我望着他的背影，从甲板端头的楼梯轻悄悄地回到自己的房间。吴旭维带有暗示意味的话和动作让我很不自在，像一把灰尘被撒到身上似的，我把连衣裙脱了下来。躺了将近大半天，还是去活动活动好了。我又换了身运动套装，对照着邮轮的区域功能分布图，找到了邮轮上的健身房。

十台左右跑步机大约有七台上有人在跑步，我站上靠近墙壁的一台，调试到合适的步速，从慢至快地一点点提速。

“你好。”右手边有人向我打招呼。

在邮轮上，是不是每个人都热情无比。

“你好。”我喘着气看向右边。

这个男人有着堪称完美的身高和身材。螺纹背心把修长紧实的身体曲线勾勒出来，胳膊上的椭圆形肌肉，带动着手臂前后稳定地摆动。紧致的臀部在棉质长裤中突兀地翘起，像平原上的某个地标，使得双腿更加长了。

“是不是经常觉得颈椎和肩膀酸痛？”他问。

“嗯，酸痛也能看得出来？”

“姿势造成的，颈肩不够放松。走路跑步也好，平时坐卧也好，长期这样紧张，任谁都吃不消。你先停下来，我指给你不正确的位置。”他从跑步机上跃下。

我关闭跑步机，缓冲了几十秒后，从跑步机上下来。

“你是教练？”我问。

“嗯，教练也能看得出来？”他学着我的语气笑着说，“是啊，不过不是这里的教练。我叫尤非，是个瑜伽教练。听说这里的健身设备不错，就上来试一试。看见你肩膀僵硬，会越跑越严重，忍不住就犯起了好为人师的毛病来了。不介意？”

我摇摇头：“那你帮我纠正下？”

“没问题。你跟我来。”尤非带着美国队长似的灿烂笑容，微侧着身子走在前面，把我领进一间三面围绕镜子的练功房。房间里空无一人，周围的噪音也像被镜子吸了进去一样，连我的样子在镜子中也显得游离摇晃。

“你盘腿坐好，闭上眼睛深深地呼吸。”尤非用低沉的声音幽幽地说话。

我按照他的要求，放下一直绷紧的双肩，听见厚重的男声哼唱着一支我听不懂的歌曲。只觉得起起伏伏的哼鸣像寻找出口的河流，千回百转地在血液中翻腾。尤非靠近我的耳边，低吟着说道：“佛说这是执着，禅说这是通往仙路的障碍，红尘中人说，我们是蚁族一般的存在，我们需要借由心绪来展示我们的生命，我们需要她来体现我们的个性，我们牢牢的让她在我们身边缠绕交织，因为，我们是活生生的人，我们吃，我们喝，我们玩，我们乐，我们需要高潮的发泄以及世俗的融洽，那么，照看好心绪就是我们需要时刻关心的波动。”

我稍稍睁开眼睛，看见尤非紧贴着我右侧的脸庞，带着海风气息的鼻息，像雾一样地洒在我耳根、脖颈处。我匆忙地站起身，掩饰尴尬地伸了个懒腰：“嗯，真的好多了，谢谢你。”急匆匆地跑出练功房，跑上甲板。

这是多么离奇的一天，有两个英俊的男人与我搭讪。神奇的大海有着什么让人捉摸不定的东西暗藏其中，或者是这艘邮轮，带着改变世界的神情在海面上以无法估算的速度运行着。甲板上空无一人，海风更加肆虐。暗蓝色的天空中，两道笔直的光束照向我的前方。我迎着风走到甲板的最前端，像是迎接末日后的第一缕空气。在我的左边，一轮浑圆的橘色太阳粘贴在海平面的上方，右边一只正圆的鹅黄色月亮悬浮在半空。如此对称和平衡，如果在它们之间拉上一条线的话，将与海平面保持着完美的平行。这是正常的景观，还是邮轮刚好行驶到了一个特定的位置，抑或在我们远离的陆地上正悄然发生着剧烈的变化。

我曾经所在的陆地，永远有着无数的不完美，比如拼图永远会缺少一块，比如扯下的线永远不够缝完要缝的东西，比如《红楼梦》的结局永远让人悬着心，比如好吃的东西永远都是高热量，比如鸡蛋永远会碎，冬天永远太冷，男人永远不会多看我一眼……在邮轮上，这或许就是另一个世界，另一个星球。规律被打破了，时空出现偏差，我们将要驶向的是一个未知的黑洞。海面承载着满是泡沫的幻觉，把脑袋里的沟壑填补得满满当当。转过身，背对着邮轮前行的方向，左边是圆圆的月亮，右边是圆圆的太阳。世界颠倒过来，船身起伏颠簸，在天空和海面之间上下旋转。方向消失了，在没有参照物的海面上，哪里都是一样。天地左右前后对错，我眩晕得想要呕吐，强忍着剧烈的翻腾，冲进自己的房间，把身体狠狠地摔在床上。

一整天的摇晃使得全身像散落在墓地里的骨骸，陷落在柔软的床铺凹陷处，困顿像海啸一样铺天盖地地袭来，在扭曲的黑暗空间中盘旋了一小会儿，便失去了所有知觉。

很久以后，我听见房间的门被打开。床距离门很近，我拼命想睁开眼睛看清是谁。但上下眼皮像被乳胶粘住，干透了整整二十四小时之后那样，死死地黏在一起。门重新被关上，脚步声响了两下之后，来到我的床边。我愤怒着想让自己醒来，一次次地失败。睡眠之中，一双坚硬的大手揭开盖在我身上的薄被。我感到直视的眼神在我身体上缓慢均匀地移动。“这算什么，还不快滚开！”我大叫，却听不见自己的声音。大手滑过我的脸，在脖子至锁骨的位置来回摩挲。接着双手有力地搓揉我的胸部。我彻底失去了声音，不管是真实的声音，还是昏睡中的声音。大手滑过腰部之后，开始拉扯我的内裤。“糟了，今天穿的是一条印着 hello kitty 图案的幼稚的纯棉内裤。”我在黑暗的视力中，在黏稠的思绪中责怪自己：“这个时候为什么还惦记如此无聊的事情，得让自己赶紧清醒过来。”几次以为自己已经翻身跃起，却发现依然躺着，一动不动地任由大手的抚摸。一双长腿跨上床来，跪在我的身体两侧。进入后的快感让我不由自主地抱紧住结实紧绷的背部，随着船舱的颠簸上下起伏。

醒来之后，睁开模糊的双眼。墙脚线位置上的小夜灯发出稳定幽暗的光，房间里空无一人，暗示性的房间摆设在暗影中线条僵硬。我意识到刚刚我被强奸了，滑落至小腿的内裤就是证据，却不知道是谁。吴旭维或者尤非？我无法分辨。像吞下了一颗混沌国的混沌果实，既有舒畅爽快的事后满足，又有愤怒屈辱的疲惫无力。

我酸软地爬起床，穿戴好衣裙，喝杯什么吧，现在最需要的就是让自己尽快地清醒，抑或反之。

邮轮上的酒吧和所有的酒吧一样，有着嗡嗡作响，却听不清任何一句的人声。服务生跟随着《Quizas Quizas Quizas》的节奏摇摇摆摆地捧着酒水单扭到我的桌边。我点了杯螺丝起子，一个探案故事，一个惹是生非的侦探，一个娶了富翁女儿的酒鬼，还有悬疑在我身上的谜团。我们大概都需要这个。服务生离开的时候，我用双手捂住双眼，贴靠在木质的桌子上。我想趁着这里恍惚不定的光线，痛快地大哭一场。但泪水就像凝固在身体里一样，任凭身体不住地颤抖也不能流下一颗小至针尖的眼泪。装在玻璃杯中介于黄绿和金色之间的液体放到我桌上的时候，我放下双手，看见吴旭维和尤非分别坐在我的左边和右边。

“真巧。”吴旭维和尤非说。

我喝下一口螺丝起子，就像侦探的血液融入了身体。谁进入了我的房间，或者说谁是凶手。潮湿悠长的巷子穿过我的大脑，笔直的路灯闪烁不定，在烟斗的氤氲中不见首尾。

“这杯我请。”吴旭维说。

“肩颈好些了吗?”尤非问。

我用搅拌棒在杯子里轻轻地划动：“每人讲个故事怎样，自己的故事。”

“就像《一千零一夜》。”尤非说。

“不，不是一个人讲很多故事，一人一个，就像《十日谈》。”

“同意吗?”我问。

“可以。”“没问题。”吴旭维和尤非说。

吴旭维的故事

二十七年前，市立医院的三〇二病房里，两个孕妇被同时推进手术室。一个羊水大量流失，一个胎儿被脐带缠绕。疼痛的叫声、手术床骨碌碌在大理石地面上的滚动声、亲属跟在后面啪嗒嗒的脚步声，最终被婴儿小猫一样的哭泣声取代。两个早产的男孩儿一个瘦弱无力，一个小得像还在胎盘中。它们被放置进医院的两只保温箱中，一溜排的箱子，它们相邻而居。出生的时刻分毫不差，两个家庭也都属小康，但命运的走向开始分岔。

一个孩子的妈妈是名小学音乐老师，爸爸是家企业的经理。妈妈一年到头总是裙子长发的整洁装扮，皮肤白皙，走路的时候背脊笔直，微微抬起尖尖的下巴。爸爸因为是领导的原因，正装的衬衫和西装是日常行头。个子高大，肚子微凸，同员工谈话的时候，挺拔的鼻尖和棱角分明的嘴唇给人以威严的感觉。怎么看这都是一对金童玉女，或者说郎才女貌似的人物。偏偏他们的孩子长着一双在两个人的家族中从没出现过的鼠眼。

孩子的长相在七个月的时候已经背离了父母所有的遗传。这个小小的婴儿，像只不祥的乌鸦似的被母亲抱在怀里，豆子似的小眼睛惊恐地望着眼前这个说什么也不愿给自己哺乳的妈妈。随着孩子逐渐长大，越来越多的丑陋词汇聚集到了他的身上。矮小、黑瘦、猥琐、佝偻、孤僻、迟钝……无论在学校还是在家里，放在哪里都是一个让人忍不住皱起眉头的怪物。

父母对孩子的爱，从来都不是无私的。没有一处可以称道的地方，没有一个值得夸赞的长处，没有某个小小的哪怕性格方面的遗传相似，父母就是这样的物种，他们终于在孩子十二岁的时候去医院做了亲子鉴定。

孩子与父亲DNA的相似度为百分之零点零三，母亲对天起誓，从没有过不轨。最后的判定为，孩子在出生的时候就被抱错了。

孩子的父母偕同四位老人，通过种种办法查找到十二年前的医院档案，费尽波折找到与孩子同时出生的那户人家。

这是一个星期天的上午，孩子的父母像跟踪狂似的，尽量摆出自然的等人姿势，站在那户人家外的自行车棚旁。十点多钟的时候，这户人家的门打开。与十二年前在三〇二病房里点头、闲聊时候相比，这对夫妻多少衰老了一些，发型与衣着也与之前大不相同，但模样几乎没变。变化最大的，是从这对夫妻的身后走出一个英俊的，与父母毫无相似之处的少年。十二岁的挺拔身板，干净合身的校服套装，光洁的脸庞上一双闪亮的大眼睛，带着笑意地看看天空看看父母，挽着妈妈的手臂，说笑着向爸爸挤了个鬼脸。

看着一家三口离开的背影，丑孩子的母亲颤抖着说："这是我们的孩子，不会错，这一定是我们的孩子。你看他的鼻子和你的一模一样，还有皮肤，医生把一个刚从我肚子里取出的血淋淋的孩子举到我面前的时候，我确定我看到的是个白皙得几乎透明的孩子，绝对不是那个黑炭似的家伙。我们得尽快把我们的孩子要回来，尽快！"

父母带着丑孩子去到美孩子的家中，两个孩子站在一起，就像童话中善良的王子和邪恶的巫师。男人女人老人孩子，甚至是动物或者植物，任凭谁都会选择接近美孩子，而远远地躲开丑孩子，更不要说选择的结果是要共度今后的几十年。两家人当着丑孩子的面，争抢着要做美孩子的爸妈。一边是亲生的父母，却分离了十二年；一边没有血缘关系，却有着十二年的养育之恩。美孩子无所适从地被大人们包围在口水中间。而角落里，丑孩子驼着背，被遗忘在深深的海底，再也没有浮出海面。

这就是我的故事，一个在窒息中生活的整整二十七年的丑孩子的故事。

我望着天花板上交错的小射灯投射到吴旭维立体俊美的脸庞上，思考着这个故事的真实性，和他的心理对行为的影响等问题的时候，尤非说道："现在该轮到我讲故事了。"

尤非的故事

我从事瑜伽教练这个工作快七年了，平平淡淡，谈不上热爱，但也能接受每天教授重复课程的枯燥。一年前的一天早晨醒来，感觉身体有些怪异。对着镜子仔仔细细地照了一遍全身，没有变成巨大的甲虫，肌肉筋骨保持得相当完美。测了一下体温，三十六度七，头疼无力咳嗽腹痛……什么症状也没有。但一定是哪里出了问题，或许是情绪上的，或者心理上的问题吧。男人也有生理周期，我安慰着自己，像往常一样去了健身教室。

一小时的课程，刚开始了不到十分钟，觉得身体像烧着了一样。我睁大眼睛观察着镜子里自己的皮肤，完全看不出任何变化，光滑紧绷，颜色也还是健康的浅褐。忽而又感到寒冷，冷得像被冰封在冷库中的马鲛鱼，僵硬得连手臂也不能灵活地弯曲。

接着开始教授双手合十手印，即阴阳平衡手印。放在胸前做成冥想的姿势，手掌之间要留下一些空间，意味着身体和心灵的合一、大自然和人类的合一。此手印可以增加人的专注能力。但这时我的专注力彻底分散成粉末，因为我发现，当我的左手与右手相互合并的时候，两手的温差有如海水与火焰。

我再也没有办法授课，左边的灼热像要把皮肤燃烧成灰，右边的冰寒像要把骨头冻裂成碎片。我向学员们一再鞠躬致歉，匆匆结束课程赶去医院，想要检查出个结果。

然而什么病也没有，从里至外彻彻底底地全面检查，健康状况良好得有如茁壮的春笋。从皮肤外侧触摸也感觉不到任何的异样。任凭我把状况描述得多么严重，医生也只是不置可否地摇摇头或点点头。“多注意休息，合理饮食，适量地做些运动，不要有太大压力。没什么事的。”医生面无表情地说。

这绝不是没什么大不了的病，起码已经影响到了我的正常工作和生活。炙热与严寒的同时折磨，注意力被焚烧或冻结，双手双脚双腿触碰到一起的时候，像在体内展开大规模的战争，片刻的安宁也不能得到。

我辞去教练的工作，在煎熬中度过每一天每一分每一秒。半个多月后，我的一位同样是瑜伽教练的朋友告诉我说，有一位印度来的瑜伽大师罗义正在我们这座城市游历，他在瑜伽精神领域方面有着异于常人的表现，不如找他问问你的病因。

联系上罗义之后，我如约到了他落脚的酒店。打开门一位瘦小的男人微笑着迎接我。

我把困扰着我的病痛详细地说给罗义，罗义听完后带着像刻在脸上的微笑说：“不用担心，瑜伽师常有的状况。根源在于，你太用心了。”

我不解地望着罗义，不明白其中是否包含什么更深层的意义。

“道理其实很简单，你的心在你的左侧，每当你动用它的时候，它便加速了左侧的热能。瑜伽师是最需要运动心脏的职业。专注也好，冥想也罢，没有心既没有瑜伽。集中于左侧，便冷落了右侧，于是就有了你这样的症状。抛开它才能摆脱你当前的状况，进入更深一层的境地。请躺到地毯上，让我来帮助你。”

我放松四肢，手心朝上仰躺在地毯上。耳边响起罗义低沉的哼鸣。因为放松，我感到自己轻得失去了重量，缓缓地飘离地面，我不停地飘荡、上升，飘离蔚蓝的海面，飘离冰雪覆盖的高峰。世界变得越来越渺小，变成一颗雾色朦胧的蓝色水球，悬浮在宇宙之中。身体在慢慢地与宇宙融为一体，我既是宇宙，宇宙既是我。

“心是什么?”罗义清晰而低沉地说，“心是一个活生生的器官，一种说在口上痛在实处的感觉，没有任何东西可以取代它，没有任何场所可以安置它。它不听任何外人的指使，善待它或让它伤都是我们自己的选择。”

迷蒙中，我感到罗义的手伸进我的左边胸口，从里面拿出一个热乎乎的东西。“心的变化是一种闪烁，是意识末端的摇摆，是诱惑向往的手段。借由一伸手一投足，制造着一个个故事和一段段过往。笨拙之人难以拿捏，技高艺绝之人只知拿捏，却又无法放下拿捏之后的丑态，于是，远离它貌似就是我们需要的警醒。”

我是怎样离开罗义所住的酒店已经全无记忆了，但至此之后我左半边热右半边冷的症状彻底消失了，然而同时消失的还有我的心跳。

喝了一大口杯中的螺丝起子，我完全迷失在故事的真伪和惊讶所带来的阵阵疲惫之中。

“要不要摸摸我的胸口？”尤非闪亮着眼睛望着我，挺起紧身背心里诱人的胸大肌。

“现在该轮到你讲故事了。”吴旭维说。

“我？”盯着玻璃杯反射出的光晕在桌面上洒出的一圈放射状的图形，我摇了摇头说，“我哪有什么故事。全部都是鸡毛蒜皮的小事，平淡无奇的经历，温温吞吞地日子，半死不活的生活，连自己都快要给自己闷死了。就是这么个人，谁也不会留意到我，像孤独星球的座上客，却始终不见主人出来相迎。我也想说个引人入胜、惊心动魄的故事，可是一个也没有，即使想编造，半个也编不出来。心里一片空白，不是单纯的空白，而是什么也没有的寂寞。想揣摩别人的心理，这也很难做到，比如想要分析你们的故事，想要知道事情的真假和梦境与现实的界定。什么都没有，包括我这个人，也许。”

一口气把杯中的螺丝起子全部喝完，“不如出去走走吧。”我说。

走上甲板，被扑面而来的海风撩拨起早已停滞的心绪，像半夜醒来发现露宿在无人的街头，空旷的星空铺展在深黑的天地间。走到甲板边缘，探着头望向缀满星空的深深海底，一层层的星光把海水的黑蓝照耀出炫目的光环。也许不到最后的一刻，谁也发现不了天地的美妙。天空大海，这些无比巨大的象征，一丝一丝地渗透进我的身体，在血管里流淌、扩张。这真是一次绝妙的旅行，像身披七彩的露珠，和动人迷惑的故事，终将消失在夏夜弥足珍贵的晚风之中。飘散的长发与海面的起伏追逐，柔韧的肌肤沾满星光的璀璨。这简直就是赞美的季节，孤独的化身也有了墓碑的陪伴。

深深的海底传来梵语的歌声，像美人鱼用声带换来的修长美腿。邮轮的鸣笛长长地把我唤醒，像个笑话似的，惹得我几乎翻落进海洋。在星空之中飘荡，在钻石的光芒里折射，我不停地上升，上升，直到看见小小的邮轮孤零零地在半空中旋转。世界末日也许永远不会降临，只是这一天已经到此为止而已。

冬至进补

“来来，你们看，这块和牛肉的肉质。”杨奥用筷子挑起一块厚薄适中的牛肉，牛肉在筷子前端轻弹两下后，顺滑地垂坠于筷子两边。“你们仔细看这色泽和纹路，红白两色明暗相当，谁也不抢谁的光泽。还有最重要的一点，这纹路，你们不觉得这浑然天成的纹路，这曲线这布局，就像一幅价值连城的名画。啧啧……”杨奥感叹着，“哎哎，你们已经涮上了。快快，快提起来，再涮就老了，肉汁流失掉口感就彻底毁了。”

一桌围着铜火锅的朋友们，早就习惯了杨奥喋喋不休的评论，大家只是听着，该怎么吃就怎么吃。不过杨奥推荐的餐厅，不管是星级饭店还是苍蝇小馆，味道都是没话可说。朋友们如要请客招待，只要向杨奥说出请什么人、心理价位、地区范围等相关数据，杨奥都能推荐一家合适的餐厅，都能让宾客吃得尽心舒畅。杨奥的味觉似天生为美食而发育，生命因美食而绽放。

“来来，再叫几瓶啤酒。”杨奥招呼着

众人。

“我不喝了。”一个朋友说道，“老婆给我规定了两瓶啤酒的量。”

“再喝点儿，她还能闻出来不成。”杨奥撇着嘴说。

“对女人要言听计从，不然会有苦吃。”朋友语重心长地说。

“女人还真他妈麻烦。”杨奥发泄着怨气，他想到之前自己谈过的两个女朋友就觉得心烦意乱。第一个苗条清秀，胃口始终不好。自助餐吃一次吐一次，说是各种不能相容的食物混合在胃里，胃无法承受。这什么鬼话，胃难道还有分析食物成分的功能？第二个胖胖墩墩，食量极大。杨奥以为找到了可以和自己共品生活的伴侣，不久却发现，她用前一天晚上剩菜的卤子，拌着米饭，可以呼啦呼啦吃下一大海碗。这又让杨奥不能忍受了，果断分手。

“别说女人坏话，那是你没遇到真爱。”另外一个朋友谆谆教诲道，“如果遇到真正喜欢的女人，你才不会在乎她吃得多吃得少吃得粗吃得精呢。”

“不可能，在味觉上不能跟我旗鼓相当的，绝对做不了我的女人。”杨奥说着，把鹅肠在铜火锅里烫了十二秒，提起，在蘸料里利落地一滑，“好了好了，兄弟聚会，不讲女人的事情。”说完将脆嫩鲜爽的鹅肠从容送进口中。

“我掐指一算，”吃到兴致高涨，杨奥侃侃而谈，“虾婆都已经出黄出籽，个个饱满肥厚。我知道一家专做海鲜的饭店，不但货新鲜，厨师也一流。带籽的虾婆做成椒盐口，配上干煸的洋葱粒，一口下去，比伟哥还管用。妈的，怎么又提女人……”

一天晚上，杨奥去朋友滕鹏家。滕鹏的一个农村亲戚送给朋友甲两只野兔。滕鹏老婆红烧了一只，却不知为什么腥臊味极重，葱姜料酒都放了不少，还是臊气难掩不能下箸，整锅全都倒掉。害怕把第二只也浪费了，滕鹏和老婆商量，把第二只野兔送给杨奥。杨奥不但会吃，厨艺也不简单，他做出的美食不啻于大酒店主厨。那天，滕鹏拿出上好的滇红招待杨奥，杨奥赞叹着滇红汤色的红艳、香气的高醇和滋味的浓厚。一边聊着天一边灌了一晚上茶汤。

把装兔子的塑料袋放到副驾驶座上，杨奥开车回家。一路上看见路两边星星点点的火堆，这才猛然想起今天是冬至。单身的好处在于，古今中外的节日全都不用记着，坏处在于，猛然想起或被提醒，会发觉自己异常孤单。不过只要还有美食相伴，人生一样精彩。杨奥呵呵呵地自嘲起来。

离家还有半个多小时的车程，杨奥渐渐感到尿急得不行。一晚上茶喝得太多，一肚子的水急不可耐地要流出来。大马路上既不好停车，也没有隐蔽的地方。杨奥看见右边有条巷子，便打了方向灯拐进去。谁知这条巷子比看上去宽敞很多，依然明亮，依然没有遮蔽。杨奥又七拐八拐地转了好几个弯，进了一条长长的僻静无人的小巷。

熄火下车，躲在电线杆的阴影里痛痛快快地把水放了，杨奥这才仔细看了看前面。长长一条窄巷无声无息，零星立着几根路灯，路灯的灰黄色光线带着浓重的雾气，雾气轻微荡漾，让人错觉整条巷子在柔软地飘浮。一个人都没有，巷子里的时间似乎和外面的不一样，一直都是午夜时分。

刚准备拉开车门上车，杨奥突然闻到一股香气。嗅嗅鼻子，杨奥确定这是粉蒸肉的香味。左右看看四下无人，但这味道似乎就在不远的地方。杨奥好奇，更是觉得这味道层次分明又融合得圆满，这粉蒸肉绝不是普通的家常菜，至少是特一级以上厨师的作品。

顺着气味的方向，杨奥向巷子深处而去。寂静寒冷越来越强烈，香气却越来越浓郁。远远地看见一盏路灯投射下的惨淡光晕，将一个跪着的长发女人的剪影勾勒出来。

女人跪在火堆前，将冥币一张一张地丢进火里。火焰升腾，闪闪地蹿出点点小火星，缤纷热闹地把地上的一碗粉蒸肉烘托得香气四溢。就是这碗粉蒸肉，杨奥望着碗里被剔透的米粉包裹，在跳跃的火光中像附着了一股生命力的粉蒸肉出了神。直到女人盯着他，轻声咳了两下，杨奥这次把目光聚焦到女人脸上。

“哦，对不起，打扰你祭拜了。”杨奥连忙道歉。自己站在一个跪着的女人边上，这种高低的差异，本身就让人尴尬。

“没关系。”女人笑了笑，露出小小尖尖的虎牙，看起来十分甜美可口。“今天没有祭拜死去的先人？”女人问。

“忘了，忘记今天冬至了。”

“要不要一起烧些？”

“啊？”杨奥觉得这样的邀请真够独特，不过从这女人嘴里说出来，又显得自然而然。

“烧纸不过一个形式而已，就当是篝火晚会啦。”女人说着，脆生生地笑起来。

“好啊。”杨奥应着，也跪在火堆旁，拿了几张纸钱丢进火里。烧火确实是件有趣的事，火焰上方闪烁跳跃的空气让人可以忘记此刻的寒冷和孤独。

“是不是从原始人使用火的那一刻起，人类就开始追随美食的意义？”女人望着火堆幽幽地说。

“啊，嗯？”杨奥既吃惊又觉得能够理解。“这碗粉蒸肉是你做的吗？”他问。

“是啊，是按照我爷爷的配方做的。我祭拜的就是他，他生前是酒店的名厨，教会我好多东西。我常常想念他，今天更要做一道自己拿手他也爱吃的菜给他。”女人说着，把最后几张纸钱丢进火里，站起身。

杨奥也跟着站了起来。“难怪，这粉蒸肉不论从香气、色泽、刀工还是裹粉的手法来看，都不是一般人可以做到的。”杨奥由衷地赞道。

“哦?”女人张大眼睛扑闪几下长睫毛盯着杨奥看，眼睛里亮着星星点点的火光，看起来天真而梦幻，“原来是个行家啊。”

“哪里哪里，行家不敢当，一个吃货罢了。”杨奥被这个年轻漂亮的女人看得有些脸红。

“家里还有一些粉蒸肉，要不要试一下?”女人的微笑真诚而难以抗拒。

熄灭火堆，女人带着杨奥进了旁边的楼群。两个人一边拐来拐去一边说话，都是僵硬但是温柔的问答。女人告诉杨奥，自己叫张怡贤，老公在外地做生意，一个人在家最喜欢做吃的，却经常苦于没人一起分享。

“已经……结婚了……呀……”杨奥喃喃低语，连自己也没听清自己的话。

“有没有看过村上春树写的《挪威的森林》?”女人边领着杨奥进电梯边说，“里面的女主角对烹饪非常执着，会省下买内衣的钱去买煎蛋锅。特别能够理解她的心情。好在我老公生意做得还不错，内衣可以买，锅也可以买。”张怡贤咯咯地笑起来。

红木餐桌典雅到俗气，杨奥在桌前坐定后，张怡贤很快端出一碗粉蒸肉。米粉饱满，每一片肉上，附着着相同厚度的米粉。色泽釉红，弥漫着热气。

“蒸的时间久了一些，但油脂析出更多，更适合晚上吃。”张怡贤托腮微笑着望着杨奥，像是有一股灵动的泉水注入杨奥的身体。“我再去给你沏杯绿茶。”

一口下去，米粉爆珠似的弹出米香、肉香和酱香。肥肉不腻，瘦肉不柴。米粉把肉的味道和口感带到一个无法企及的高度，虽不是高级的食物，却有着不同凡响的风味，让人欲罢不能。饱足后的一杯香茗，洗去凡尘铅华的舒坦，杨奥在张怡贤春水一样的目光中，像被融化的冰。但毕竟是有夫之妇，杨奥也不敢停留太久，第二泡茶一喝完，便起身告辞了。

回到车上，杨奥回味着刚刚的美食和美人，浑身酥酥绵绵，似挣脱不了一副柔弱的束缚。杨奥转头，看见副驾驶座上装野兔的塑料袋。打开瞧了瞧，这真是一份好食材，活着的时候一定矫健灵敏。兔子的肌肉结实紧致，料理得当会相当诱惑。

为什么不把这只野兔送给张怡贤？杨奥突然冒出这么个念头。刚才吃了人家一碗粉蒸肉，送只兔子，礼尚往来天经地义。但现在已经是午夜，这时再去敲有夫之妇的门，也不太合适。不过呢，现在不去改天再去，不是更不合适吗？食材也应尽量新鲜，不是吗？

犹犹豫豫、进进退退了好一会儿，杨奥还是提着野兔敲开了张怡贤家的门。门里的张怡贤已经换上了睡袍，腰带紧系也没能系住胸口的春光。头发还未干透，浑身散发着椰奶般的软糯无助的气息。

杨奥结结巴巴地把野兔的事说了下，伸出手递过塑料袋。张怡贤接塑料袋的手与杨奥的手相触，于是像两条奔流的江水在峡谷相遇，碰撞出高叠的瀑布，倾泻出万丈激情。

事后，两人拥在棉被里。杨奥心有愧疚，但抚摸张怡贤胸部的手一直停不下来。张怡贤比杨奥冷静了许多，温柔但严肃地说："这事千万不要对别人说，如果说出去，我们就再没有以后了。"

听到以后两个字，杨奥心里涌起一阵暖意。"不会不会，我保证对谁也不说。"杨奥停住抚摸的手，做出发誓的手势。

"如果能确定我老公不回来的时候，我会打电话给你。你过了十一点以后过来。但是，你别打我电话，如果特别想念就发短消息，短消息的内容也不能提及床上的事。我会把你号码的名字设成女人的名字，如果被我老公看到，我也可以说是女朋友乱开玩笑。"

"嗯嗯，我知道。"杨奥忙不迭地点头。

"一定要记住，我们的关系对谁也不能说。"张怡贤的脸颊还带着红晕，表情却很凝重。杨奥觉得这样的她，看起来一点儿也不真实，但还是发誓保证绝不说出去。

三天后，杨奥的手机终于亮起了张怡贤的号码。

"我做了卤野兔，要不要来试试?"张怡贤的语气轻松而柔软，像是在和好朋友聊天。

"好好，我准时到。"只三天，杨奥早已对张怡贤涌出无限的思念，是味觉的渴望还是男女的欢愉，杨奥不得而知。

"味道如何?"张怡贤啃着兔头，看着嚼兔腿的杨奥。

"嗯，简直绝了。我试试看说得对不对，里面放了桂皮、胡椒、麻椒、香叶、豆蔻、八角，还有什么？好像还有什么，到底是什么?"杨奥蹙起眉。

"厉害，只差了一种。我还放了瓜子仁，坚果的香气在卤菜中能起到意想不到的作用，使得野味的尖锐平缓圆润起来。"张怡贤用牙尖撕下小块的兔肉。

"去腥也是关键。"

"嗯，那当然。凉水中加入姜片和大蒜片，放入野兔，再加入适量的料酒泡上几个小时，中间不停换水，将其中的血水泡出。再焯水，焯水时加入葱段和姜片，放入料酒，更进一步去腥。焯水时所用的姜片和葱段就直接扔了，焯过水的野兔需冲洗干净，然后再开始烹饪。"

"果然是名厨后代，步步精准。"杨奥又想吃卤野兔，又想抱住张怡贤，最后用手臂环住她的脖子，撕咬着兔肉，开怀地大嚼起来。

之后又上下翻滚着云雨了一番，各种欲望满足得充分，一时间仰躺在宽大的床上，有种不知身在何处的错觉。像是与来时的世界隔绝，再没有烦恼。

人生怎会没有烦恼，之后的约会，正如张怡贤定下的规矩，“如果能确定我老公不回来的时候，我会打电话给你。你过了十一点以后过来。但是，你别打我电话，如果特别想念就发短消息，短消息的内容也不能提及床上的事。”杨奥被动地等着张怡贤的电话，想念张怡贤做的菜肴的味道，想念张怡贤卧室的味道，想念张怡贤弹性十足的大床，想念张怡贤皮肤淡淡咸味的椰奶口感……但是这些对谁也不能说，苦闷压在心里，在阳光下尤为清晰。不停地翻看手机，生怕错过张怡贤打来的约会电话。

冬至日数九九八十一日，为寒尽。七十几日时，天气逐渐转暖。张怡贤大约一星期约会杨奥一次。按照这样的节奏，他们维持着这份脆弱的关系。

杨奥对张怡贤的爱，在这屈指可数的约会中，步步攀升。入夜，张怡贤围着粉蓝格子的围裙，在灶台边为杨奥烹饪美食。侧面的张怡贤有着凸起的额头、凸起的胸部和凸起的臀部，光影交错中，有些朦胧虚幻，像投影在蒸腾热气上的影像。杨奥走近她，从背后将她拥进怀里。真实的触感让杨奥放了心，却又触发出男性的欲望。他将她拦腰抱住，推开厨房橱柜上的碗碟刀具，把她平放在光滑的大理石台面上。厨房与卧房，瞬间合为一体，剧烈的喘息，嗅到佛跳墙的香气。

杨奥与朋友甲乙丙丁等在餐厅见了面。

“杨奥，这才一两个月不见，怎么瘦这么多?”

“脸色也蜡黄的，没吃好?”

“哎哎，你怎么不吃啊，不是你说这家店是烧烤界的爱马仕嘛。”

盯着面前汤汁浓郁、蒜香扑鼻的生蚝，杨奥确实没什么食欲。其实朋友们不说，这几个星期以来，杨奥也渐渐感到自己的味觉、食欲在发生着变化。食量越来越小，嗅觉和味觉的敏感度越来越低，整个人无精打采，昏昏沉沉。奇怪的是，只要到了张怡贤的家，只要是张怡贤端出的食物，无论什么，都能让人胃口大开。张怡贤微笑地注视，让食物更增添了欲望的风味。每次都能吃个精光，但并不会觉得饱足。相思真的可以让人在生理上出现无法解释的现象，还是张怡贤的手艺和食材有说不清的魔力，这些都是杨奥一次又一次自问的事。

杨奥灌了一瓶又一瓶的啤酒，几乎什么都没吃。中途去了趟洗手间，从镜子里看见自己凹陷的双颊和青黑的眼圈。我这是怎么啦！杨奥对着洗脸池重重地捶了一圈。他心里模糊有个答案，但无法说出。

朋友们陆陆续续撤退，杨奥喝得晕头转向，记不清谁走了谁留了。最后只剩滕鹏还在身边。“杨奥，你最近是不是碰到什么事情了？你看起来很不对劲啊。”滕鹏诚恳地询问。

“我……我……”杨奥醉了，醉得厉害。直到眼泪流下来，也没有看清滕鹏的脸。突然间杨奥很想和人诉说，想把心里的疙疙瘩瘩全部从嘴巴里吐出来。

“我爱上了一个有夫之妇了……”杨奥哭着说，“我爱她爱得不行，我想和她住在一起，我想和她结婚。可是她是有夫之妇啊，她老公很有钱，她不可能为了我离开她老公。我们永远只能偷偷摸摸，我只有夜里才能去她家，我都没见过白天的她是什么样子。这种感情太折磨人了，我虽然有心理准备，可是还是陷得不能自拔。我非常非常想得到完整的她，可是这是不可能的，我最多只能和她睡一夜，天不亮就要离开。太折磨人了，太折磨了，我觉得自己就要崩溃了。”

滕鹏尽朋友的义务安慰他，努力克制住窥探隐私的欲望，但随着杨奥的酒后倾吐，滕鹏还是知道了事情的来龙去脉，知道了杨奥细微而不该为外人道的感受。

“她叫什么名字?”滕鹏问。

“张怡贤。”杨奥答道。

凌晨，杨奥扛着酒劲，硬撑着回到家，打开灯，屋子正中央的餐桌上摆着一只古朴的瓦罐。杨奥认得这只瓦罐，张怡贤用这只瓦罐给她煨过天麻猪脑汤。难道张怡贤来了？杨奥四下寻找，各个房间家具不多，不会有人匿藏。

突然，杨奥在瓦罐上发现了几个字：

你曾经发誓，我们的关系对谁都不说。

杨奥突然酒醒，知道自己犯了大错，破坏了游戏规则，不知会有怎样的后果。他揭开瓦罐盖子，低头查看，只见罐中有东西迅速充盈，不停涨漫，自罐口满溢出来……那充斥罐中的，究竟是什么，实在难以启齿。

收到瓦罐的这一天，刚好是九九的最后一天。自杨奥与张怡贤的相识，在八十一天后结束。

方便面悲歌

我不吃方便面，从来不吃。妈妈自小就告诫我方便面是垃圾食品，没有营养，并且一吃就会长胖。当一个信念在心底根深蒂固，即使在封闭的火车车厢里，闻到方便面的味道，生理上会使劲地耸着鼻子去闻，心理上却把这样的动作和侵袭而来的香味当成罪恶的深渊。继而捂住鼻子，像是怕会中毒。

孙书杰在旁边的座位上拿了赠阅的杂志帮我扇了扇："不喜欢方便面的味道？"

"嗯，挺奇怪的味道，太冲了。"

"再有二十分钟就到了，忍一忍啊。"孙书杰一边扇着杂志一边说。

带我去邻省的海边城市度假，孙书杰说算是对我这六年来，不能在公共场合牵手的补偿。作为他的情人，我的心路历程或许可以撰写一本《在你触手可及的地方沉默》这类的图书。最初的疼痛似乎已经过去，连欢愉中不时飘荡在我们之间的忧伤，也成了一种常态，或者说是不可或缺的自我感动。现在的我们有着不可言状的默契，相互既没有憧憬，但也不可或缺。

下车的时候，他把我的双肩包背在右肩，拿着我的行李箱和他的旅行包走在前面。我把他的外套搭在手臂上，紧紧跟在后头。已身在外地，却还像在我们的城市一样，眼神的交流多过语言。果然，城市与城市间的差异已接近于零。

把行李放进酒店的房间，看着超大的圆形浴缸，我们相对而笑。

“先去吃饭吧。”孙书杰拍拍我的肩膀。

“好。我在网上看见有家苍蝇小馆，评价很高的，我带你去。不过有点儿远，要坐地铁过去。”

“很远就算了吧，就在酒店里随便吃点儿好了。”

“去吧，坐地铁很方便的，而且我们现在有的是时间。”

“对啊，整整四天，我们要待在一起整整四天，一点儿都不用着急，听你的。”

不是节假日，也不是周末，地铁里的人比我们想象得多很多。人挤人的时候，孙书杰在人群中牵住我的手。我的心跳居然加快了，当然不是因为牵手，而是因为这是在公共场合。以往，只有坐在他的车里，他才会左手握住方向盘，右手拉住我的手。我望着他笑笑，像以往那样，对于他的多一点点的恩赐，心存感激。

出了地铁跟着手机导航走，小店虽然身处七拐八拐的小巷子里，但还是很快找到了。小店实在是脏乱得过分，我硬着头皮指着小店的门头说：“就是这里了。”

“太脏了吧，不吃了吧，什么好东西，看起来不像很好吃的样子啊。”

“其实……”我突然很想大哭，似乎我把事情搞砸了，老实说，我一直想大哭，从孙书杰告诉我制定了这次旅行计划开始，就一直想哭。

“其实是这样的，你说要带我来这儿，我就开始在网上找当地的美食、旅游什么的。我看见网上说这家的酱油拌饭很好吃，我就想带你过来。你以前说过，你小时候家里很穷，几乎没有东西吃，后来你开始创业，去上培训班听老师讲课。老师说他小时候家里很穷，经常没有菜吃，就用酱油拌饭。你听了心想，可以啦，还有酱油呢，你小时候，家里连酱油都没有。所以我想，酱油拌饭对你来说一定是种很特别的食物。我想用酱油拌饭来作为我们这次旅行的第一餐，一定非常有意义。可是没想到是这样的啊。我知道我搞砸了。”我真的号啕大哭起来。

“不哭不哭啊。”孙书杰用食指划掉我脸上的眼泪，“那就吃吧，没关系啊。你知道我吃东西都不讲究的，吃什么不都是吃嘛。”

“算了，我看着也不想吃了。不就是酱油拌饭吗，我回去做给你吃。”我一边哭一边说。哭出来心里舒服很多，并不是因为酱油拌饭的事。这六年来，我从二十四岁，默默跟着孙书杰直到后天即将到来的三十岁生日，连委屈都已经不能觉察。反而是他要带我出来度假，补偿我的无声无息，这样的举动恰恰打破了已维持好几年的心理稳定。情人之间的关系，就像是皮球上的平衡木，不能加，不能减，随时要崩塌。是啊，随时要崩塌，却不知道何时崩塌，这个过程持续了六年。

“就是嘛，不吃了，你做饭这么好吃，这家店肯定不能和你的厨艺比。走，我们换一家吃。”孙书杰挽着我的胳膊往大街走。这让我很不适应，一来，我们从没在白天的街道上靠得如此近。二来，相比较他挽着我的胳膊，我更喜欢挽着他的胳膊。但是，这些都是小事吧，好好享受假期才对。

走了很长的路，发现这一带根本没有像样的饭店，最后我们吃了肯德基。果真是标准化流程，这个城市的肯德基与那个城市的肯德基没有一点点差别。

吃完后发现，我们距离海边不太远，步行不过半个小时路程。一路上我们虽然靠得很近，但我想，不会有人觉得我们是夫妻吧。夫妻何至于要紧紧贴在一起，生怕过了这几天再没这样的机会。

海边没多少人，倒是海风呼啦啦地刮，有种请勿靠近的味道。我们谈论着所见的细细碎碎的事物。一个小孩儿从我们身边跑过，孙书杰说："小宝小的时候比他胖，跑得却比他快多了。哧溜一下就跑很远，追都追不上。一下子就长大了，现在连暑假都不愿意回来过，以后回来的时间会越来越少吧。"

"孩子本来就是过客嘛，自己过得开心就好了。"我发觉我的答话既空洞又客套，却不知道怎样才能算精彩。毕竟我没有孩子，并且打掉过一个和孙书杰的孩子，在那个孩子还不能称作孩子的时候。

有人拿着自拍杆，以大海为背景自拍。我和孙书杰没有合影，用他的话说，拍了照片就是罪证。他说，在床上被逮到的几率其实很小，都是短消息啊、留言啊、照片啊什么的，才最容易露出马脚。这些年不怎么拍照，也不自拍，几乎成了习惯。就像现在，连大海也懒得拍。看看就好了，何况也没多好看。

沿着海边走到天黑，我们找了家自选的海鲜店吃晚饭。香喷喷的爆炒海鲜的味道冲进鼻腔，这时候我的兴致才渐渐上来。我分辨着葱、姜、蒜、料酒、酱油，各种鱼虾、贝类的味道，精神一下子抖擞起来。不管有着多无奈的心情，饱饱地吃一顿海鲜大餐才是最实在的事情。

点了文蛤、蛏子、对虾、黄鱼和鳗鱼，满满当当一桌子。

"哇，太多了吧。"我一边嚼着虾公，一边含含糊糊地说。

"不多不多，吃了你好几年饭菜了。"孙书杰笑着，"每次去你那儿都做一桌子的菜给我吃，其实很感动的。"

“我喜欢做饭啊。”有时候想，之所以一直不能离开孙书杰，和他经常去我那儿吃饭有很大的关系。有人陪着吃饭，真的是一件很愉快的事情。孙书杰的妻子是大公司的销售经理，不在家吃饭是常态。我和孙书杰能稳稳当当地保持六年的情人关系，正因为他的妻子是个所谓的女强人，常常节假日也忙得不可开交。照顾不周的老公，在我这儿被照顾得妥妥帖帖，连不足的夫妻生活，我也照顾到了。呵，说到底还是我的原因吧，为什么要照顾他呢？现在是习惯，而之前是我想照顾他而已。可为什么是他呢？照顾了也就照顾了，没有多好，但也没什么不好。

“你也吃啊，这个虾太好吃了，虽然用的这种料酒我不是很喜欢，但这虾的品质真的没话说，肉质结实，鲜甜弹牙。这个剥好壳了，你吃呀。”我把一只完整的虾仁放进孙书杰的碗里。大个儿的虾仁足足占了半只碗，“快吃，超过瘾。”

一瓶啤酒下去，孙书杰也松弛下来。依然是习惯的问题，这半天下来，孙书杰也是绷得紧紧的。尽管在外地，我们都还是不能安心地享受两个人的亲密时光。如果能一前一后地走着，像两个素不相识的陌生人，而不是这样面对面地坐在饭店的圆桌上，我们可能会更加自然松弛一些吧。

“我再点个菜吧。”孙书杰神秘兮兮地说。

“不要了，这些都吃不完。”

“就一个菜，生蚝，我生吃，你懂哎。”孙书杰坏坏地笑。

“什么呀，我懂什么呀。”

“壮阳的，呵呵，最近表现不怎么好，我知道。吃这个今天晚上包你满意。”

“哈哈哈哈……”我大笑起来，“随便你。”

孙书杰把柠檬片挤出汁滴进生蚝，哧溜一口吸进嘴里：“嗯，真不怎么好吃，滑溜溜的都不敢嚼。”

“生蚝还是放上满满的蒜泥，用炭火烤的最好吃。还有，上次我做的，用烤箱烤的芝士生蚝也很好吃吧。烤出来的汤汁，混着芝士的奶香，哇，想想就流口水。”

“嗯嗯，你做的东西都好吃。真的，我老婆要是有你一半会做饭就好了。”

“会不会说话。”我狠狠踹了孙书杰一脚。

“好好，我们不谈她，这几天是我们两个人的。来，我再吃个生蚝，晚上好好表现。”

超大圆形浴缸里的水还没放满，孙书杰就开始拉肚子了。不但拉肚子，还胃疼得直打滚。没吃惯鱼生的人，偏要吃那么多生的生蚝。问酒店要了治胃肠炎的药，折腾了一个晚上，凌晨四点左右才睡下。

早上八点不到，就被孙书杰的手机铃声吵醒了。接完电话，孙书杰急促地说：“她被车撞了，邻居打来的，在小区门口，送到旁边的医院了，还在昏迷。我得赶回去，真对不起。突发事件，真是的，我得马上走了。定了三个晚上的房间，不如你自己留在这里再玩几天。真是……真是对不起”

“我和你一起回去吧，一个人也没什么想去的地方。没关系啊，这种事太突然了。”我一边说着，一边把挂进衣柜里的衣服和洗漱台上的护肤品收进行李箱。

坐上回程火车的一瞬间，突然有种解脱的感觉。除了身体上在大庭广众之下不适应过多接触之外，谈论什么话题让我也有些不自然。朝夕相处四整天，我们能谈论些什么呢。关于未来、关于打算，即使是在我的房子里，我们也不止一次讨论过。苦恼、愤懑、痛心，我都曾有过，但他说得并不是完全没有道理。他的妻子没有什么大的问题，辛苦赚钱养家，对儿子也尽所能，脾气急躁一些，却并没有出轨、暧昧这类行为。除了做饭之外，该做的家务，做得不是那么完美，却也忙忙碌碌个不停。有什么理由离婚呢？感情不和，或是情感破裂？竟有这样奇怪的离婚理由，而他们什么理由都没有。

没有未来可聊，剩下的只有闲扯，整整四天。有多少天气可说、多少时政可议、多少明星可以八卦？昨天已经感到疲惫，为了找话题绞尽脑汁。现在好多了，回到原点，就当没有这个度假的时光。本来就不该有，把心神打乱了。即使是愉快的假期，没有留下照片，回去后也不能对人讲起，会在记忆里模糊，直到忘记每个细节。

下了火车，我独自回家，孙书杰赶去医院。到家后把物品从行李箱里拿出整理好，想到明天既然已经请了假，就不用上班了。习惯了就是习惯了，晚上一个人蜷在被子里，反倒觉得耳边清清静静，浑身松懈下来，睡得香甜。

早上，睡到自然醒，居然已经快十二点了。给自己做了火腿煎蛋和牛奶麦片粥，打算把下载了却没时间看的电影，挑几部看看。第二部电影看了大半，孙书杰打电话过来。

“我在医院里，她撞得还蛮严重的，锁骨裂了，已经打了钢钉进去，现在还没醒过来。不过医生说没有生命危险了，可看着一直昏迷的样子，还是挺吓人的。现在一直在挂水，我一点儿也走不开。真的是太抱歉了，害你都没玩儿尽兴。”

“没关系啊，你带我出去，我就已经很开心了。”

“嗯……那个……我知道，可能有点儿为难你，你要是不愿意没关系的，真的，我就是问问，你今天没去上班吧？”

“是啊，明天也是请了假的。有什么要帮忙的？你说吧。”

“是这样的，医生说除了挂各种营养液，还可以用注射的方式挂一些汤水，比如乌鱼汤、骨头汤什么的。给她炖汤，我知道你很为难吧。没关系没关系，医院周围应该会有煲汤的店，我去买点儿。”

“我来做吧，你安心照顾好她就好了。是啊，是挺不愿意的，不过算了啊，又不是什么多麻烦的事。”

“你真是太好了。你看这样好不好，你去我家做吧。我家你认识呀，你去过的。你到我家旁边的菜场买了食材，就在我家做。医院就在小区隔壁，这样送过来很近。家里没什么调料，不过医生说，什么都不要放，葱姜料酒盐什么的都不要放。炖几个小时就可以了，只要汤，不要内容，一定要过滤干净，汤里面不要有杂质。真的不麻烦?”

“不麻烦。”我说。

“哦，我家门口有几个空的快递盒子，大门钥匙就在盒子下面，你拿了钥匙自己进去。真是太麻烦你了。”

“真的不麻烦，别客气了，我马上过去。”

挂了电话几秒后，孙书杰的电话又来了。

“谢谢你，生日快乐，真的很感谢。”

按照孙书杰的要求，用漏勺把乌鱼汤过滤干净，装在一个饭盒里。剩下的乌鱼，简单做了个糖醋汁浇在鱼肉身上，装在另一个饭盒里。准备带去给孙书杰吃。

提着饭盒走到医院门口，我打电话问他在哪个病区、哪个病房，孙书杰说：“你不要上来了，你上来不好，可能会被人看到。你等着，我马上下来拿。”

孙书杰接过我手里的饭盒，连声道谢。

“用鱼肉做了个糖醋鱼，你还没吃饭吧，吃了大概也没吃好。你也要注意休息，我回去了。”

“等等，”孙书杰叫住我，“能不能……能不能再麻烦你一下。”

“你说。”

“我今天晚上得住在这儿，这儿有家属用的毯子和折叠床，但是毯子挺薄的，要是可以的话，你能帮我把我的睡衣拿过来，穿着牛仔裤睡一夜不怎么舒服。睡衣，还有再拿条毯子，就是沙发上那条，蓝色的，一起拿过来。还好不是太远，太难为你了，真的。那还是算了吧，不换睡衣一个晚上也能对付，我已经觉得很不好意思了。”

我犹犹豫豫是去帮他拿睡衣和毯子还是直接回家，最后还是开门进了孙书杰的家。屋子里还飘荡着刚才炖的乌鱼汤的香气，窗外射进的灯光照在电视柜上的全家福照片上。反射在相框玻璃上的光点，使得照片上的人物看起来扭曲变形。一眼看过去，沙发上的蓝色毯子显眼地放在沙发靠背上。

走过去拿毯子的时候，突然异常的疲惫，顺势在沙发上躺倒下来。蓝色的毯子延伸到鼻子边上，使劲嗅了嗅，沾满了孙书杰的味道。一直处在一种味道中，会渐渐忽略了这种味道。但我和他，因为见面次数的限时，对于他独特的味道，熟悉、亲切，带着爱和无奈。这里不会成为我的家，孙书杰说，房产是他们共有财产。并且现在看来，他的妻子没有生命危险。说来奇怪，蛮不讲理的时候，我会咒骂他的妻子，因为她的存在，我和孙书杰不能在一起。可这次突发的车祸，我的心里竟然有着担心和愧疚。她不完美，但是没有出错。错的是我，几乎全部的错都在我。是我对孙书杰说，我不在乎你已婚，想要你陪我吃饭，想见到你，想被你抱住，抱得紧紧的。

夜幕来临，肚子咕咕叫的声音在客厅里十分清晰。我站起来，想找找看有什么吃的。茶几上没有顺手可得的零食，冰箱里空空荡荡，没有鸡蛋、没有牛奶、没有饮料，甚至连异味都没有。当我打开橱柜门的时候，几盒碗装方便面滚了下来。抬头看见，满满一柜的方便面，五颜六色、大大小小，仔细辨别，发现没有一种味道是重复的。几十种味道的方便面，或许比超市里的品种更全更丰富。

突然间，我很想吃方便面，我从来没有吃过一碗完整的方便面。烧了开水，拆开一碗芝士肥牛口味的面。认真读了说明，把调料袋挤得干干净净加入面里。浇上开水，盖上盖，静静地等着三分钟过去。

打开盖子的一瞬间，简直可以用异香来形容，几小包或油或酱或粉末的调料包，竟然蕴藏了这么浓厚丰富的味道。一百多克的面条，几乎在瞬间就被我吸进肚子里了。

怎么办，我还想吃。从来不是暴饮暴食的人，却像是不能自控似的又撕开了一碗麻辣肥肠味的面。麻辣的口感像是在口腔里旋转，眼泪流了下来，嘴巴却不能停止。

吃第三碗水煮鸡丝口味方便面的时候，胃有了胀痛的感觉，可附赠的塑料叉子还是不住地往我嘴里送面。这个时候，我隐隐约约看见，孙书杰的妻子正站在我的旁边，她用手按住我的头，迫使我一口接一口地吃下去。

吃第四碗炭烤螃蟹口味的时候，胃就像要爆炸了。我流着泪咽下卷曲的面条，妈妈说方便面是垃圾食品，没有营养，并且一吃就会长胖。

我很后悔，不应该有第一口，一辈子不吃方便面，人生也不会有遗憾。不好的东西充满了诱惑，而我是个受不住诱惑的人。我不想再这样了，事情都会有结束的时候，不是现在就是将来。

我被孙书杰妻子幽灵一样的手臂压得抬不起头来。吃下一碗又一碗的方便面，是我对她的忏悔。我错了，即使我痛我苦，也是因为我在一次次可以结束的时候，不去喊停。但是，总会结束的，吃饱了，吃撑了，总会有停下的一刻。

孙书杰打电话过来，兴奋地说："她醒了，几分钟前突然就醒了。然后说很饿。好了好了，这下放心了。谢谢你啊，真的很感谢。"

"不客气。"我挂断电话，删掉了孙书杰的号码。

五年后，和孙书杰在街上偶遇，他喊我的名字。我装作没听见，或认错人，目不斜视地走过去。不想被他看见，这五年我胖了十几斤。年龄大了，新陈代谢慢了的缘故吧，或者是因为胃被撑大了，食量是以前的好几倍。

夫妻间

下班回家的路上，天色已经昏暗，我还是发现了路边冒出芽的小草和梧桐树树尖上裹着透明薄膜的芽苞。这就是说春天到了嘛。对于在冷库上班的我来说，一年四季也不应该总是冻着。离婚以来的阴冷被嫩得挠心的浅绿戳了个小小的破绽。叹了口气，继续向那个冷清的家走去。春天，是不是每个人都会有点儿异样。

开门的时候，发现门锁只拧了一圈，门就开了。记得上班的时候有用钥匙锁门，现在该拧两圈半才对，是不是进来贼了？

尽管不觉得家里有什么值得小偷惦记的东西，我还是警惕起来。悄悄地推开门，随手抄起了靠在门边的扫帚。举着扫帚，我蹑手蹑脚地转向客厅，看见小姨子，也就是前妻的妹妹，应该说是前小姨子正把一本杂志放回茶几。

“你来了？”我依然举着扫帚。

“什么？”前小姨子没有听清。

“我是说，”我赶紧把扫帚放下，“你怎么

会来了，怎么有钥匙的啊？”

“以前姐姐配给我的，和我自己的钥匙挂一起。是你们离婚前就给的，挂了一年多了，这还是第一次用。磨得挺好的，一打就打开了。”前小姨子还是一副懵懵的样子，一点儿也没变。

“你是不是来拿什么东西的？”我问，“不过好像没什么你姐的东西了。”

“不是，就是来看看你过得怎么样。”

“就这样呗，上班下班，在家看看书看看碟上上网。那你姐呢，她现在怎么样？”

“不怎么好啊。”前小姨子皱着眉头说。

“不好？怎么啦，她那个美国老公对她不好？”

“不是，不是生活不好，是身体不好。”

“她怎么了？身体怎么了？”

“脑癌。”前小姨子慢悠悠地吐出这个词。

“怎……怎么会呢？”我结结巴巴地说，“我这几天还做梦，梦到你姐还是一副精神抖擞、指手画脚的样子。我还问她：‘你说话这么快，你的老外老公能不能听得懂。’然后她又把我骂了一顿。”

“梦是反的嘛。”前小姨子撇撇嘴。

“是吗？”我喃喃地说，“那治疗得怎么样，能不能治好，他会不会……我是说，她还能……还能活多久？”

“理论上是半年。”前小姨子眼圈瞬间红了。

我赶紧打岔，生怕她哭出来。“你还没吃饭吧，要不在我这里吃。我马上去做饭。”

“谁要在你这儿吃啊，尽吃素，我又不是兔子。”

“有荤的，家里还有些肉末，还有鸡蛋，我马上就去做，很快的。你先看会儿电视。”我开了电视，把遥控器递到前小姨子手里。

我煮上饭，把冻成硬块的肉末放进微波炉解冻，开始择花菜。把花菜揪成一小朵一小朵的时候，眼泪毫无征兆地涌了出来。

我不知道自己对前妻存有多少感情，从谈恋爱到结婚到婚后都不知道，并且一度觉得我们相互憎恨。相亲的时候，只因为她不停地说话，我只要用四声发出“嗯”这个字，就可以打发一整天的约会时间。而她对介绍人评价我的话，就是“人很好”。结婚后的矛盾更加加剧，被她劈头盖脸地大骂，我竟然一句抗争的话也说不出来。我像只小动物似的，蜷缩在墙角任由她指责，而往往错误的根源并不在我。

只有一次情况有所不同，我们去参加她同事的婚礼，席间约定俗成的会有一些邀请宾客上台参与的游戏。司仪眉飞色舞地说：“现在请六位男同胞上台来做个小游戏，有谁，有谁要上来，请举手。”

前妻跟随着主持人的亢奋亢奋着，对我嚷嚷道：“你去啊，你快举手啊。快啊，都已经有人上去了。你快点儿啊。”我摇摇头，觉得现场的音乐实在是震得人心烦意乱。“不去。”我坚决地说。

前妻的急脾气一下子上来了，从椅子上站起来，拽着我的衣服想要把我拉上台。我默默地坐着，根本不可能上台去像小丑一样地被主持人要求这样要求那样。毛衣的袖子被拽得拉长了十几厘米，前妻还在不停地唠叨着：“你快去，你给我上去啊……”

轰轰烈烈的音乐震得我手心冒汗，四处也没有一个安静的墙角能让我蜷缩。就像沸水一百度的临界点，我终于爆发似的吼了出来：“你脑子有病啊！”顺势用汗津津的右手扇了前妻一个耳光。瞬间，我们成了众人瞩目的焦点。前妻流着眼泪，冲出了婚礼现场。

“你脑子有病啊。”我耳边又回响起那天我失控的吼叫。这是不是叫做一语成谶。我感到心脏在狂跳不止，有罪恶，有同情，有焦躁，有疼痛。

我把肉末花菜和青菜冻豆腐汤端上桌，招呼前小姨子来吃饭。好在电视还没关上，飘到餐桌来的声音，使得无声吃饭的氛围不是那么尴尬。

“你姐自己感觉怎么样?”我在电视广告的时间问道。

“不是很清楚啊。”前小姨子看了我一眼说，“她现在昏睡的时间比清醒的时间多得多。我经常去也没碰到几次和她说话的机会。”

“怎么会经常昏睡?”

“医生也觉得奇怪，说这应该不是脑癌的临床表现，但也没查出是什么原因。不过呢……”前小姨子咽了一口饭，接着说，“我觉得我知道是什么原因。”

“嗯?”

“因为我姐一直都喜欢吃土。”

“吃土?”我非常惊讶，“我怎么不知道，我是说我们结婚三年我怎么一点儿也不知道。”

“这种事当然要偷偷的咯，难道盛一碗土摆桌上吃。”

“那怎么吃？什么时候吃?”

“《百年孤独》有没有看过?”前小姨子问。

我摇摇头。

“就像《百年孤独》里面的那个女孩儿一样，抓起来就吃。不过那个女孩儿还蛮长寿的，可能是外国的土没什么污染吧。我想想哦，大概我在五六岁的时候，第一次看见姐姐抓院子里的土在吃。我吓得赶紧告诉妈妈，妈妈气得都哭了。妈妈说姐姐大概三岁的时候就发现她会吃土，纠正了很长一段时间。没想到现在十几岁了，还这样。”

“后来有改掉吗?”我问。

“我想是没有。后来我时常留意院子里的土，总觉得有被挖过的痕迹。就算看起来很平整，但我想姐姐应该也意识到这是种怪癖，所以总是偷偷摸摸的，而且尽量不让人看出破绽，把土整理好了。”

“你觉得她得这个病和吃土有关?”

“那还用说，土多脏啊，现在的土里还有什么重金属。虽然不知道她吃土的频率，但肯定是从小就吃到现在，怎么会不生病啊。”

“嗯。”我点点头。突然前妻活泼好动、语速极快的样子纷纷涌现眼前。她挥舞着手臂说话的样子，她烦躁地在我面前走来走去的样子，她结交了一大帮朋友，拼命想融入他们的样子……这些是不是前妻想要摆脱生理怪癖，融入正常生活的急躁表现?我不能确定，可能连前妻自己也不知道这是怎么回事。但现在我有一点可以肯定，在结婚的三年中，我对她的关心和关注，远远达不到她的心理所需求的程度。

“我……是不是……”我吞吞吐吐地对前小姨子说，“你来告诉我你姐得病，是不是想让我去看看她?”

“我也搞不清，就觉得应该告诉你一声，打电话又怕说不清，就顺路过来了一趟。你看吧，你想去看也行。”前小姨子报出医院名和病床号。

前小姨子走后，我也没心情收拾碗筷，拖着脚踱到阳台。这里种着前妻养的一盆一米左右的橡皮树和一盆月季。结婚的时候，前妻有没有从这两只花盆里，用手抓起一把泥土塞进嘴里?

前妻走的时候说:“我看你也蛮喜欢花花草草的，橡皮树和月季花就留给你了。我要开始新的生活。”当时我愤恨地想，花草留给我?开始新的生活?是你马上要和外国男友住进高档公寓酒店，这些东西不让带进去吧。现在想来，有没有可能因为前妻的确打算开始新的生活，想要戒掉吃土的习惯，真正字面上的想要开始新的生活？

是不是她离婚以后，真的戒了吃土，然而想戒掉几十年的老习惯，生理心理都会产生严重的不适，于是一病不起，成了现在这种状况。

我思绪万千却也没有标准答案，于是决定明天提前下班，去医院看看前妻。不管是因为我的一语成谶，还是对前妻不够热爱的负罪，对于快要死去的人，总是让人充满怜悯和好奇。

当我捧着一盆半死不活的月季，脏兮兮的黑陶土花盆直往下掉泥巴的样子出现在病房走廊的时候，每个人都惊奇地侧目。推开病房的门，里面的空间大得让我有些不知所措。也许生活过得的确不错。病房巧妙地隔成两半，外边一半摆放着沙发和茶几，很有总统套房的感觉。

我看到了前妻，她安静地躺在白色的病床上。她还在昏睡，轻微的呼吸像微风中小草的敏感。我轻轻地把月季放在床头柜上。从花盆上落下的泥土，混合进桌面上的一小块水渍，一下子化成一个不规则的黑点。

前妻一动不动，因为化疗放疗导致的头发脱落，使她的头皮看起来圆润而单薄，像一层包裹着头顶的娇嫩薄膜。前妻的鼻子一直是她五官中最完美的部分，微微张合的鼻息，衬托在惨白的脸颊上，更加恬静安详。

我这才想起，我从来没有这样仔细打量过前妻的脸，不管是婚前还是婚后。我突然有很多话想和这个我一直爱理不理的女人说。我想告诉她，你长得真不错；我想告诉她，你脑子好得很，哪有病啊；我想告诉她，去年你搬走以后，这盆月季开花了，是粉嫩粉嫩的粉红色，就像你的嘴唇，苍白中带着淡淡的粉色。

病房的白纱窗帘悠然地摇荡起来，我弯下腰情不自禁地吻向前妻的淡粉色嘴唇。我感觉像抽出嫩芽的柳条，在风中融化摇摆，像在轻巧的旋律中，看着前妻微笑着和我唠叨……

我猛然看见一个棕色头发的老外直挺挺地杵在床尾，慌忙直起身。我转了一下脑筋，这一定是前妻的现任老公。

“哈……Hello……”我慌张地解释道，“我是她的前夫，husband，不是，是 past husband。她妹妹叫我来的。对不起，不是，sorry，very sorry。”

“不用说对不起。”这个老外用标准的甚至还带着点儿“儿化音”的普通话说道，“我能理解你的心情，我知道中国人是最重感情的民族。请不用说对不起。谢谢你来看她，还有谢谢你的礼物，Molly 非常喜欢植物。”

我走在医院充满酒精味的光滑走廊，我想要不要和这个老外解释一下，这是我第一次吻我的妻子，不是，是前妻，就被逮了个正着。

孤独的广场舞

“冷不冷？”网名叫做“游龙赋之”的陌生男人把右手搭在我紧握在一起的两只手上。他的手暖乎乎的，略带粗糙，像厚重板实的棉被。可还没有好好体会这份温度，心脏就开始扑通扑通加速跳动。我赶紧把手从他手心抽开，四下张望来去匆匆的人群。谁也没往我们这里瞧上一眼，可我还是觉得呼吸不畅。

“我们去吃饭吧。”游龙赋之说，“虽然时间有点儿早，不过看你脸色苍白，吃点儿热乎乎的东西，可能会好些。”

“嗯。”我答应着站起身，跟在游龙赋之的身后，向一栋大楼里走去。“很火爆的一家餐厅，虽然藏在写字楼里，生意却好得出奇，芝士肥牛火锅特别好吃。”游龙赋之一边走一边向我解释。

等电梯的时候，我把大楼的楼层平面图和逃生示意图死死记在脑袋里。想对他说，如果遇到火灾等突发状况，跟着我走就没错了。又觉得这话不吉利，没有说出口。

挤进电梯以后，觉得自己的膝盖和大腿

内侧在不由自主地颤抖，只得尽量强迫着让自己的面部表情自然些。与游龙赋之在网上已经聊了将近一年，觉得这样已经是自己的极限。直到昨天才强迫着自己同意他见面的要求，既不是出于什么事情的刺激，也不是那么迫切地想要见到他。我只是在想，如果再不走出来，我是不是真的要死在这间房子里。

箱式电梯异常的封闭，除了我和他，还有两个陌生的男人。四个人在电梯里没有交谈，轰轰的机器运转声在狭小的空间里被放大。我的嘴唇在哆嗦，很想要尖叫着扒开电梯的门冲出去，哪怕是坠落也行，最好是粉身碎骨。

五楼终于到了。我迈开双腿，僵硬却还能控制。虽然时间还早，但餐厅里已经坐了大约一半的人。服务员领着我们向窗边的一张桌子走去。我知道那个方向的大窗户可以看见楼下的小广场，膝盖不由自主地发软，身体向一侧歪了一下。

“就坐这里吧。”游龙赋之指着一张角落里的桌子说。

我感激地对他挤出一个微笑。

点完菜后，我已经无可逃避地与这个一直在虚拟世界里跟我喋喋不休的人面对面地坐着，一切都那么的真实。即使低着头也能看见他大概的样子，应该算是很有精神的那种吧。他当然是有过剩的精力，即使知道我的情况，也想要见我。或者说，正是因为知道了我的情况，他才一而再、再而三地邀我出来见面。

“你很漂亮。”游龙赋之说。

“谢谢。”

“你现在感觉怎么样?”他问。

我摇摇头，不知道该怎么告诉他，我现在像被周围的空气挤压到要窒息的疼痛。看见自己放在桌上的手，颤抖得厉害，默默地放到桌子下面藏好。

“我给你讲个笑话吧。”游龙赋之展开灿烂的笑脸，对着我说笑话。我没有办法把他的笑话听进耳朵里，在网上聊天的时候，我们明明可以愉快地你一言我一语。

我拿出手机，在微信上对他打出“我想回家”四个字。

“觉得很不舒服?”他问。

我点点头。

“广场恐惧症。”他说，“害怕到公共场所或人多拥挤的地方。最怕开会和到商场购物，也不敢到空旷的场所，如运动场、广场，即便是乘公共汽车、火车等交通工具也非常害怕、紧张。”

我继续点头。

“没有关系，”他说，“我们慢慢来。这个是可以通过心理治疗、认知治疗和药物治疗有所好转的。”他的眼睛直直地盯着我，像是把我笼罩在刺眼的聚光灯下。我回避掉他的眼神，从碗里夹起一块肥牛。粘附在肥牛上的芝士被长长地拉出，黏稠得让人尴尬。我不知道该怎么处理我的动作、我的表情，还有我已经红到发烫的脸颊。

“我要回家。”我说。

“患者担心自己的表情和行为举止会被别人给予坏的评价，”游龙赋之说，“不要怕，这只是症状的一般表现而已。”

举着筷子的手颤抖到可以清楚地目测。

“感觉到周围的环境不确定时，会陷入困境，不安全，难以控制，感到不适、紧张、不安，出现明显的头昏、心悸、胸闷、出汗等植物神经反应，严重时可出现人格解体体验或晕厥……”游龙赋之像教科书似的准确地说出我的症状。

“暴露疗法可以治愈你的症状，你想想这是你熟悉的地方，我是你认识很久的朋友，或者是你的男朋友。我们在熟悉的餐馆吃饭，像平时一样的聊天，今天和昨天、前天或者明天没什么不同……”我四下观察着周围的人，我不认识他们，我没来过这里，对面的这个男人出于什么目的把我带到这里，像做研究似的把我剖开，让我的内脏敞开在所有人的面前。

“哐当……”一个小孩儿撞到了服务员，服务员手中的托盘摔在大理石地面上，翻滚着延续噪音。

我的脸瞬间变得惨白，手脚冷得像是生脆的冰凌。

“我要回家。”我拿起包，头也不回地跑出餐厅，跑下应急楼梯，跑上马路。

我跑得快要喘不过气，放慢速度，想着自己的愚蠢。我为什么要出来，为什么要把自己暴露在众目睽睽之下，为什么要听一个陌生人对我的所谓科学的剖析。他也许想研究我，也许对我有情欲，也许两者兼之，可我对他的任何事都没有兴趣。

我明明可以不出门的，是的，我可以在家里为所欲为地做各种事情，看书、看电视剧、上网、做瑜伽、刷马桶、熨衣服、烹饪美食……我不会死在家里，但我会死在这里或者那里。对，这是广场恐惧症。但我不害怕病症，我害怕治疗。

减速到快步走的节奏，我看见两个小孩儿仰头望着一棵大树。顺着他们目光的方向，我看见树上趴着一只黑黄色的小猫，喵喵——喵喵的叫声在车流人声中细软得令人毛骨悚然。

“它是不是不敢下来？”一个小孩儿问。

“那它怎么上去的？”

“爬上去的呗。”

“爬上去为什么下不来。”

“恐高症。”

“恐高症是什么意思？”

“就是害怕高的地方，每个人都有害怕的东西……”

小猫睁圆了眼睛望着树下，前爪腾空扑腾了几下，看样子是想下来，但表情又似乎带着淡定和不屑。我想象着自己站在高处的画面。我不恐高，我远远地望着地面上的人。想象着他们的生活，但对他们漠不关心。我关心的是我自己的感受，我不想再强迫自己去适应什么，我是广场恐惧症患者。

当我的意识从小猫身上收回的时候，愕然发现身边站了一圈围观的人群。人群议论着这只小猫，猜测着猫的主人，讨论着要不要找消防员……汗珠从我的额头渗出，肺部感到即将爆裂的压力，身后一个男人吐出的热气让我像是深陷在沼泽中无法动弹。恐惧，我看见恐惧是黑色的，掐住了我的咽喉，我要窒息，我会死在这里。

刚才我也许尖叫了，因为我的双脚在飞奔，耳边却有嗡嗡的鸣响。我回忆不出我是怎样离开的人群，只有不停地迈开双脚向家跑。那里是终点，我不会死的。

家里单元楼的电梯，我不感到害怕。它和其他所有的电梯都不一样，站在里面我不会呼吸困难，不会眩晕。哆嗦着拧开家门，开门那一刻真的令人激动。进去后使劲拉上门，大大地舒一口气，就像是苦难的一天或者一生终于过完了一样。

屋子里一切都熟悉，形状、颜色、味道和温度。这里就像我的身体，谈不上多喜欢，但决不能丢失任何一部分。当然，也包括经常出入这里的人。

去阳台收衣服，才发现今天的天气这么好。阴沉但不潮湿，到处都灰蒙蒙的，却没有让人产生忧郁。阳台是开放式的，当初装潢时，我强烈阻止把阳台封闭起来。这么看来，我是多么地热爱生活啊。

高层的好处在于，我可以从楼上向楼下俯视，看清楚一个个过往的行人和一辆辆驶过的车，从来不会有人抬起头发现我。我的目光已经在远距离的路程中被稀释化解，走过我眼前的人，肯定没有“有人在盯着我看”这样的感受。

太阳从云缝里刺出几缕笔直的光线落在阳台上。这光线给我一种从灾难里逃出来，重获新生的感触。我爬上阳台的边缘，双脚越过阳台，坐在半人高的阳台护栏上。晃动着双脚，像小猫的前爪腾空扑腾。

心情如同放飞一样，果然是没有一点儿恐高症啊。丝丝的阳光照射得让人懒洋洋地想睡。上来之前应该先煮杯咖啡或奶茶才对。无所谓了，反正这里是我的，我想什么时候煮都行，我想坐到什么时候都行，我想现在从这里跳下去也是轻而易举。

大门那里传来钥匙开锁的声音，我继续晃着阳台外的两条腿，像小猫一样在光线中眯起眼睛观察世界。“你……你……要干什么?”海荣惊诧地叫道，又慌张地压低了声音。

我回过头对他笑了笑。

“你有什么要求你说啊，我那边我会处理的，你不能急，我早晚是会离的。你要相信我。”海荣的语速比平时快了不止一倍。

我把双腿从阳台外收回，轻巧地跳落到阳台的地面。我走近海荣，搂住他的脖子：“我没有要求啊，什么要求也没有。”

“真的?”海荣问。

“嗯。”我点点头，“我喜欢现在的生活，我喜欢一个人待在家里，我没有不满意，一直都这样下去也可以。”

近距离地盯着海荣，看见他的发髻线向后退了不少。

“孽海潮退。”我笑着揉揉他的头发。

“什么呀，”海荣假装生气地瞪我，“都哪一年的事了。”

“不就六年前嘛。当时是怎么想到这个网名的?潮退。”我从下而上地摸了摸自己的额头，示意发髻线的问题，“有先见之明啊。”

“随手打出来的，哪想那么多。”

六年前，大学即将毕业。那时我已经感到心理问题的严重。单亲父亲突然心脏病发作离我而去，我一整天一整天地躺在宿舍的上铺，拉上帘子，无法上课，也不能与人交谈。

网络是毒药?应该可以这样说。那时我只有依靠着不停地打字，向陌生人发泄心里的不满。情绪在文字里被放大十倍、一百倍也不觉得过火。而我要得到的回应，只是有人呵呵两声就足够了。

孽海潮退从来只听，不提问。即使是问，我也没有答案。为什么会恐惧人群，为什么不能看着别人的眼睛说话，为什么会从走出寝室的那一秒开始浑身发抖？我知道出了问题，害怕和担忧正被网络那一头的人了解。只有这一件事让我有些舒畅。

直到孽海潮退要约我见面，我才把头发梳顺，扎了个马尾辫。见面的时间一拖再拖，马尾辫扎起又拆散，拆散又扎起。终于还是在距离校外一站路的公共广场上，看见了海荣。

情况严重到超乎我预期。太阳暴晒在人来人往的广场，我几乎要晕倒。唯一的意识就是孽海潮退额头上渗出的大粒大粒的汗珠。我几乎是被拖着离开广场，被带进这间屋子。关上大门的一刻，感觉就像被炸毁了一只翅膀的飞机，安全地着陆了。

陌生，但是不会让人畏惧。房间、人、气息，都没见过，没体会过，但只要有一扇门，就能把恐惧阻挡在门外。世界是一种疾病，但是在这里，病痛全都忘了。

很多年来，都没有感受到这样的松弛，对海荣就像常规所描述的一见倾心。一直相信没有人是坏人，有谁会愿意把自己往坏人的形象上塑造，迫不得已的时候，偶尔做做坏事罢了。

一切看来都是我更积极一些。一起在花洒下，把一身的汗水冲洗干净，对拥抱和接吻的热烈回应，疼痛也忍耐着直至麻木到欢乐。接受下一个人，非常非常容易，比面对广场上面无表情的人群容易很多。在这里，就好像达到天堂，天堂之所以美好，也许就是因为那是一个封闭的环境。

我再也不想离开这里，也真的没有离开这里。六年间我和海荣发生了巨大的争执，因为他要我跟他回去见父母，我做不到。他要带我出去见朋友，我也做不到。但是他没有放弃我，依然经常过来，并找了阿姨隔天过来打扫和送食物。对待我，的确应该这样娇宠，除此之外，我或许只有死路一条。

海荣恋爱、谈婚论嫁、筹备婚礼……对他的安排，我们都不顾忌，我甚至显露出了几分聪明，帮他谋划了一些事。有伤痛，但又因为这一切在门外，似乎离我很远很远。我做不到的，可以由另一个女人来替代。不管海荣怎么看待我们的关系，我都应该感恩，不是吗？

治愈目前对我来说还没有必要，也许这让研究心理学的游龙赋之不能理解和感到尴尬。可是，我没有选择的余地，对于外面世界的伤害，这里就是安全、温暖的所在。这里的所有都是美好的，没有人能确信，治疗就是有益、积极地行为，而从容地在这里度过每一天就是加剧病症的根源。是的，我有什么不满意的呢。我被关在这个不大但也不算小的屋子里，里面有我熟悉的一切。有阿姨隔天过来打扫、送食物和食材，有熟悉的男人经常过来与我亲密，有快递送来我网购的那些东西，这是多么让人安定的环境。很多次，我想对海荣说，把我关在这里，我愿意，也谢谢你，真的。

黑夜栅栏

我一直搞不懂为什么小孩儿要早早地上床睡觉，房间的门被关上之后，从门缝里隐约传来爸爸妈妈压低了声音的说话声和笑声，以及电视里的哭叫声。我渐渐开始感到扣在眼皮上的重量，困顿把我像橡皮泥似的揉来捏去。可我总是想从这种无力中挣扎出来，加入到爸爸妈妈的谈话和娱乐中去。有几次，我成功地爬了起来，走出房间，遭遇到的却是怒斥："怎么还不睡觉?""你要不要长高?""快给我进房间去!"

他们说的任何道理我都不知道，我只是被怒斥这件事吓住了，乖乖回到房间。

故事是从我五岁时候开始的。那一天晚上，我钻进我的粉色 Hello Kitty 被子之后，妈妈像往常一样，给了我一个睡前吻。如果画面定格的话，也许就像绚丽的儿童绘本里的图片，亲切温馨。但是我一点儿也不想睡，我讨厌这个吻之后的黑暗。影影绰绰漏进来的灯光，只把房间里的家具概括成一个个棱角不那么分明的轮廓，看起来像是一些叫做吱吱唧唧，或者呼呼啷啷的怪物。

门被紧紧地关上，我抱紧怀里的粉色的兔子毛绒玩具，像是抱紧了我自己的身体。门上一小块毛玻璃里映出妈妈越来越小的影子，我转头看向窗外，一轮月亮圆溜溜地贴在窗户的右上方。月亮上的黑影，一圈一圈地打着转，转得我晕乎乎的。我觉得今天我非得起来不可。

我迷迷糊糊地走出家门，街上没有一个人影。这条路看起来有些眼熟，却不知道通向什么地方。我觉得有点儿冷，怀里的兔子玩偶遮挡住胸口，是全身唯一有点点暖意的地方。也许是道路太黑了，也许是我边走边睡着了。当我清醒点儿了的时候，发现自己在一个类似公园的地方。

周围有树林和花园，月光明朗地把每一片花瓣都照得娇嫩舒展。脚底下的小石子像宝石一样，反射得月光闪闪亮亮。也许往远处眺望，就能看见一座住着公主的城堡什么的。但是我感到害怕，非常想回家。即使是躺在那个让我厌恶的被窝里，也许也比在这个故事书里的场景一样的地方，能让我感到温暖。

我沿着石子路，踮着脚尖往前走，生怕惊醒想象中沉睡的怪物。小孩儿这个时候还是躺在床上比较好些。我下定决心以后一定要听话，越是向前走，越感到自己的弱小。我发现我保护不了自己，这种让人难过的感受，甚至伴随了我的一生。我大哭起来。

我哭着走着，终于看到了一排高高的铁栅栏。我加快脚步跑过去，希望能找到离开这个公园的出口，早点儿回家。在栅栏的脚下，一个女孩儿蜷缩着身体，慢慢地抬起头，看着我。

这个姐姐多大？十岁？二十岁？三十岁？我还不会辨认人的年龄，只觉得她的脸庞真美。

“姐姐好。”我小心翼翼地说。

姐姐点了点头，脸上没有表情。

我走累了，在她的身边坐了下来。她抚了抚我乱蓬蓬的头发，又用胳膊搂住我肩膀。我觉得像浸泡在温热的洗澡水里一样舒服，又向她身边挪了挪，紧紧依靠在她身上。

“现在就要回去吗？”姐姐问。

我拿不定主意。我侧过身体抱着姐姐，粉色的兔子玩偶滑落到地上也没觉察。我喜欢姐姐身上又香又软的温度，凝望着她的脸，憧憬着长大后能够有一双像她那样眼珠里充满了星星光点的大眼睛。

空气中弥漫着宝石蓝色的雾气，我们抱在一起，在一座巨大公园的一个角落，渺小得像是消失在了这个星球。星星像是艺术家设计好的造型，构图完美地安放在湛蓝的天空。夜晚不是那么昏暗，寂寂无人的时候，姐姐均匀的呼吸把我笼罩在一片安宁之中。我觉得我就要睡着了。

“你还是回去吧。”姐姐推了推我。

“我不知道怎么回去。”

“从这里，”姐姐指指高耸的铁栅栏，“你可以从这里钻出去。”

“但是……”我又想到那个怪物森森的房间和爸爸妈妈凶巴巴的脸，犹豫着要不要出去。

“走吧，你是小孩子，小朋友总是要回家的。”姐姐站起来，拉着我的手，把我带到栅栏面前。

我把头探出栅栏，栏杆之间的宽度刚好能让我侧着身体通过。我顺利地钻出去之后，左手还没有和姐姐的手松开。

“姐姐，你也出来啊。”我拉她的手说。

“我出不去啊，栅栏的缝隙对我来说太小了。”姐姐一点点地褪开我的手指，“赶紧回去吧，很快就要到起床的时间了。”我向家的方向跑去，姐姐和公园在身后消失不见。

我被妈妈大呼小叫地弄醒的时候，自己正躺在客厅的地板上。鞋袜全部湿漉漉的，这让爸爸妈妈着实担心了好一阵子。

进入高中以后，有些事情的发展超出了我的理解。首先，我竟然长得越来越漂亮。爸妈都属于姿色平庸的人，但我却越来越背离他们赋予我的样貌。有时候我端详镜子里的自己，会觉得自己像某个人，却怎么也想不出来像谁。我剪短了头发，为的是不让自己那么显眼。但这个举动又刚好合上了好莱坞女明星纷纷剪短了头发的节奏，这让我看起来更加时尚，比之前更加招摇。

其次，越来越多的情书塞到了我的课桌抽屉里，上学放学或课间休息的时候，总有男生与我搭讪，或温柔或挑衅或装作偶然。

最让我不能理解的是，在明着暗着追求我的男孩儿当中，谁都无趣得厉害，和三角函数的那些公式定理一样让人想要躲得远远的。

闫三倒是个例外。也许是因为座位靠得比较近，时常伸个头过去问他这问他那。熟悉起来以后，感觉他是个很平淡很安静的人，不温不火的性格让人觉得和他交个朋友不会那么的麻烦。

然而高中生哪有真正交朋友的时间，奋战在无止境的题海里，一眨眼就快要毕业了。

录取通知书拿到之后，闫三打电话来问："要不要出来？"

"好啊，真闷得慌呢。"

我们蹲在大梧桐树的树荫里咬着冰棒。

"考上大学了，要不要庆祝一下？"闫三问。

"我上的又不是什么好大学。你倒是考得不错，名校哦。要庆祝就给你庆祝吧。"

"我也不怎么想庆祝。"闫三用一贯慢吞吞的语速说，"没考上之前觉得拿到录取通知书的时候一定会兴奋得蹦起来，可真拿在手上了，也不过如此。”

“人生嘛……”我歪嘴笑着把冰棒棍扔出好远，也不知道想要说什么。我站起来，活动活动蹲得发麻的腿，“走，去你家玩会儿。”

“我家没人。”闫三愣愣地看着我。

“没人怎么啦？怕我把你怎么了？”

“不是，我是说，哦，好，我……我是说，不怕我把你怎么了？”

“什么鬼话。”我睁大眼睛瞪了他一下，忍不住又笑了起来。不管怎么说，拿到通知书后的心情和以前相比，多少还是轻松了些。

闫三家里收拾得特别干净，显得有些空空荡荡。布艺沙发上连一个褶子也没有，像是失去了沙发该有的舒适性一样的刻板。

“你坐啊。”闫三指指沙发。

我和闫三坐在长沙发的两头，一时没找到合适的话题，房间里安静得让人想砸个什么东西弄出点儿声音来。

“看电视吧。”闫三慌手慌脚地开电视，遥控器掉到地上两次。

这几年，我们都忙着高考这一件事。除了除夕和家人吃个饭，平时连亲戚家也没去过几回。似乎我们都不知道了该如何社交，招待朋友到底该做些什么，把我们弄得很是尴尬。

电视机里的声音响起的时候，我们似乎都暗暗松了口气。

“要喝什么吗？”闫三终于想到了一项招待客人的事项。

“有什么？”

“有……我想想啊。有牛奶、王老吉、凉开水……”

“有酒吗？”我笑着说，“要庆祝我们考上大学了，嗯？”

“有，有，有红酒。”

“哎，可惜不是香槟。不过红酒就红酒吧。”

闫三进了厨房，很快端出两只装满红酒的六棱竖直玻璃杯，大概是喝凉开水用的。我举起杯子，喝了一口：“嗯，八二年的拉菲，这一年夏季温度高且有些干燥，葡萄生长较好，所以这一年的红酒质量很高。”

“哈哈哈哈……”闫三笑得几乎要把杯子里的红酒洒出来，“你扯得还真像那个样子呢。”

我反正是喝不出酒的好坏，但和闫三说说笑笑地碰杯、喝酒，气氛一下子轻松了起来。不知不觉我们坐得越靠越近，我也觉得晕晕乎乎得十分惬意。

我发现闫三的脸距离我很近。他细长的内双眼睛和厚笃笃的嘴唇，看起来非常可爱，像一种柔软的小动物。我忍不住摸摸他松软的头发，心里面荡漾着类似旭日温暖的波浪。

闫三把嘴唇靠向我，湿润润地贴在我的脸上。我感到全身松弛下来，就像突然找到了一种与朋友相处的自然随性的方法。我们一件件地把对方的衣服脱掉。隔着汗水，赤裸地拥抱在一起。当闫三进入我的身体的时候，除了疼痛，却能感受到和朋友相处的放松的愉悦。大概是被什么东西束缚了太久，或者是因为从来没有这样大口大口地喝过酒，彻底地松懈下来，便想就这么永远地躺着，一动不动地死掉好了。

经过这一举动之后，我觉得我们相处起来自然了很多。闫三的父母很少在家，空闲的时候我就去他家看看书、看看碟，无聊了就做爱。说话可以畅所欲言，困了就随便在他家的哪个角落倒头就睡。

上了大学之后，我学会了抽烟。经常躲到他家来抽，为此闫三特意给我买了只直径二十多厘米的水晶烟灰缸。我在这只特大的烟灰缸里泡了袋方便面，吃完面之后，才慢悠悠地点起一支烟，把烟灰弹在剩下的面汤里。闫三面无表情地看着我做这些，等我把烟头丢进去之后，他站起来把烟灰缸拿去厨房。端出来的时候，烟灰缸晶莹透亮，还折射着七彩的光芒，让我惊叹原来水晶制品这么美。

上大学的确不是件值得庆祝的事情。由于走读，课程也不多，无聊加上孤僻，更加不愿意搭理同学。搭讪的男生依旧很多，我爱理不理地白上一眼，这样的动作太多，已经让自己感到厌烦。有闫三一个朋友就够了，我这么想。等他有了自己的女朋友，不再收留我的时候再说吧。

“喂，现在有空吗？”闫三在电话里说，“我们几个同学约了去吃烤肉，你要不要来？”

“烤肉？吃得一身油烟味，我才不去呢。”

“得了吧。我一会儿去你家找你，我们一起过去。”

闫三的确是个适合做朋友的人，我喜欢什么讨厌什么，他全都记得清清楚楚。我懒洋洋地穿上牛仔裤，套上紧身的螺纹背心。想想这样的衣服不适合大吃一顿。我换上了一件印着哆啦A梦的宽松T恤，用手指刮了刮短发。镜子里的自己像是反射出七色光彩的水晶，紧绷绷的皮肤，带着青春的颓废，双腿笔直地支撑着饱满匀称的身体。我不知道我这样的绽放到底是为什么，现在的一切看来，就像黯黑的丛林里闪烁着一些不确定的微光。

我和闫三并排进了一间油腻腻的小饭店。里面的一张大桌子上围坐着七八个男女。

“闫三，怎么才来啊。”一个胖乎乎的男生冲我们招招手，“啊，这……这是你女朋友？”

“不是。”我和闫三异口同声地说。

“朋友。”“高中同学。”我们俩解释道。

“就是嘛，这么漂亮的姑娘怎么会看上闫大头呢。”胖男生声音洪亮地笑起来。

我拍拍闫三的脑袋也跟着笑了起来。

“徐老师，你也来啦?”我们刚坐下，闫三叫起来。

“刚在路口碰到她，给我拽进来的。”一个染着棕色头发的女生说道。

我望向这个徐老师，像是被彗星击中的飞船，我的眼睛睁得越来越大。徐老师穿着一件冰蓝色的丝绸连衣裙，领口裁剪出一圈细碎的木耳边，从松松挽在后脑勺上的发髻中，落下几缕头发散在精巧的脸庞两侧。她的眼睛很大，眼角淡淡的皱纹像是捕获住眼睛里星星的网。

“徐老师，我们……我们见过吗?”我呆呆地望着她，不觉问出这样一句话。

“嗯?好像没有见过啊。”徐老师微笑着回答。

回家的路上，我觉得自己有些神志不清。我都吃了什么?吃烤肉大概就是五花肉、牛舌、鸡翅、鱿鱼还有啤酒吧。可我嘴里没有五花肉、牛舌、鸡翅、鱿鱼和啤酒的味道，只有油烟把我烤得晕头转向的感觉。我搜寻视觉的记忆，只看见徐老师在我的对面一会儿微笑，一会儿和她身边的人说些什么，一会儿举起杯子抿一小口。全世界的光线好像全部打在徐老师的身上，她周围的一切都是没有意义的黑暗。

“喂，”闫三从后面赶上我，把我拉住问道，“你到底是怎么了?”

“啊?”

“你怎么一直呆呆痴痴的样子，吃饭前不是好好的吗。喂，”闫三张开五个手指，在我眼前晃了晃，“你没事吧，看你也没吃多少，你不是最喜欢吃烤肉的吗?你倒是说一句人话啊，好不好?”

“我没事。我先回去了，拜拜。”我大步大步地向家走。

冲进家门，我不顾满身的油烟味，猛地扑倒在床上。我的身体，就像在春风中颤颤巍巍的花瓣，难以抑制地抖动。在看见徐老师的那一刹那，我便被深深地击中心底。这是一种疼痛的妙不可言，是直冲头顶的宇宙爆发。就像撕开一层灰蒙蒙的蛛网的世界，徐老师亮晶晶的眼睛，带着星星光芒的闪烁，像是与我内心里一首早被遗忘的歌曲产生了共鸣。我终于知道了我之前那平淡苦涩的生活来源于什么，它来源于没有星光照耀的窘迫，来源于没有和上内心的节奏。这一切已经被打开，我被重新调整了一番，我变成了新的我，或者说，我找到了我。

我恋爱了，我把头蒙在枕头里，用窒息的声音对自己说。

两天以后，我坐在闫三家一尘不染的地板上，一根接着一根地抽烟。

“好了，不要再抽了。”闫三第一次夺下我手中的香烟，在烟灰缸里掐掉。“你到底是怎么了，有什么事情说出来。你看看你的脸，一点儿血色也没有。什么重大的事情，不至于这样吧。”

我把头埋进膝盖，这两天来，我渐渐从亢奋的情绪中清醒过来。我开始认识到事情有些难以梳理和解决，至少是难以启齿。

“我……我……”

“没事，你快说。”闫三的语气很坚硬。

“我爱上你们徐老师了。”我喃喃地说。

闫三的脸上微微抽搐了一下，有几分钟，我们就像是定格的画面，凝固在平面的空间。

“哦，是这样啊。”闫三的声音柔弱下来。

“你帮帮我吧。”我哀求地抓住闫三T恤的衣角。

“怎么帮？”

“我要徐老师的电话号码、QQ号、邮箱、住址，她的个人档案、论文、家庭状况，她喜欢什么颜色、喜欢吃什么、喜欢什么牌子的东西……”

“好了，”闫三打断我，“我最多帮你要到她的电话号码和住址。”

“嗯，谢谢你。”我眨巴眨巴眼睛楚楚地望着闫三。

一连几天，我站在徐老师家的楼下，仰头望着她家的窗口。窗帘有时拉上，有时打开，屋里的灯有时明亮，有时熄灭。我渴望着能够看到徐老师苗条的剪影在窗边展露。像电影电视剧里那样，脱去连衣裙，脱去衬裙，脱去文胸和内裤的剪影，映入我已经干涩到就要流泪的大眼睛里。可是，我什么也看不到。空空荡荡的窗台，连盆花草也没有。

闫三给我的地址对不对？我这个疑虑一产生立刻被自己打消。闫三给我的电话号码，我已经打过了。徐老师在电话那头，轻声地“喂，你好”了一声，我像被电击得瞬间麻痹，一时失去了说话的能力。我赶紧挂断电话，呼吸还不能自由。

闫三是不会骗我的。即使全世界看起来都那么不尽如人意，闫三却始终是一只水晶的小动物。透明温润，乖乖地让我依偎在他身边。闫三给我的地址一定是对的，是我每次总没有踩准对的节奏，迈出对的舞步。

我踱到闫三家，闫三刚开了一条门缝，我就目光呆滞地钻了进去。

我点起烟，透过烟雾看着闫三依旧没什么表情的脸。不知不觉中，闫三的脸变得比刚认识的时候长了些，额头也不知从什么时候起，修剪出了一道厚厚的刘海，显得鼻梁越发的挺直。如果把现在的他和高一时候的他放在一起，一时会觉得是两个人吧。

“我觉得不对劲。”我弹着烟灰说。

“什么，不对劲？”

“我不明白，徐老师为什么说我们没见过。”

“你们见过吗？”

“嗯。”我使劲地点点头。

我小的时候，有一次不记得为什么回家的时候天都黑了。我走在黑黢黢的小巷里，突然脚下一歪，跌进一个没盖盖子的长方形下水沟里。我吓得连喊叫也忘了。直到一个姐姐突然出现，把我一点点地从卡口里拉上来。那个人就是徐老师。

还有一次我逛书店的时候，书包往旁边一放便专心地看起书来。有个小偷趁我不注意的时候正要把包偷走，一个姐姐突然大叫起来：“你干什么！”小偷哧溜就窜走了。那个人就是徐老师。

还有一次，我帮着照看我妈朋友的小孩儿。在我给小孩儿买冰糖葫芦的时候，小孩儿不知跑去哪儿了。我急得满大街乱找。最后是一个姐姐牵着小孩儿的手，把小孩儿还给我。那个人就是徐老师。

还有……

“好了！”闫三在毫无预兆的情况下，狠狠推了我一下。“你清醒点儿好不好！”

“你干什么？”我喊道。

“你不要总想着徐老师徐老师，她把你弄得神志不清了，你知不知道？你妈妈和我讲过你小时候掉下水沟里的事。是你爸妈发现你很晚还没回家，去学校找你，是他们把你从沟里拉上来的。你书包在书店被偷的那次，后来是从派出所拿回来的。里面的钱没有了，但其他东西都还在。还有，你把小米弄丢了那次，是你打电话来让我帮你去找。我们一家店一家店地问，最后发现小米在麦当劳的游乐区跟其他小朋友在玩滑滑梯。你怎么都不记得啦？”

“我没有骗你！”我喊着。

“我知道我知道。”闫三把我拉到怀里，揉着我的短发说。

“不要再想什么徐老师了，想想你爸妈，想想我，我们一直都在你的身边，不管发生什么我一定会陪着你的。”闫三吻了吻我红肿的脸颊。

“可是……”我抱住闫三，把下巴搭在他的肩膀上，“我真的见过徐老师，真的，她一直在保护我，我真的见过她。而且，我也一直在找她。”

“嗯嗯，好的。过一阵就会好了。”闫三把我轻轻地放平在地板上。

天气渐渐转凉，夜晚的渐长让我的梦越来越离奇古怪。我从梦里惊醒，却丝毫想不起来刚才都发生了些什么。月亮浑圆地贴在窗户的玻璃上，我眯起眼睛，甚至能看清月亮上的人在走来走去。

我蹑手蹑脚地爬起床，悄无声息地走出家门。凝结着雾气的街道异常冷清，寒冷让人体会到“秋意”这个词。街上没有人，偶尔传来临街房子里的几声咳嗽，听起来像是模拟的配音。我抱紧双臂护住胸口，以此获得一丝暖意。

这些日子，每当我刚要梳理头绪的时候，闫三温柔的眼神就出现在面前。我也不断地强迫自己，不要多想不要多想。但折磨人的关于徐老师的图像却时不时地溜进脑袋，她就站立在我触手可及的幻象之中，我一伸手似乎就能拉住她的衣裙。

我站在徐老师家的门口，果断地拍响了门。我知道我只要一犹豫，所有的勇气就会飘散到黑夜的叹息中去。

“啊，你怎么来了？”徐老师打开门，睁着亮晶晶的眼睛说。

“我，睡不着。”

“进来再说吧。”徐老师把我让进房间。

看吧，我就知道徐老师认识我。仅仅一面之交的话，她的脸上应该会有更多的惊奇。

徐老师给我热了一杯牛奶放在我面前，我们安安静静地对坐着。

一直在心里呼唤的人，现在就坐在我的面前。我的身体冰凉，手心却在冒着汗。

“有什么想说的，说出来吧。”徐老师温柔地望着我。

“我以前见过你，我是说和闫三一起去吃烤肉那次之前。”

“哦，是吗?”徐老师把两条腿换了一下位置叠在一起，“很多人都这样和我说过，大概是我这张脸长得没什么个性吧。”

“不是!”

“好了，我想你真的是记错了。”徐老师的声音突然严厉起来。

我感到可怕的冷，从脚底到手心，全像是浸泡在被冰封住的湖里。我热爱的人就在我面前，却冰冷冷地质疑我的记忆。但是我能从徐老师瞪圆的眼睛里，看见一丝柔情。不过似乎隔着千山万水，隔着逾越不过的鸿沟。

徐老师从手边拿过一条黄色的毛毯，走过来把毛毯披在我肩上：“挺冷的吧，看你一直在发抖。”

我一把握紧徐老师的手，她的手也像我的手一样冰冷刺骨，微微打着战。我从椅子上站起来，抱住徐老师的身体。她的身体比我想象中的瘦小很多，但是湿润光滑的温度一下子流遍我的全身。就像把心脏摆放在了宫殿的顶尖，我甚至希望这就是世界末日。我把手一点点地从徐老师的衣服领口向下探，我那么近地看着她眼睛里的星星。

突然徐老师把我向旁边猛地一推，我一时稳不住身体，轰地倒向一只白色的木柜，摔倒在地。两米多高的木柜随着我的撞击晃动了一下，柜顶上的门被震开，随着敞开的柜门，上百只粉色的兔子玩偶从上而下地坠落到我的头顶和脚下。每个兔子都那么生动，似乎带着一个无助的小女孩怀抱中的热气。

“请你不要这样。”徐老师静静地说。

“为什么？为什么不行？我知道你喜欢我，你也想和我在一起。”

“我们一次次地见面一次次地错过，没有一次可以真正地在一起。”

“这次不同，我一定一定不会走的。”

“我被关在高高的铁栅栏里，你还小，你可以出去，但是栅栏的缝隙对我来说太窄了，我永远也出不去。”徐老师把我从地板上拉起来。

“你说的是个比喻吗?”我问。

“是事实，现在请你走吧。”徐老师打开大门，坚定地与我对视。

我走在泛起白色亮光的街道上，我要去告诉闫三，现在的我是多么的伤心。我在生命里苦苦追求的人，现在就这么轻轻的几句话，便将我拒之门外。我甚至不得不编凑出一个我在五岁的时候，就已经与她擦身而过的故事来麻痹自己。我要告诉闫三我是多么多么地爱徐老师，但这件事只能和闫三一个人讲，因为这是夜晚的故事，只能永远笼罩在湛蓝色的迷雾中。

我想要问问闫三，接下来我该如何是好，我的青春期才刚刚开始，以后的日子将是多么艰难。这时，天上还有几颗没有隐去的星星在莫名其妙地眨着眼睛。

很多个世界

“你没有朋友？”李菲俪问。

“原来有个大学同学挺要好的，后来他去北京了，现在……有几个同事，关系还不错，偶尔会吃吃饭什么的。”

“那么，下了班就回家？晚上一个人在家做什么？”

“打扫房间、洗衣服、上网、看书，大概就这些。”我本想罗列一些事，但没有；我还想说一两件令人诧异乃至惊悚的事，但没有。一个年过三十的男人说每天只干这几件事，倒也让人觉得好玩。

“你真好玩。”李菲俪笑着喝了口饮料。

和李菲俪在很久前的一次朋友聚会上认识。虽然互相留了电话号码、加了微信，但一直没有联系过，时间就这样过去了半年、一年、一年多……她给我的感觉大概可以被称作女神吧。看着她在朋友圈里不断更新的状态，和朋友聚会、参加各种高端的会议、旅游、购物、美得像明星般的自拍……有偷窥一样的快感，但同一个城市，却远得遥不可及。

被她约出来吃饭，不是惊喜，而是莫名其妙。一年前的印象和她朋友圈的照片融合在头脑里，现实中的她比印象中憔悴一些，笑起来也没有照片中的甜美热情，不温不火的，疑似多重人格。

吃饭间，李菲俪接了两个电话，角色的变化大约零点一秒。

“好了，你不要说了，少跟我搬弄这些新名词。我们不要什么‘天使投资人’，别和我玩儿概念。我们不是年轻的公司，我们目前缺的是完善的管理，缺的是你们这些中层脚踏实地地做事情。你告诉我你今年的考核额度完成了多少，让你们部门修改的方案几时能拿出来。我也不想发火，你不是刚来的毛头小子了，不要被人一忽悠，头脑就天马行空地混乱。这些事不需要你考虑，你目前只管好好做事。明白？这个星期我要看到方案。好，就这样。”

“什么美女嘛，大龄剩女好不好。我已经吃过饭了，今天不行啦，改天我请你。就是就是，你的朋友当然了不起，你的朋友不就是我的朋友吗。改天一起请，好不好？今天真的不行呀。说什么嘛，我最尊重你了，你就是我的人生导师，一直把你当作男神的。你好好玩，改天一定骚扰你哦。嗯，好，拜拜。”

放下手机，李菲俪又不温不火地对我笑一下，继续吃面前的一碗米饭。

我也赶紧低下头吃饭，那种默不作声的相对，错觉别人远观起来或许像一对结婚多年的夫妻。

“讲好玩的事情给我听吧。”李菲俪说。

“我哪有什么好玩的事情啊，生活过得无聊透了。”

“说嘛。”李菲俪像是撒娇，又像是命令。

“我觉得我小时候在乡下蛮好玩的。”我问李菲俪，“你一直住在城里吧？”

“对。”

“我老家是真正的农村，似乎农村和城里是两个不同的星球。从地表地貌到动物、植物、人的样子，都不相同。小时候真的是漫山遍野地跑，和原始人差不多。伙在一起玩儿的男孩儿有六七个，最大的和最小的，年龄相差不超过五岁。什么玩儿法都能想得出来。”

“快说快说，有什么好玩儿的事情。”

我搜刮着记忆：“小时候翻过一座小山，就能到铁路。我们没有列车时刻表，有时候为了等一列火车，在铁轨上一等就是大半天。”

“铁轨？铁轨上？”李菲俪问。

“是啊，在铁轨上玩儿很平常。哦，对了，那个时候的火车慢，哐啷哐啷地从眼前过去，连火车上的人在干吗都能看清。”

“没那么慢吧。”

“时速多少就不知道了，但是我们常常会玩儿一种游戏。当发现有火车要来的时候，我们一溜排挤在铁轨上。火车的声音越来越近，脚底下越来越强烈地感觉到震动。这个游戏的规则呢，就是看谁最后一个离开铁轨。

“火车头已经出现在视线中了，这个时候，有的孩子已经感到害怕，连跑两步离开。火车距离我们一百米的时候，有一半的孩子都跑开了。

“火车头近在眼前，连驾驶室里的人也隐约可见。刚才还和我挤在一起的小孩儿，已经蹿到铁轨旁的草丛里。我和驾驶室里的火车司机对视，那几秒钟，能听见自己的心跳，但也许是火车的声音吧。

“很喜欢那种心跳加速，有些不能呼吸的感觉。在火车抵到鼻尖的时候，跳下铁轨。火车呼啸过去，带着一股强风，慢慢地让心情平静下来。

“所以，每次我都是最后一个离开铁轨。算是每次都是赢家。”

“好玩。”李菲俪笑起来，大概是这种毫无掩饰的笑，没有做作和刻意，牙齿看起来有些突出，连牙龈也能看见。不过很好看。

结账之后，我们站在饭店门口。

“谢谢。”李菲俪客气地微笑着。

“觉得应该请你吃更好的东西。”

“不是啊，挺好吃的。觉得有点儿对不起你，突然喊你出来。我就是不知道晚上要吃什么，也不想和有工作关系的人吃饭。其实，我也没什么朋友，真是奇怪，通讯录里一堆人，想找个在一起吃饭不那么累的人都没有。真的谢谢你。”

“我知道，不用客气的。”

把李菲俪送回家的路上，我接着小时候的话题和她说我在农村爬树、下河、挖洞、放火的种种趣事。哪些是真正经历的，哪些是臆想的，哪些是电视上看来了，都已经分不清了。只觉得自己的话特别多，嘴唇都黏糊糊的快张不开了。

面对面地站在李菲俪家楼下，告别的话，变得比胡编乱造的故事难些。

对视了一小会儿，李菲俪问：“上来喝杯咖啡吗？”

“不了，谢谢。”

“那去你家喝杯茶吧？”

“好，谢谢。”

头脑是在极度混乱的状态下完成了这样的对话。如果她问“上来喝咖啡吗”的时候，我回答“好，谢谢”，那么必然不会有第二个问题。她问“去你家喝茶吧？”的时候，其实我是没有思考的。只不过是变化着给出问题的答案，答案的意思在回答的时候，自己并不知觉。在回想这个答案的时候，才意识到自己原来是这样的回答。如果第二个问题也回答“不了，谢谢”，也许会后悔死自己的混乱。好在，迷迷瞪瞪中的答案，让李菲俪跟着我去了我家。虽然至少比一开始就回答“好，谢谢”多花去了至少四十多分钟的打车时间。

“现在没有什么购物欲望，”出租车经过商业区的时候我说，“小时候每到赶集的日子，到镇上买东西是件特别兴奋的事情。吃的、穿的、用的，在那个时候看来，真的是应有尽有。除了卖东西的，马戏表演能把那种热闹和亢奋烘托得绝对到位。就是那种轰隆轰隆的音乐，靠近喇叭，耳膜会给震得发疼。另外，‘世界真奇妙’的展览也是赶集的重头戏。三个脑袋的婴儿泡在福尔马林水里，人头、蛇身的美女唱歌给你听，变出真钱的魔术……那个时候的商业，是让人发自内心的，觉得与日常不一样的生活。和现在购物的感觉不是同一件事情。”

一直到和李菲俪躺在我的床上，我依然讲述着过去的事情，茶并没有喝，嘴唇像是要裂开。直到在李菲俪的抚摸下，我发现我的身体没有任何的反应，我这才住了嘴。

“没关系的，”李菲俪说，“我们就这样躺一会儿就好。”

“从来没有过这样。”我说。但我知道，我所谓的“从来”仅仅是和前女友的四个月的恋情。

“你为什么总是说你小时候的事情?”李菲俪问。

“为什么？小时候?”我想着刚才像是梦中呢喃一样的讲述，突然意识到，也许这是报应吧。

我一直在说谎。

火车即将开来的瞬间，我从来没有最后一个离开过铁轨。甚至我常常是第一个就跑开。有多少时间，我和其他小孩儿在山林间玩耍？没有，几乎没有，有繁重的劳动压在我的身上，农活空余的时间也是不能停歇地干活、做家务。与爸爸相依为命，能活下来，大概只有这一个目的。

穷，真正的贫穷。我懦弱、瘦小、胆怯，这贯穿了我所有的人生。我从来没在集市上买过东西，我听说过表演和展览的精彩，却根本没有亲眼见过。集市的回忆，只有因为偷了东西，被人追打得遍体鳞伤，然后用树叶把血迹擦拭干净。

一整个晚上，我把最痛苦的回忆，说成了最有趣的故事。皮诺曹的不诚实，可以变大变长。我的不诚实，却让自己没有一点儿变化。

张志山是我们这一群差不多大的孩子里，个子最高的一个。他对我喊：“哎，你给我过来。”

“我先把柴送回家去。”

“操你妈的，我叫你过来你不过来啊。”

我背着柴弯腰走到他面前，轰的一脚被他踢倒在地。全村里最穷的一家，爸爸穷、爷爷穷，从祖宗十八代穷到现在。我没有任何反抗的力气和理由，任凭张志山和听他话的一众小孩儿，对我踩、踢、辱骂：“你他妈还考第一名呢。”“就你能，妈的，还按时交作业。”“乖乖，都忙呀，忙你妈的你是要当大学生啊。”……

张志山提小鸡一样地提着我，把我按进旁边的泥潭里。我的脸被泥浆封住，呼吸，我呼吸到窒息的味道，瞬间遍布全身。每个毛孔、细胞里，被封住的是永远改变不了的贫穷、懦弱和无能为力。我呼吸，在泥潭里死去……

我挣扎着睁开眼睛，床的另一半，空落落的。李菲俪曾经在这里躺过吗？我嗅嗅鼻子，想闻到是否残留她的味道。又按开床头上的台灯，想找找能否寻到她的一根长头发。

没有，什么都没有。觉得刚才发生的事情，迷迷糊糊的像个梦。反而刚才梦里被张志山他们狠狠揍，被按在泥潭里的情景，即使发生在二十年前，也在梦里确确实实重现。

“你为什么总是说你小时候的事情？”李菲俪问。

唯独这句话还清晰地响在耳边。为什么？小时候的事情？在被按进泥潭的那个时候，像是一道终身的封印，贫穷和懦弱已被牢牢铸定在身体里。读了大学，有了相对稳定的工作。但是改变不了贫穷和懦弱，表面上一些东西的改变，从根源上我还是在否定自己。

突然很想回老家一趟。

请了假，辗转近两天时间，黄昏时候，被一辆黑中巴丢在了村口。夕阳下的村落，不乏自然的美感。橘红的挂在山尖的落日，曾亮亮地灼热了眼睛。总还有些动人之处吧，我想。

最破最矮的那间房子就是我家，进了院子，爸爸不在。门口的老人看见我，没有寒暄，呛呛地说：“你爸在张祝泉家的地里。”

走了十来分钟，看见爸爸在别人家的地里弯腰割麦子。

“爸。”我在田头喊了一声。

爸爸直起腰的动作像是慢镜头，直起的身子还是向前佝偻着。

“回来啦，”爸说，“我马上就好，还差那么一点儿个。你先回家，我一会儿就回来。”

爸爸回来的时候天已微黑，他提着一袋烤鸭招待我，我已是客人。

围着圆桌坐下，吃着中午的剩饭菜加烤鸭。

“爸，你怎么会去张祝泉家去干活？”

“哦，他们家劳动力少，就去帮帮忙了。”

“少？哪块子少了？”

“都是丫头，丫头抵什么用。”

“现在每家不都是儿子出去打工，剩的不都是丫头。”我还是没摸着头脑。

“其实嘛，”爸爸吞吞吐吐地说，“他们家二丫头不小了，也还没对象。我……我就看吧，你都三十多了，这个……也不是说一定成。就……就看看吧。”

我一下子明白了老爷子的意思，想让他家的二女儿给我做老婆。我这样的年龄，未婚，在农村几乎可以算是可耻的事情。即使考上了大学，即使目前生活在城里，依旧是被指点的话柄。我承受着的、爸爸承受着的，怎么也走不出去的封印。

“这些事你就不要瞎操心了，我自己会安排的。”我有些愤懑。

“好好，你安排，反正我是什么也给不了你。我们家穷，都不是一代两代的了。所有的东西也就这间破房子，你安排你安排，你那些妥妥的工资，靠着那些买房娶媳妇。我农村人，城里的事情也不是一点儿都不知道啊。”

“好了，不说这些了。我自己会想办法的。”

我真的害怕我们冲撞起来，埋下头吃饭。爸爸也不再开口，是相依为命的感觉，这让我心里揪着。

“哎，对了，爸。张志山现在怎么样？之前去城里打工了，后来回来没有？”

“张志山。”爸爸慢悠悠地说，“死了，死了有大半年了。”

“死了？怎么回事？”

“他不是去城里做保洁嘛，就是洗大楼外墙那种。有一天刮大风，连人带站的架子，被刮起来，又撞到玻璃墙上。等人救下来的时候已经死了。应该在上面的时候就死了。”

对于他的死，我瞬间感到麻木的呆滞。也许，也许这次回来，我有着把他揍一顿的冲动。也许还是没有办法打赢他，但至少我想对着他出拳。这在我小时候是从来没有做过的事情。

他也是艰辛的，我又这样想。蜘蛛人的生活，偶有各种媒体报道。即使是小时候的霸王，也抵不过成年后现实的生活。

但是，我或许已经永久地被封印了。不管在哪里、在什么时候，我都被锁在身体里，张志山告诉我，我已经死去，别再幻想着什么。就像和李菲俪的那个短暂的约会，再也没有见面，所以，那就是永别。

鸡蛋葱油饼

一个人去一家小饭店吃晚饭，这家饭店的炖菜有种主妇等着老公回家而老公却迟迟没回，以至一直炖到酥烂透彻的味道。服务员也个性十足，例行公事似的等你点菜，稍后心不甘情不愿地把菜哐一声丢桌上。

见过一个客人摆派头似的问服务员："你们这儿有什么特色菜?"服务员居然面无表情干脆利落地答道："没有。"

饭店里五六张桌子像随手一撒，分布在房间的各处，有的贴墙，有的居中，看不出一点规律和布局。

尽管这样，这家的生意还算不错，在我等菜的时候，其他的桌子已经坐满了人。那几桌都是同学、朋友的小小聚会，唯独我一个人占了一桌。

一个男人走进店里，他身穿一件敞开拉链的土黄色外套，里面的竖条纹衬衫也没能掩盖住他离开校园，吃吃喝喝十多年的肚子，头发还算浓密，但相信二十年前发际线至少会比现在向前两厘米，脸上有着乐呵呵的让人舒服的表情。

服务员见他进来，冷冷地说："没位子了。"

他四下望了望，目光停在我身上，客客气气地问："你就一个人?"

"是啊，不如我们拼桌好了。"我说。

"真是谢谢你。"

他坐下来，脱掉外套，仔仔细细地挂在椅背上，尽管没戴领带，还是习惯性地把领带位置的前襟处顺顺平整，自始至终脸上都带着客客气气的微笑。

我点的黄豆炖猪手这时端了上来，香气溢开，他眼珠灵活地转了转，很愉快地吸了吸鼻子，那表情使他看起来比实际年龄年轻了大约十五岁。

"好像很不错嘛。"他继续笑着说。

"这家炖的菜都非常好。"我介绍道。

"小兄弟经常来这家吃饭?"

"差不多吧，就住在附近。"

"哦，我可是第一次来。老婆出差，回家后家里冷清得很，就到处溜达，到了这儿正好饿了。看来饿得蛮是时候。"

"他们的炖牛肉也不错。"我向他推荐。

"牛肉? 不行啦。四十一过，就感觉到身体没从前好了，吃牛肉羊肉什么的总塞牙缝。还是和你一样的好了，看起来真的很好吃。"

他叫过服务员，点了黄豆炖猪手，又要了一个炒菠菜和一个紫菜蛋汤以及一瓶啤酒。点好后，他又冲我笑笑，有些不好意思地说："难得老婆不在家，这样吃饭觉得有些特别。哦，小兄弟，你还没结婚吧。"

"是的。"

"那不错，结了婚其实也不错，你别看我长得不怎么样，老婆对我还真是蛮好的。孩子成绩也不用太操心，反正真不错。唉，我这个人啊，也许是像儿子小时候看的动画片里面，诚实的人就住在诚实王国，不诚实的人就住在谎话王国。我嘛，大概就是‘还不错’王国里的公民。”

我笑了起来。

“小兄弟你也喝点儿吧，酒钱我付。”

我点点头。

他叫道：“服务员，再拿瓶啤酒。”

我们碰了碰杯，他又说起他的“还不错”王国里的事。不一会儿，我们的菜都上齐了，他也差不多说到他儿子在中学时得过一个创造发明的奖。他得意地夹了一块猪手，吧唧吧唧地品尝着，突然他问道：“你猜，我吃过的最好吃的东西是什么？”

“妈妈亲手烧的菜？”

他不但没笑，反而皱起眉摇了摇头。

“外婆家的腌咸菜？”我继续调侃。

“也不是。”他还是摇头。

“不猜行不行？”

“你有没有女朋友？”他突然换了个问题。

“有的。”我回答。

“你有没有背着她偷过情？”

“暂时还没有。”

“我背着我老婆偷过情。”他的眉毛耷拉下来，像囧字一样可怜兮兮。

“这也不算什么。”我安慰道。

“是啊是啊，我知道，”他又喝了大大的一口酒，“我也觉得这不算什么，毕竟四十好几了嘛。记得四十岁生日那天，早上起床时，特意全身光光地照了照镜子。真的是四十岁的样子了。胳膊上的肌肉也松了，侧一点身还能看见脖子后面的糟头肉一直延伸在两侧，肚皮也别再指望回到像你这个年纪时候的平坦了。就连皮肤也不是像三十岁时像涂了蜡一样的光滑，而是油腻腻滑腻腻那种。虽然自己闻不到自己身上的味道，可已经被老婆讲过不少次，身上有油味儿。天天洗澡，也不用做饭，这油味儿其实是老人的味道，我记得以前在我父亲身上闻到过，这么快自己也有了。”

他掏出烟，递我一只，自己衔一只。又用一次性打火机帮我点上，再点上自己的，深深吸了口。

“当然咯，其实也没什么，年龄大的，自然会这个样子。又不是演员，天天健身擦化妆品什么的。说了你不要笑哦，其实有时候看见自己脸上的皱纹，觉得还蛮好看的，特别是笑起来的时候，常常会觉得自己像凯文·科斯特纳。呵呵，自欺欺人罢了嘛，老了就是老了。那个早晨突然连我自己也搞不清‘还不错’王国里的人是不是真的还不错。

“就在那一天，我作出了一个决定，听起来很可怕，就是我决定要找外遇。说真的，到处听说什么偷情的、包二奶的事，其实真正自己身边的人，一个也没有。再说要找一个愿意和自己瞎搞的女人，就是那种真正的瞎搞，不用负什么责任的女人，也不那么容易，毕竟从来就没想过要离婚。到真正碰到那样的女人的时候，已经是我四十二岁的时候了。”

“两年后。”我说。

“对，两年后。很差劲吧。有时候有机会，可又懒得认为那是机会，也可能实在是在‘还不错’王国里待久了，就不想再搬家了。但不管怎么说，四十二岁的时候，总算是碰到了一个这样的女人。

“现在单位里时常搞些什么企业文化的活动，真怀疑是不是就为了弄出点儿风波出来。和她本来不在同一层楼，见面不过点个头而已。去乌镇搞活动的时候，就被划在了一组。要说是为了找外遇而特意和她多聊了聊，还不如说就是因为无聊才聊起来的。

“怎么说呢，她确实挺漂亮，又会打扮，出去六天换了六套衣服，鞋子也带了三双。当然了，我观察是没这么细，是最后一天去她房间，她在收拾东西时看见的。我问她怎么带这么多鞋，她说：‘在外面活动的时候穿跑鞋，回来吃饭的时候穿坡跟的皮鞋，还有一双系带的高跟鞋，本来打算配小礼服穿的，可惜也没开什么晚会，小礼服和高跟鞋算是白带了。不过还好，配小礼服的丝巾配昨天那套衣服也还蛮好看的，是不是？’说真的，我真不记得她昨天系了丝巾，但也还是说‘是啊’，她很高兴。

“等她收拾好，我对她说：‘我们出去走走吧？’她立刻责怪道：‘你怎么不早说，我“出去走走”的衣服都已经收进箱子里了，那你等一等啊。’她又重新打开箱子拿出那套‘出去走走’的衣服。我在房间外面等了好一会儿，她才换好衣服出来了。

“走了很久，还是没走出小桥流水的景区，有那么一会儿，我就以为‘现代’就是这个样子。隔一段一座拱形的小桥，月亮也恰到好处地不明也不暗，一点点的小风飘过来类似古装戏里的音乐，偶尔路过的人也像江湖侠客一样，嗖嗖而过，看也不看我们一眼。我们最后在一棵很粗的柳树下的石墩坐定，柳枝半掩着我们，越来越强烈地觉得，这就是偷情了。

“我说：‘你很会打扮，看起来真漂亮。’她告诉我说，她其实在家里穿得是很随便的，这次难得出来玩，所以很认真地做了准备。她说她没有什么特别的爱好，但几乎每天都会很愉快地做饭给儿子和老公吃。她说：‘这应该不能算是什么爱好吧。也试着学习一种乐器或者画画啊什么的作为培养修养，可到最后都是不了了之。做饭这件事既实际又有发挥的成分，每天还没下班就开始想着今天做什么菜。无论如何都觉得是比乐器画画有趣许多的事。是不是觉得特别像家庭主妇？其实本来就是嘛。’她一边说一边用眼角带点儿皱纹的眼睛看着我。‘和把做饭作为对家庭做出巨大贡献或抱怨内容的家庭主妇相比，你真的很可爱。’我非常由衷地说。她笑起来：‘有机会一定让你尝尝我做的东西。’之后，我们很亲密地拥抱，没有接吻，但是我摸她胸的时候，她也没有拒绝。夜深的时候，她觉得冷，我也发觉她的‘出来走走’衣物实在是很单薄，也想尝试着脱了外套给她披上，但多少也担心自己不是小伙子了，可能扛不住夜晚的凉风，于是和她踱回宾馆，各自回房间睡了。”

“就这样？”我被提起了兴趣。

“当然不是，我说的可是真枪实弹的偷情。在外地是没再怎么样，可回来后的第二天她就给我发了条短消息。”

“什么内容？”

“焖大虾、蚕豆炒虾仁、醋熘黄瓜、菊 HYPERLINK ‘http://baike. baidu. com/view/67950. htm’ 叶 HYPERLINK ‘http://baike. baidu. com/view/67950. htm’ 猪肝汤”

“这是什么？”

“我也回消息这么问的，她说这是今天的菜谱。之后每天傍晚的时候我都能收到她的短消息，红烧蹄筋、豆腐鲫鱼、干煸四季豆、煮干丝、红烧牛腩、泡菜肉末、手撕包菜、剁椒鱼头、爆炒牛肚、炸鸡排、什锦豆腐煲、醉排骨……”

我哈哈大笑起来。

“是挺像报菜名的。”他不好意思地笑笑。

“你老婆没有怀疑？”

“老婆相信我着呢。”他又不无得意地说下去，“就这样她发了半个多月的短消息，这半个月中，我无数次鼓足勇气想约她单独出去，可是按完了号码，就再也按不下绿颜色的通话键。也就那半个月，不知为什么一下子胖了二十几斤，看见什么都觉得很香，有时候觉得胃里已经很撑了，可嘴巴就是停不下来。那种感觉就像拼命想挣脱什么，可越动越被绑紧似的。嘴巴不停地动，心却像沉到地底下一样，坠坠地压着。呵呵，可能也是肥肉压的吧，二十几斤的东西，提起来还好，长到身上就不一样了。早上出门换鞋子的时候，第一次弯不下腰来。老婆也觉得不对劲了，晚上只煮青菜粥给我吃，可夜里躺在床上肚子咕噜咕噜地叫得很响。有一天晚上，我看老婆已经睡沉了，偷偷溜出去找吃的。那天夜里已经非常冷了，我在路边的摊子上叫了四两韭菜水饺，刚吃了三四只，剩碗里的就已经变得凉透了。没吃完，付了钱，又围着家附近走了几圈。在马路上看见一只消防栓被汽车撞坏，呼呼呼地向马路中间喷水，水溅得有一两米高，我站在旁边，感觉冰凉冰凉的水花渗透到脸和手的皮肤里，心里也透凉透凉的，觉得就像要哭出来一样。终于我觉得，再不和她真正来一下的话，不知道生活还会变得多糟糕。

“虽然说是‘心意已决’，可真要行动的话，还是不那么果断。下午的时候想了好久，终于发了条短消息给她。”

“写了什么？”我问。

“什么也没写。就是一条空白短信，想让她以为是我按错了按键造成的。可没过一会儿，她就回了一条：‘下午没什么事，我一会儿就回家，你来吗？’我看了看时间，才两点半，虽然手上还有点儿活，可也不那么急着要弄好，我于是就回了‘好’。

“她发了家里的地址给我，然后我们分头打车，在约定的小区门口会合。打车去他们家的路程大约十几分钟，一路上竟然觉得牙齿紧张得有些打战。好在司机是个多话的人，和我不停地谈国内当前的形势，说是从小细节可以看出大状况，通过和各式各样的乘客打交道，他对今后社会的发展很有自己的见解。我建议他可以就此写一本书，他说怕没人看，我说不如先写好，然后埋起来，多年以后被人发掘出来，会对你的先知先觉景仰不已。他觉得这个办法不错。就这样聊了会儿，很快到了小区门口。

“下了车，看见她已经在那里，她摇摇头，示意我不要和她说话，然后转身往里走，我不声不响地跟在她后面。一直觉得她蛮瘦小的，第一次长时间看她的背影，发觉她的屁股上有很多肉，是不是生孩子的原因？也不一定，老婆生孩子前和生孩子后都是那种扁扁平平的屁股。

“看见她进了一栋楼，我在楼下站了有一分多钟才往上走，到了三楼，在她家门口用手梳了梳头发，哆哆哆地敲了三下门。

“她开了门后，我又一下子紧张起来。我想今天说什么也要来真的，在她关上门的同时，我就一把把她抱住。费了好大的劲，我才吻到她。并不是说她不配合，她其实好像蛮愿意的。但我的脸快贴上她的脸的时候，就麻麻痒痒的不知有多奇怪，抱啊摸啊，过了很久，就像电视上那种作出重大决定的人，狠狠把烟头掐死在烟灰缸里一样，终于狠狠地吻了她一下。这之后就顺利多了，从开始舌吻到脱了衣服爬到床上，就像水到渠成的放松，从戴上安全套到一泻而下，那东西也很争气地一直挺着不倒。她看起来也兴奋得要命，过程中一双手一会儿死死掐住我的后背，一会儿在自己的胸部又揉又搓，要不就捂着嘴巴，不让自己叫得那么大声。呵呵，连自己也满意自己那天的表现，和老婆也没这么厉害过，四十多岁的人能做到这样，真该好好庆贺一下。可就在这个时候……”

“她老公回来啦？”我问。

“没有，哪有那么巧。”他翻了我一眼，“就在这个时候我肚子咕噜咕噜地叫了，大概是运动量太大，把中午吃的糖醋排骨和香菇青菜全消耗掉了。她咯咯地笑起来，问我是不是饿了，我说是，她说要不要做些小点心来吃。我问：‘有什么呢？’她说：‘酒酿小元宵、椰汁西米露、蛋丝馄饨、韭菜盒子、鸡蛋葱油饼、川味凉粉……’我说真像相声里的报菜名，她又咯咯地笑起来，问我到底要吃什么。我说：‘鸡蛋葱油饼。’她跳下床穿上衣服说：‘二十分钟交货。’

“我躺在床上，透过窗帘的缝隙看见她在阳台的花盆里摘她自己种的小葱。从一条缝中看她，整个人瘦瘦长长的，就连十指也显得纤细，感觉她就像诗里的人。‘指如削葱根，口如含珠丹，纤纤作细步，精妙世无双。’也没那么夸张了，但那一刻觉得自己就像‘还不错’王国里的国王。

“她进厨房忙的时候，我也穿上了衣服，还把她的，他们的床铺铺好，然后各个房间看看，她儿子的小房间、她老公的书房、厕所，又看了会儿她和面的动作，最后坐在客厅的沙发上看起报纸来。

“那个时候很放松，就像在家里一样，对于是在偷情这点似乎已经是很久以前的事了。所以她老公开门进来时也没注意，直到他站到我面前的时候，我这才有些害怕起来。

“这个时候，她从厨房里探出头对我说‘还有两分钟就好了’时，她也看见了她老公。她对老公说：‘这么早就回来了？这是我同事，到我们家来吃鸡蛋葱油饼。马上就好了，不要着急哦。’她老公坐到另外一张沙发上，看也没看我，拿起一张报纸把自己挡了起来。

“她端着鸡蛋葱油饼出来的时候，我和她老公一起抬起了头，要说我们同时去看她，不如说我们同时去看她手里的盘子。一种很纯粹的香味，大概原始人饿到奄奄一息时才能体会到的香味。细细琢磨，有很多很多的葱，放在茶几时，果然看见黄灿灿微微点缀着烤焦的斑点的饼上，均匀地分布着许多切得碎碎的小葱。圆圆的饼的外围，整齐地镶着深黄色的一圈炸透了的酥边。

“她说：‘快吃吧，趁热最好吃。’我连客气一句也没有就伸手去拿。她老公也同时伸出手，我们很默契地各撕了一半，急匆匆地咬下去。

“你相不相信有种味道是一下子直冲而出的，咬下去，先是牙齿摩擦到酥脆的表面，然后是柔韧的夹着小葱的面皮，舌头碰到还烫着的内部，先缩了一下，之后味蕾体会到香香的咸咸的滋味，再搅拌外层和内层，又有一股刺入鼻腔的热气和香气，我真不知道该怎么形容，就像夏天突如其来的暴雨，但是是发生在冬天的暴雨，是冬天里突然而至的一场水温微烫、一点点小小的刺痛地砸在身上的热乎乎的暴雨。你明白不明白，我也不知道为什么这样的事情会发生在我的身上，这种美味应该可以说是超越了一切的，一种不好定义是何种感官的，极其微妙而又强烈的体验。总之，这不是一块普通的鸡蛋葱油饼。

“我一口一口地嚼着饼，像意识飘走了一样，不知过了多久才稍稍回过神来，嘴里还带着鸡蛋葱油饼的余温和余香，身体好像不愿接受‘现实’这个地方似的，很勉强地一点一点冷却下来。我看见她老公也呆呆地坐着，眼睛里好像含着眼泪似的亮晶晶的。我吸了下鼻子说：‘真好吃。’她老公也说‘真好吃，真好吃’，然后问我：‘您贵姓?’不等我回答，他又看看她说：‘很久没吃到这么好吃的东西了。’”

停了好一会儿，他像在回味鸡蛋葱油饼的味道似的没再说话。

“然后呢?”我问。

“然后?”他说：“然后我就回家了。”

“我是问你们的发展。”

“没有发展了，再也没单独见过。”

“难道她老公发现了?”

“没有，她老公好像也很相信她。”他吸了吸鼻子，“你说，为什么那块鸡蛋葱油饼会那么好吃?”

“大概刚刚高潮过的女人做出的东西会很不一样吧。”

“我也是这么想的，”他又恢复了喜气洋洋的表情，“把这事说出来可真舒服，一直没找到人说这事，朋友也都是同事，大学时要好的同学差不多不是同事也是同行，说出来大家都认识，真是没办法。大概‘还不错’王国里大家都是熟人吧。”

“她后来没找过你？”

“怎么没有，她又发了好几次短消息，可我都没回。”

“那为什么？”

“我也不清楚，但在同一天里有了两种从没有过的体验，而鸡蛋葱油饼的感觉又远远超过了偷情，这可真是古怪。不过这也是事实，能吃到那么好吃的东西，四十来岁能有一次也就够了。真的，一次就够了，不认为再有一次会比这个更好。也许到五十岁以后又会有其他的想法，但在现在看来，偷情也偷过了，鸡蛋葱油饼也吃过了，再有什么想法肯定就不是现在的事了。想想真的是‘还不错’，虽然那时候胖起来的二十斤，到现在也没能甩掉。”

故事讲完，我们各付了饭钱。酒钱是他掏的。出了店门，他匆匆忙忙，不见了。

酒吧打烊时

记忆渐渐开始衰退了，这也是情理之中的事吧。七十六岁的年纪，上厕所忘了冲马桶，煮东西忘了关火，学会了使用电脑，但每次都要看放在电脑边的记事本，照着本子上硕大的提示文字来一步步操作……儿子说，爸，给你请个保姆吧。保姆？我费劲地想了想，对于儿子要给我请保姆的事，我是答应了还是没答应？

时常能看到小时候的儿子在屋子里上蹿下跳的场面。这让我心烦意乱，就像年轻时的情绪一样。从来，从来没有打心眼里喜欢过这个独生儿子，这我并没有对人说起过。我尽着做父亲的责任，辛苦赚钱养家，尽可能地给儿子提供更好的物质和教育。但这像是出于流水线上的作业，完全进入不了心灵。曾经看过这样一句话："孩子是生命的过客。"对，没错。我和他擦肩，只是这擦肩的时间过于漫长。

我狠狠地打过儿子，不是因为他成绩不好，或闯了什么祸，只是因为他在家里发出了太大的声音，或者他没完没了地和我说话，声音一时间成了一排排子弹让我避之不及。我愧疚过，检讨过，想让自己去爱他，深深地爱，无条件地爱。但我做不到。

如果儿子不孝，或者像动物一样，独立后就不再来往，这样或许会让我觉得轻松一些。但儿子很孝顺，从小到大，从惧怕到崇拜到尊重到关心到关怀。儿子隔三岔五来看我，下班后独自绕过来，或者带着妻子和孙女儿来做客，他对我的照顾让我更加不能在退休以后彻底地放松下来。每次看着四十多岁的儿子在我面前待命的样子，真的让人非常无力。难得一个人时，想想，一直绷紧在心底的一根神经，似乎从来就没松弛下来过。

儿子如果不是我亲生的，会怎么样？我这样设问过。但所有的证据，妻子的孕期、生产期，儿子的血型、长相，除了是我的儿子，没有第二个答案。

我能感受到我心里的爱和疼痛，我会躲在无人的角落难过、痛苦，我知道我被爱所包围，我也有着纤细而丰富的情感。但它们在哪儿，是躲藏在身体的深处无法释放，还是遗留在这长长的一生的哪个地方？

现在的记忆在悄无声息地退出，但又有一幕幕的画面像无情的侵入者插入脑髓。它们看起来熟悉但没有名字，它们是什么？真正发生过，还是影像碎片的无聊堆积？我还是想不起来，我到底有没有答应儿子要给我请保姆的事。

我按照笔记上的操作方法打开电脑。儿子教过我如果有什么问题可以上网提问。我摸索到了一个论坛，打开提问题的对话框，在里面一个字一个字地打出我的问题。

“有一间酒吧，里面大约有十五到二十张桌子的样子。靠近西南角的地方有一个小舞台。上面摆着架子鼓和电子琴，应该是有乐队演奏，但从来没有看见过他们出现。吧台呈弧形，上面的射灯坏了几个，所以吧台旁的大约七八个座位，有的明亮，有的很暗。一般来说，喜欢坐在头顶射灯坏了的座位的人比较多。好像人人在那里都是为了躲避什么。墙上挂着很多相框，但根本没人去看，所以也不知道到底是些什么照片。酒吧里放着爵士乐，似乎酒吧和音乐的联系就只剩下爵士，除此之外不再有其他。有烟味儿和爆米花的味道。总之是一间适合慢慢喝酒，不会一口闷的酒吧。顾客以男人居多。我暂时只能想起来这么多了。我的问题是，谁知道这间酒吧在哪里？”

这就是我最近一直出现的画面，一间酒吧。年轻的时候，我喜欢在各种酒吧里聊天、喝酒，但那些飘浮的记忆没有在头脑里完整地确定下来。可这个画面不同，它在我对一切形象都开始模糊的时候，反而像萌发出的新芽，一点点清晰起来，就连耳边飘荡的爵士乐也一点点吵闹起来。

没过一会儿，各种回答蜂拥而来。有的说在郑州的某条街，有的说是夏威夷某个海边的无名小酒吧，有的发来某个酒吧的链接，有的说这算什么问题，但凡酒吧，差不多都这样，有的说，再补充点儿细节吧，这样子没法回答……

细节？还有哪些细节？我在回忆的时候，感到有些困意。毕竟年龄在这儿，做什么事都使不上劲，包括思考。我搓揉着松弛的脸颊。

“吧台里面挂着一只很不起眼的时钟，没有射灯照射，像躲在角落的耗子。另外，坐在吧台从左往右数的第三个座位上，可以看到桌面上十几道指甲留下的刻痕。”一个叫德拉克的人这样回答。

说得没错。画面中，我渐渐在昏暗的环境里看到服务生背后那只可怜兮兮的古老时钟。

“哪里？它在哪里？”我急躁地打字追问德拉克，但我一急躁，手指就不听使唤，敲着的键盘总不是我想要敲打的那一个，来来回回打了几遍才打完整。

“十分钟后，我到你家楼下，然后我会带你去的。”这个叫做德拉克的人说。

这看起来就像一个等着我往里跳的陷阱，这个名字也有一种让人不清不楚的恐惧。可我除了这具老朽的身体，还有什么可被夺走的？我看向窗外的楼道出入口，路灯呈锥形罩住门廊的半幅屋檐和一小块路面。这看起来就像电影场景般地蕴含深意。十分钟以后，会有个人在那里等我？为什么看起来如此的不现实，头脑里的不清醒在逐渐加剧。看看时间，本就过了平日睡觉的时间。老年人的生活，不就该依循规律，何苦寻找一个当年的记忆，也许根本就是幻觉呢——是当年的想象，或者当年的幻觉。

即使现在是盛夏，细细体味，夜晚的空气中也带着凉意。耳边似乎传来小区外公交车报站的声音。似乎，这只能是似乎。耳朵已经开始退化，听见的也许是在此居住了几十年后，耳洞里残存的记忆的声音。是末班车的时间了吧。我迷迷瞪瞪地想着，窗外的小径上有高跟鞋走过的声音。应该是年轻的女孩儿留下的吧。或许年轻的时候会探出窗口看看高跟鞋、超短裙的翩跹女子，但现在身体无法活动，昏沉沉地像坠入乌云。

我睁开眼睛，发觉自己已经靠在椅背上睡过去。而电脑右下角显示的时间，我睡了六分钟。只有六分钟，但就像是一个完整的睡眠，老年人的睡眠，很短，或者很长，或者永远。

再次看向楼下的时候，一个男人已经出现在楼下。这就是德拉克？我揉揉眼睛，想看清这个黑衣的男人。但无论如何这也就是个普通男子的概括的形象，就像是我以前的某个同学、某个同事，或者已故的某个亲戚。我知道，让我好奇的除了他说接我去酒吧之外，还因为他的名字，一个来自于遥远国度的艺术家、球员或者政要的名字，一个网络世界里用来行走江湖的名字，不管哪种，我都觉得非常好奇，在我的生命里，我的遇到的名字一般而言都是汉语的，中国的，民族的，虚无的。

我恍惚地走下楼，心跳的动静竟像年轻时与女生约会前的狂乱。走出楼道，看见德拉克的前一秒，狠狠地做了一个深呼吸。夜晚楼道里的空气异常清新，像一步步走向一个未知的环境，开端或者结局。

“你好。”德拉克说，“你到早了。”

“大概估计的时间，应该差不多吧。”

德拉克从口袋里掏出一只老旧的怀表，打开表盖，举到我面前，“早到了三秒。一——二——三——现在刚刚好。”

“啊……你……”我费劲地想从年老的记忆力里整理出和这个男人见面的原因，花了好几秒总算是想了起来，但我又忘记了我对他称呼的好奇心了。

“你认识那个酒吧？”

“当然，现在就可以带你去。”德拉克说。

“现在？开车去，还是叫出租车？远吗？”

“走着去，大约十分钟。”

“原来就在我家附近？”我疑惑着，跟在德拉克身后。

身体轻飘飘的像在云层里面漫步，或许是太久没有见过夜色，对于老年人来说十点之后的街景和梦境无异。湿漉漉的水汽混合进汗水，黏糊糊地沾满全身的皮肤。

“你经常去那个酒吧？”我问。

“算是吧。既是爱好，又是工作。”

“工作？”我问道，“你的工作和酒吧有关？”

“我是个催眠师，那间酒吧的环境刚好适合，仅此而已。”

“真是个神秘的行业，不过我或许倒不用催眠。老是老了，可睡眠还算不错。像我这个年龄，能睡上一整夜也算个健康的典范了吧。”

“是啊是啊。”德拉克头也不回地一边应着一边大步流星地向前走，他的风衣似乎也在大步流星地向前走。

我跟在德拉克身后，像是在想什么事情，但具体在想什么一点儿也不知道。就在他说“快要到了”的时候，才猛然惊觉，自己稀里糊涂地跟到了一个陌生的地方，简直就像闯进梦境的爱丽丝，涣散的视线聚焦起来的时候，酒吧破损闪烁的招牌霓虹灯已经只有咫尺之遥。

我们走进去，里面的光线比我印象中的亮堂了一些。时间刚好，里面的顾客正陆陆续续地上座，几桌原已坐定的客人，正喝着东西，聊着天，他们看起来像是道具，却也能真实地听见他们的谈话。氤氲的烟味儿和木质桌椅渗透出来的甜腻，在酒吧封闭的空间里不断放大。就连一直拥堵在心里的一块海绵似的东西，也膨胀到让人亢奋得全身松软。

我们在吧台的高脚椅上坐下。“喝什么？”德拉克问。

“有肝硬化，不能喝酒了。”

“这里没问题，就一瓶啤酒吧。”

我点点头，像是为了追忆年轻时的狂欢，啤酒、汗水、心跳、吼叫……它们都在什么时候消失殆尽了？

服务生为德拉克调酒的时候，我看见吧台深处那只灰老鼠似的挂钟。指针已经停止，像是小时候玩的“我们都是木头人”。我盯着小女孩儿绷紧的圆脸，在明灿灿的太阳下可以看清脸上一根细小的浅黄色绒毛。那么年轻的皮肤，距离我到底有多远了。

“啊——”我咽下一口啤酒，对德拉克说，“年老这个东西，像是突然爆发出来一样。肯定不应该是这样的嘛，但等意识到的时候，的确就是老了。看见年轻的事物，会像欣赏艺术品似的来看待。因为已经和自己没什么关系了嘛。”

“没错，有没有听过《死神的仆人》这个故事？”德拉克问。

“听过，不过有些模糊了，再说一遍给我听听可以吗？”

“一天，有个年轻的小伙子遇到一个陌生人。陌生人问他：‘你知道我是谁吗？’小伙子回答道：‘不知道，我不认识你。’陌生人说：‘我是死神。’小伙子请求死神不要将他带走。死神说：‘我不饶恕任何人，但我向你保证，我不会突然来捉你，在我来接你之前，我会派我的仆人来通知你。’

“死神说罢就走了。此后，小伙子快乐地生活着。但是青春和健康是不能长久保持的。不久疾病和痛苦就来了，使他白天难过，夜里不能休息。他常常自言自语地说：‘我是不会死的，因为死神还没有派仆人来通知我。’他一觉得健康时，又开始愉快地生活。

“有一天，一个人拍他肩膀。他仔细一看，原来是死神站在他面前，并对他说：‘跟我来，你和世人分别的日子到了。’那人说：‘怎么，你要失信吗？你不是答应我，你要先派仆人来通知我吗？我没有看见你的仆人啊。’

“死神回答道：‘我不是接二连三派仆人来过吗？你不是发热昏倒过吗？你的头不是常晕吗？你的四肢不是酸痛过吗？你的耳朵不是老响吗？你的牙齿不是老痛吗？你的眼睛不是常发黑吗？这些都是我的仆人。此外，我的兄弟“睡神”不是每天晚上向你提到我吗？你夜里躺着，不是像死了一样吗？’

“那人无话可答，只好跟着死神去了。”

“真不错。”我又往杯子里加了些啤酒。

“的确是不错的故事。”

“我是说故事里的这个老人不错。”

“怎么？”

“知道原委后，什么话也没说，跟着死神就走了。没有再磨磨唧唧地央求着要再活几天。不然那种死皮赖脸的老态十分让人心寒啊。”

“有道理。”德拉克点点头，似乎笑了。他坐在吧台头顶没有射灯的位置，模糊的五官更加不能确定长相和年龄。但又散发着一种让我信赖的亲切感，加上长期没有喝酒，一瓶啤酒下去，我变得有些啰唆起来。

“真不知道现在的我是不是真的我。这一辈子也该差不多了吧，但总觉得一生像是断断续续的，总感到不完整。可还能怎么完整呢，结婚生子，平安幸福，工作也平庸顺畅。可就是堵得慌，像是在哪里把自己弄丢了。

“二十五岁的时候，本来该和思源结婚了，可她就出车祸死了。简直不能相信。那个时候我连死人都没见过。虽说参加过一两个葬礼，可平躺着的死人，的的确确不知道是什么样子。前一天还是抱在怀里软绵绵的肉体，一天后就成了动也不能动的标本一样的遗体。就像是全世界的海水都淹住了陆地似的，逃到哪里都是窒息一样的疼。我能记得我们恋爱啊、接吻啊种种场面，但在她尸体这个画面面前，那些活动的场景就像是淡到几乎呈现白色的背景。不知道是太平间光线的原因，还是血液真的不再流动，思源的皮肤白得好像透明。推车把她从医院的后门推上面包车的时候，我使劲地抓自己的手背，一道道的血痕让我以为我也快要死了。可是几十年过去了，我居然还能坐在酒吧喝酒。不觉得很神奇？至少我还能记得那么多东西。另外，如果她没死，我们是不是就已经结婚了？但我们不是没结成吗。

“葬礼的时候我认识了我的妻子。她是思源的同学，葬礼上哭得泣不成声。我不认为她们俩关系有多好，但她对死亡的痛哭让我看到自己也是那么的惧怕。之后我们开始约会，谈了几年后便结婚，但谁也不提思源。思源比她漂亮，漂亮很多。在和思源谈婚论嫁的时候，我说希望我们可以生个女儿，特别特别漂亮的女儿。我不难看，对不对？现在老了，皱纹、老人斑全摆在脸上，可年轻的时候很帅，真的。我和思源的女儿，会是一个多可爱的小女孩儿。粉嘟嘟的小肉球，还有乌溜溜的眼珠，软绵绵地依在我身上喊爸爸的时候，我会融化掉。但是，不觉得奇怪吗，我没有一个娇嫩的女孩儿。

“我和妻子生了一个儿子。虽然不好看，但因为是男孩儿，相貌没那么重要，暗暗松了一口气。好吧，我承认，我不是无私奉献爱的父母，但我觉得，在这个世界上没有完全的无私吧。算了，不谈这么无聊的话题，还是只管说我自己的事情吧。

“听得烦不烦？真是抱歉，不知道为什么特别想说。好像现在不说，就再也没机会说出来了。真是难为你了，听一个老头子啰啰唆唆。

“我对儿子真的不是无私的，因为到他好几岁的时候，我还是觉得，我居然生的是个儿子，这是多么奇怪的一件事情，难道不应该是女儿吗？越是对儿子有着一层隔膜，儿子对我越是讨好。这也让人感到奇怪。

“现在几点了？我瞟了一眼服务员身后老旧的钟，迷迷蒙蒙的也没能看清。可能很晚了吧，现在感觉有些恍惚，突然发觉，我这一生也够恍惚的。日子过得还算不错，妻子把什么都打理得好好的。夫妻间除了关于思源的话题，高兴了、烦恼了也都能相互说说。但这不能说的话题居然持续不能说了一辈子，一直到她去世。

“四十岁的时候吧，我有了婚后第一次，也是唯一一次出轨。办公大楼呈一个直角，我和小傅分别坐在直角两边靠窗的位置。虽然相隔着两间办公室，但从斜角看来，我们似乎触手可及。

“小傅注意到我的时候，我已经注意了她很久。有阳光照进她窗户的时候，她总会眯起眼睛，微笑着对着太阳的方向深深呼吸。去她们办公室有事的时候，我会拖延时间和认识的人聊上几句。不时对她瞥上几眼。那时的她，已经结婚，但是没有孩子。她看起来就像少妇与少女的结合体，既丰满优雅，又柔软灵动。

“渐渐地，当阳光铺满她整张办公桌的时候，她也不再把窗帘拉下。暧昧这种东西，一旦荡漾起第一丝涟漪，便如猛兽一样汹涌呼啸起来。我和小傅悬浮在三楼空中眼神的交汇，彼此都能看到对方眼睛里燃烧的欲火。

“一天中午，在和同事们一起吃饭的时候，我们俩的手就在桌下握在了一起。然后是对家人和同事的各种隐瞒各种躲闪，我们终于抱在一起，终于躺在酒店的床上。

“情人大约就是为了寂寞的人儿准备的礼物。虽然我们各自的家庭都安详和所谓的美满，但人类的情欲总是填不满的沟壑。我们尽量很冷静地处理我们的欲望，不能破坏各自的家庭，这是我们最早的约定。我们接吻、做爱，但是从没有单独吃饭、逛街、看电影、旅行。开始我们为我们单纯的关系互相称赞，我们以为那熊熊的欲望，在酒店的床上缠绵就可以得到释放。但半年不到，我们就已经忍受不了在酒店局促的空间里，我们两个相对时的憎恨。没错，是憎恨。这也很奇怪不是吗？我们相爱，对对方充满情欲，情感加上欲望，却不能穿戴整齐面对面地坐在人来人往的餐厅聊天，或者仅仅看着对方吃东西。我们不能肩并肩地走在旅游景点的林荫道或者风景如画的江边海边。我们在酒店里脱去衣服、洗澡、抚摸、做爱，但我们从没有一个完整的夜晚抱在一起。就因为我们有约定，我们谁也不先打破这该死的约定。因此我们憎恨对方，以致讨厌自己。抑或讨厌自己而导致憎恨对方。

“最后一次在酒店，我们没有做爱，因为她说她怀孕了。我没有问，我居然没有问孩子是谁的。也许是我的，也许是她丈夫的，我不知道。我害怕，虽然我早就想到，总会有一件什么事情打破这种让人沉陷又痛苦得不能自拔的状态。但为什么是个孩子?

“我设想过我们在房间里被当场捉奸，她的丈夫，或者我的妻子，让事情发生了转变。但是，我没想到是一个孩子。这太奇怪了。

“很快，小傅辞职了，她的办公桌空了很久。我常常一整天一整天地看着阳光在她的办公桌上移来又移走。我不懂什么叫后悔，因为我不知道打破约定的后果是什么，因为不知道，所以记忆就永远是记忆。像是延伸出我生命的另一个人生，这样说也许太过文艺，或许可以说，那就是长在我身体之外的一只畸形的瘤，总之与此时此刻无关。

“但是，”我被酒精刺激的头昏沉沉的，我趴在吧台上，“我很想小傅，真的很想。”

也许睡了几分钟，我睁开眼睛，看见服务生礼节性地对我点点头，又冲我左边努努嘴。我转过头，看见小傅眯着眼睛，对着头顶的射灯微笑。

发现我醒来，小傅做出一副生气的表情说：“你还不回去，小心被女儿知道了，又要骂你。”

“女儿?”我觉得自己眩晕得有些过头。

“我们的女儿啊。”小傅撇撇嘴，“真是老糊涂了。林易恬啊，你的宝贝女儿都不记得了?”

我醉酒后的头痛愈加剧烈。射灯把小傅的身体全部包裹在黄色的光圈中，她用右手食指的指甲在吧台的台面上无意识地刻出一道道痕迹。干净饱满的侧脸，像是飘浮在三楼的窗口中。

“我对我女儿怎么样?”我轻轻地问小傅。

“很好啊，从婴儿时期开始就那么爱她。夜里起来给她喂牛奶，哭了闹了抱着哄着。上学后辅导她功课，陪她练琴。为了她想当老师的志愿，找了很多人，托了很多关系。没有哪个父亲投入比你更多的父爱，不是吗?”

我拼命去想象一个女婴、一个小女孩儿、一个少女、一个女人。不时地有女性的形象从我头脑中穿梭。似乎是扎着羊角辫的小姑娘，似乎是思源，似乎是一个女性路人，似乎是我的妈妈，似乎是小傅，似乎是妻子……她们渐渐飘远，像是把青春和时间带去了一个深蓝色的外太空，只有老丑的自己在这里想要使劲辨别模糊的景象，却怎么也不能把浑浊的眼睛擦拭明亮。

“时间不早了，”德拉克说，“赶紧回去吧。我数三下，时间就到了。一——二——三——”

我伫立在小区的花坛中，面对着花坛正中一只早已停摆的小型钟塔。一个妇女气喘吁吁地跑到我面前。

“我的祖宗啊，你这是要把我吓死掉啊。”

“你是谁?”我问。

“我是你家保姆，算了，说了反正你也记不住。”妇女架着我的胳膊往前走，“我的心都要给你吓停了，大半夜的跑出来，你这不是给我找麻烦吗。我就觉得大门有点儿动静，还好我睡得警醒，不然你走丢了，我还不知道怎么跟你女儿交代呢。”

“女儿?”我喃喃地说。

我回头看了一眼花坛中的钟塔，刚才我看到它的指针在走动，真的，我看见了，一——二——三——

美女的对面

“真没想到，我结婚都已经五年了。”孟海蜀把杯中的白酒一口吞下，重重地靠在椅背上。

“你是快活似神仙，才觉得日子过得飞了去吧。”我调侃着。

“你才是快活似神仙呢。你到现在还单身，无忧无虑的。你瞧瞧你穿的，像个小伙子似的，一会儿又约了哪个良家妇女去打炮?”

“得了吧你，”我整了整头上的棒球帽，“你娶了个大美女回家，天天温香软玉地抱在怀里，还来调侃我？当年你和大美人结婚的时候，在朋友圈里多轰动。大家都在说，孟海蜀是撞了什么狗屎运，把这么个年轻漂亮的大美人搞到手。”

“哎……”孟海蜀的胳膊垂到椅子两边，有气无力地叹了口气。

我和孟海蜀认识有十几年了，无话不谈。可是他是如何和他老婆认识的，又怎么快速结婚的，这些事他却始终没对我说起过。我一直认为这里面有一个惊天动地的爱情故事，或者有一笔精密计算的交易。但孟海蜀什么都没有透露。至于其他事情，他都会在我们俩见面、吃吃喝喝的时候说出来。

孟海蜀刚结婚的时候，会把自己的大美人老婆带出来，但不久之后，随着他事业上升，工作日趋繁忙，我们见面的次数相对减少。并且他带着老婆出来的次数也逐渐减少，以至我已经很久没见过他的大美人老婆了。

“怎么了，”我捅了捅孟海蜀的胳膊，“搞得像婚姻出了问题似的。”

“你懂我。”孟海蜀一下子坐直了身子盯着我。

“说说。”

“当年，我第一次见到我老婆的时候，简直被她的美貌震惊了。你见过，你应该也有这样的感觉吧。”

我点点头。

“之后我们便开始约会，我想想，大概约会了五次左右。这样的美女在身边，哪个男人不想立刻把她脱光了抱上床，我当然也不例外。可是，无论她看起来多么温顺，就是不肯做那事。尽管这样，我却更加对她爱得死去活来，恨不得在一秒钟之内就搞定她。我于是向她求婚，就是约会的时候突然而起的念头。事先没买钻戒，没买鲜花，连个洋娃娃、围巾手套这类的小礼物也没有。就是在看完电影，吃火锅的时候对她说：‘嫁给我吧。’你猜什么后果？”

我不想猜，可能性太多了。

“她点点头，答应了。”孟海蜀告诉我答案，除了一点残存的得意之外，他的表情居然很凄苦。

“其实呢，我当时兴奋得恨不得跳进火锅里打个滚，觉得像中了彩票似的那么难得。可现在再想想，这是不是太容易了？她为什么想都不想就同意了。她又不笨，这你也知道。而我虽然算不上是一无是处，可无论哪方面都没有明显的优势。和她相处的时间还不长，日久生情的情况也还没发生。她到底是怎么想的呢?”

“那你有没有问过她为什么要嫁给你?”

“当然问过，”孟海蜀摇着头，“没用，说的都是含含糊糊的话。‘我觉得你挺好的。’‘我们蛮适合。’‘这种事情说不清吧。’等等，反正没一个让人信服的答案。”

“那么结婚以后呢？婚后她对你怎么样?”

“好啊，很好啊。”孟海蜀说，“你知道，她爸爸去世后给她留了一大笔钱，她妈妈也早就再嫁到了澳大利亚。她工作不工作都无所谓，干过几个工作，也都是打发打发时间，没个长久的。所以有钱又有闲，最主要的事情就是打扫屋子和照顾我。所以对我算是好得挑不出毛病。但是，我还是不知道这是为什么。我真不知道这都是为什么啊!”

“这你还不知足？何苦疑神疑鬼的。”我分别往我和孟海蜀的杯子里重新倒满酒。

“哎……”孟海蜀又叹了口气，“大美人的确是大美人，可天天见着，也就不那么美了，我是说，其实还是很美，但是经常就会觉得美得不那么明显，有时候这种美就会消失不见。我现在经常得提醒自己，我的老婆是大美人，我的老婆是大美人，不然我很可能就会看不见她。”

“明白了”，我点点头，“有新欢啦?”

“还是你了解我。”孟海蜀笑了起来，带着羞涩和自豪的表情，“其实这感觉很复杂。那个女的是单位的同事，长得肯定是没我老婆漂亮，可以说差远了，就是宫爆鸡丁和刀鱼的差别。但她身上散发出一种，怎么说，类似腥臊的感觉。说不好说不好，反正就是总想着她。”

我觉得我和孟海蜀都有点儿喝多了，我不知道他到底想跟我说他的老婆还是他的外遇。他也开始有些舌头打卷。

出于对孟海蜀老婆不可言说的兴趣，我又把话题扯回来，问道：“你是有了外遇之后，才开始疑惑大美人为什么对你无条件的好，还是对大美人产生了怀疑后，才开始了外遇？”

“说不清啊，感情的事情嘛，我想都是一点点积累的吧。”孟海蜀从果盘里抓起一片西瓜，边啃边说：“其实对我老婆的疑惑也真不是一天两天的了。可自从我有了外遇之后，我就想，像她这样的大美人，是不是也会背着我有什么事情。我这一注意观察，还真发现了点儿问题。”

“哦？”我来了精神，听孟海蜀谈他老婆的外遇可比听他吹嘘他自己的外遇刺激多了。

“她会收到没有寄信人地址和姓名的信。”

“信里面的内容呢？”

“她没给我看过。她说是她的朋友。看完后大概也及时处理掉了，她不在家的时候，我找过，没找到。”

“这有多久了，收到信？”

“我不是说了吗，自从我有了外遇之后，才注意她的，以前根本没留意过她的举动。也许就是这一两个月吧，也许已经很久了。我不知道。”

“间隔多久收到一封信？”

“大概一两个星期一封吧。我也不很肯定。你知道我工作又忙，又有个女同事要照顾，呵呵。”孟海蜀干笑两声。

“那就是说，你老婆说不定也有外遇了？看你样子怎么不太担心？”

“担心。”孟海蜀把西瓜皮丢进盘子，郑重地说，“哪有男人不担心自己的老婆有外遇。所以嘛，我想请你帮忙。”

“帮忙？我怎么帮？”我吓了一跳。我虽然和孟海蜀无话不谈，但是从未想过会牵扯进他的夫妻生活中去。对他们这一对夫妻，我可谈不上熟悉。

“你住到我们家来，我知道你工作轻松得很，又不用坐班，你帮我监视我老婆，跟踪她的外出的情况，还有收信的情况，还有她朋友的情况，反正你帮我看着，好不好?”

“那怎么可能。住到你们家? 开什么玩笑。”我觉得自己要晕倒了，太刺激。

“就一个月，好不好，就一个月。”孟海蜀哀求地看着我。

“为什么是一个月?”

“因为，接下来我要和那个女同事在东郊参加一个为期一个月的全国培训。你说说看，居然有这种事情。”孟海蜀立刻换上一脸的兴奋，“是不是很巧，我和她在单位里一点儿马脚也没露出过，上面却派我们两个去，是不是巧合，是不是上天在帮我们安排?”

“我明白了，你和你的情人躲到东郊风流快活去了，让我住进你家监视，或者说监管你的老婆，是不是这样?”我说得轻松，但是心里有些不快。孟海蜀连调查自己老婆都不肯专门拿出时间，非得凑自己外出乱搞的时间。这都是什么事!

“差不多吧。”孟海蜀似乎也觉得自己有些卑鄙，有些不好意思地说，“我们都这么熟了，说话也不用那么拐弯抹角。我知道这是有些过分，但是求求你了，帮我这个忙吧。”

“让我和你的大美人老婆住一个月，你不怕我和她之间有什么问题?”

“我相信你，我们都这么多年的朋友了，你我还不了解?”

“你觉得我会去吗?”

“会，会，我觉得你会。你那么喜欢侦探小说和电影，身临其境地过把侦探瘾，多有意思?”

我撇了撇嘴，晃着脑袋对孟海蜀说：“你了解我。那么，我为什么要搬进你们家住，理由何在?”

“你家里搞装修，工程要一个月。”孟海蜀的智商好像还没有完全醉掉。

早上醒来的时候，在透过浅蓝色纱质窗帘洒进房间的光线中，渐渐看清房间里整洁有序的乳白色家具。睡梦中的时候，依稀听见孟海蜀说："我走了……"我坐起来，看见墙上复古式样的挂钟指向九点半。孟海蜀大概七点走的，因为八点就要奔赴那个和情人的汇合点，开始他向往的为期一个月的浪漫培训。

我穿戴整齐走出房间，看见大美人正站在窗边擦玻璃。光线穿透她宽大的浅紫色睡袍，把一个玲珑的身形剪影勾勒在睡袍上面。大美人的深棕色卷发披散在一边的肩头，自然地凌乱着。听见我出来的声音，大美人转动细白的脖子，向我望过来。

"起来了。"大美人说，眼睛里满是阳光的星星点点。我不由自主地用手捋捋头发，胸脯也挺了挺，立刻就从起床后的迷迷瞪瞪中清醒过来。

"是啊"，我说，"睡得太沉了，孟海蜀走的时候和我打招呼，我都没听清楚。"

"你先去刷牙洗脸，我去做早餐。"大美人摇曳着睡袍走向厨房。从我身边经过的时候，一缕粉色薄荷的清香掠过我的鼻尖。这真是一个令人精神振奋的早晨。

我吃着咸鲜的葱油鸡蛋饼、边缘烤得酥脆的培根，搭配放了一点点砂糖，甜度刚刚好的豆浆，感觉像是重新开启了一个崭新的人生。孟海蜀何苦找个情人，我简直不能理解，只能把他的行为归结到人的本性上：每天吃刀鱼，不出一个月，见到咸菜都会激动万分。

下午四点，我从单位溜了出来，回到孟海蜀家。家里没人，我想这样的大美人确实不太可能天天闷在家里。正想着，大门打开了，大美人提着几只塑料袋出现在门口。

大美人穿着一件短短的夹克，一条丝质长裤把臀部的圆弧线条完美地勾勒出来。她一边提着塑料袋往里走，一边笑着说："难怪孟海蜀羡慕你的工作呢，果然挺清闲。"

"工作清闲，生活就清贫咯。"我接着她的话。

"你在微博上经常发些在外面吃喝玩乐的照片，这样子还叫清贫?"大美人笑着皱皱鼻子。虽然快要三十岁，但大美人的皮肤却还像少女一样的光洁，配上皱鼻子的可爱表情，看起来怎么也不像超过二十五岁的样子。

"你有关注我的微博?"

"对啊，你还时常写些古古怪怪的生活感悟，挺有趣的。"大美人把塑料袋提进厨房，"那么，清贫的人，今天你就不用自己花钱吃饭了，我请你吃顿家常菜。"

饭菜端上桌的时候，我惊叹地大呼小叫起来："这哪里是家常菜啊。"一条造型完整的松鼠鳜鱼，一盆白灼基围虾，一盘肉汁萝卜，一盘芦蒿炒香干，两盅竹荪乳鸽汤。

"不用这样招待我吧，我又不是什么贵客，没地方住了，来蹭个睡觉的地方罢了，抱歉还来不及呢。"

"你来不来我都要做饭的啊。"大美人舀了一小勺汤送进嘴里，嘴唇微微湿润地泛着玫瑰色泽。

"每天都做饭?"

"差不多吧，孟海蜀对吃的要求很高的，所以才长那么胖。"大美人咯咯地笑起来。

"那，如果孟海蜀不回来吃饭你就不要这么麻烦了吧。"

"也会做啊，有几次他打了电话说晚上不回来吃饭，可因为什么原因，饭局取消了，回来后没有吃的，很不高兴。所以我几乎天天做饭，没觉得有什么麻烦，还挺有乐趣呢。"

有那么一小会儿，我简直要热泪盈眶。这样的美貌贤妻一个人待在家里，这个孟海蜀下了班还不回来，还搞外遇，难道真是时间能够改变心境、改变看法、改变选择?

吃完饭我帮着大美人洗碗擦桌子，然后我们去附近的一条小河散步。微风吹来夹杂着暖意和草叶香气的风，在这个春夏交际的时候，大美人散发出的温热和香甜，把周围的一切都染上了一层淡粉色的光晕。我带着很傻很幸福的笑容走在她的身边，欣赏着别人看到我们时羡慕的神情。

我们说说笑笑地慢慢走着，我不由自主地想，如果我比孟海蜀先遇到大美人，如果我也冲动地向她提出求婚，她会不会也一口答应下来，成为我的妻子。人各有命，或许不会。但按照孟海蜀的描述，一切真有可能。不管怎么样，现在的状况是，大美人是孟海蜀的合法妻子，并且成为了一个正逐渐被丈夫嫌弃的妻子。男人的喜新厌旧到底是个必然，还是其中有些什么我还没有觉察到的东西。

一个星期飞快就过去了。星期一上班前，我还在慢吞吞地吃着大美人做的早餐。热乎乎的菠萝面包夹着一块厚厚的凉冰冰的黄油，细细咀嚼之后，再喝上一口醇厚的牛奶。大美人换上了一套长袖带帽衫加短裤的居家服，举手投足露出一小截腰上的细嫩皮肤。我磨磨蹭蹭地不想离开这间屋子，想到要去单位统计那些繁琐的数字和表格，那么地不情愿，却也无可奈何。

和大美人再见之后，我下了楼。站在楼下，抬头看孟海蜀家的阳台。阳台上的花花草草长势良好，透过玻璃的明亮，涌出一片茂盛的新绿。突然间，我有一种从梦幻回到现实的错觉。我努力把刚才在屋子里的感受提取出来，与现在的感受做对比。依稀觉得，只要踏进那道门，进入整洁而充满精心设计的精致客厅。从关上门的一刻开始，便与外界的一切隔开了。而此刻，我又站在一小块现实的空地上，地面上有两根小狗的棕黑色粪便，垃圾从垃圾桶往四周蔓延，陌生的路人绷着脸蹙着眉，看也不看我地从身边走过，店铺的招牌在风雨中变旧褪色。平日，这些都是毋庸置疑的生活景象，我的背景我的舞台，而此刻却显得突兀得让人有些无法忍受。

我停下来，抽了根烟，掏出手机在微博上写了一句话：“有些人在梦幻中寻找现实，有些人在现实中需求梦幻，而有些人徘徊在梦幻与现实的内外。”想了想，觉得这话有些无厘头，又似乎担心大美人有可能看见，最终也没有发出去。

我正准备离开的时候，看见邮递员骑着车停在我不远处的邮箱旁。我立刻来了精神，把帽檐向下拉了拉，装作等人的样子，在一旁兜了几圈。我感觉，自己头上的那顶棒球帽似乎变成了福尔摩斯的猎鹿帽，前后都有的帽檐把我的脸遮了个严严实实。

看见邮递员把一封白色的信塞进孟海蜀家的信箱的时候，我的心脏兴奋得急速跳跃起来。瞥见邮递员离开，我不动声色地踱到邮箱旁。

邮箱锁着，信平躺在长条形邮箱的底部。从投递口可以清清楚楚地看见信上收件人的地址和姓名，但就这几厘米的高度，却不可能伸进手指够到。我赶紧从包里翻出一块可能已经过期的口香糖，飞快地咀嚼，让里面影响黏度的糖分赶紧析出。我又从绿化带里折了根细树枝，将口香糖粘在树枝的顶端。

做侦探的，讲究胆大心细。我把粘着口香糖的树枝从投递口塞进，对准信封粘牢。缓慢抽出树枝，看着信封一点点地被提起。感谢如今冷漠的人际关系和大家日趋衰败的好奇心，过往的人没有往我这里多看一眼。半个小时之后，我在自己的家里，手里捏着一封写给大美人却没有寄件人地址和姓名的信。

煤气灶上的水已经烧开，水壶发出吱吱吱的怪叫声。对付这种原始的通讯方式，只能采用原始的破译方法。我其实倒也想破译电脑的密码，或者莫尔斯密码也行。我把信的封口对准水壶口喷出的蒸汽，耐心地等着封口的胶水软化。

我小心翼翼地拉开封口，以保证重新粘贴的时候不留下一点儿痕迹。一张没有任何单位名称或图案的信纸正中，写着几个笔画端正的字："四月二十一日 两点 市民广场喷泉"。

这是一封典型的约会信函，尽管不符合信件的格式，也毫无半点礼仪可言，但时间、地点清楚明了，完全不需要我来破译，只要在二十一号，也就是后天下午盯住大美人即可。

对于大美人即将到来的约会，我有一种想要欢呼的冲动。一来我实现了真正的跟踪行动，更多地我是觉得这么个怒放的女人，守在家里等待一个已经变心的丈夫，是一件多么不值的事情。去约会，去过一种符合自身样貌的生活，这对于大美人来说，应该才是合理的。我甚至想，如果她一直在和别人约会，那么或许也可以和我约会，因为我和那个约会的人一样，都不是孟海蜀。不是孟海蜀，对她很重要。

我对自己的想法感到一丝丝羞愧，觉得是不是应该打个电话给孟海蜀汇报一下。但孟海蜀到现在还没有主动联系过我，我想等后天过完，看看事情的发展再说吧。

我把信件还原，折回孟海蜀家楼下，让它又重新平躺回信箱的底部。

二十一号下午一点多钟，我开始在孟海蜀家附近徘徊，我特意换了一顶与早上出门时不一样的棒球帽，也许有些多此一举，但心理上认为这样可以减小被大美人发现的几率。风暖暖地吹着，让人觉得有些燥热。或许是因为对即将开始的跟踪充满了期待，或许已经在心里铺设出了一幅"人赃并获"的画面。时间走得极慢，我觉得此刻和走进高考考场前的那半个多小时一样紧张。

一点半，大美人从楼道间走出来。米黄色的风衣把她包裹得几乎可以用庄严肃穆形容了，似乎幽会是一件神圣不可侵犯的事。黑色丝袜包裹大美人匀称的双腿，直直插入每个男人的双眼。高跟鞋咯嗒咯嗒敲击地面的声音和她目光直视前方的双眼，让我的跟踪难度大大降低。大美人绝对发现不了我，我有十足的把握。

大美人在一点五十五分的时候来到了市民广场的喷泉旁。她按住风衣的下摆，端坐在圆形喷泉的边缘上。屁股微微调整一两下后，她将膝盖合拢，双腿微微倒向一侧，被风掠起的卷发与身后飘洒的喷泉，舞出相同的节奏。

画面过于完美，以至有两个游手好闲的小青年，嘀嘀咕咕地商量着要不要过去搭讪，最后还是放弃了。大美人以一种半透明的、飘忽的状态在广场上孤立着。周围是带着孙子晒太阳的爷爷奶奶，偷偷摸摸又想要炫耀的偷情中年男女，来回转悠着推销产品的猥琐男人……

大美人不同于这一切，甚至她是不是真实的，在这个场合也出现了偏差。我恍惚地觉得，在两点整的时候，她向着她的前方，不易觉察地笑了笑，然后站起身，抚平风衣下摆的皱褶，咯嗒咯嗒地走出市民广场。

我与大美人保持着距离紧紧跟随。此时的她与刚从家里出来时相比，表情与步态轻松自然了许多。当我在熙攘的人群中与她相距较近的时候，我甚至听到她在哼着一首欢快的流行歌曲。大美人在麦当劳的甜品站里买了一只甜筒。天气还不是很热，大美人伸出一小截粉嫩嫩的舌头，舔下冰淇淋上的一个小尖。她立刻耸起肩，眯起眼睛，一副被冻着却也很美味的表情。我迷惑着，觉得她的表情过于夸张，有些作秀的成分，但是她到底是做给谁看呢？

大美人边走边将甜筒全部吃完。即使从身后，也似乎可以看到她满足而甜蜜的微笑，像约会一样的粉色光芒扩散在她的周身。美则美矣，但关键是我只看见她一个人的背影。

大美人走进一家咖啡店，浓郁的咖啡蒸汽使得大美人缓缓地拉开风衣上的腰带，解开棕黑色的纽扣。风衣从肩膀处褪下，露出里面宝蓝色的长袖连衣裙。宝蓝色的轻微光泽，一刹那间在咖啡店里绽放。我找了个角落的地方坐下，视线一时无法从大美人身上移开。

大美人点的东西被端上来的时候，我尽量让自己不要感到那么惊讶。两杯咖啡，分别放在大美人的面前，和她对面的位子上。我不解的是，从喷泉过来到现在，大美人并没有用手机联系过任何人。如果像信上所写，约会的地点是市民广场的喷泉，那她现在移至咖啡店，又是怎样来通知对方的呢？抑或信里隐藏着真正约会地点的信息？或者她已经发现了我在跟踪？这不可能，我又把帽檐压了压，确信她并没有往我这儿看一眼。

我不时地看看时间，又看看大门。除却大美人所在的那个区域，咖啡店里的一切都死气沉沉。大美人一会儿托着腮，一会儿抿一小口咖啡，一会儿皱起眉头，一会儿低下头来似乎在偷笑。所有的表情和动作都那么细微，让我怀疑是不是我自己想象出的动静。

真正的幻觉出现在三点四十五分。咖啡店里低矮的屋顶和黄灿灿的光线，把咖啡味、奶精味、人声、搅拌机声、人体温度、热饮的滚烫温度……统统挤压在一个封闭的空间中。头顶蒸腾的热气，在棒球帽里翻滚着散不出去。喝了半杯的卡布奇诺下去，甜得让喉咙纠结在一起。我再一次看看手机上的时间，三点四十五分。大美人到底在等谁，已经干坐了一个多小时，我已经开始焦躁不安。

当我再望向大美人的时候，她的对面隐约出现了一个人。透过朦胧的黄色灯光，那个像雾气一样的人形与大美人相对而坐。我把手指插进棒球帽里，抹了一把额头的汗水，眼睛使劲地睁了睁。那里的确坐着一个类似于投影在烟雾里的人影。但是，那是男是女，是年轻是衰老，一概无法确定。

我头痛得厉害，眼睛酸胀得快要瞎掉似的。这样的状态绝对不再适合跟踪。我急匆匆地付了咖啡钱，跌跌撞撞地往自己家赶。倒头趴在床上，我觉得我已经距离答案不再遥远了。

晚上，我打电话给大美人，骗她说临时去外地出差几天，下个星期回来。

“哦，知道了。”大美人用微笑的声音回答。

我不能确定没有人陪伴的晚上，大美人是不是像我在的时候那样，侧靠在长沙发上看书，或者被民谣之类的音乐弄得泪眼婆娑。我不在，自然不会有人陪她下棋打牌，陪她聊天说笑，那么她会做些什么呢。

接下来的五天，我觉得自己无时无刻不在想念着大美人，这样的情绪弄得我异常慌张。我在深夜的时候，还是无法入睡，觉得自己像个不负责任的家长，把一个弱小的婴儿丢弃在荒野。大美人有一副世俗看来绝美的容貌，任凭谁得到都可以将此作为优势和武器，发挥出作用。但是大美人自己却不懂得它的用途，她活在一个独立而仅从缝隙才可以与外界相连的世界中。那里的美丽是理所当然的、顺理成章的，缺乏丑恶，而自成一体。我理解得有些模糊，并不能窥探那里到底是脆弱得不堪一击，还是稳固得牢不可破。

夜里一点，我拨通了孟海蜀的电话。

“喂——”孟海蜀拖长了声音，身后嘈杂声不断，似乎是在哪儿吃宵夜。

“孟处，你朋友怎么这么晚还给你打电话啊。”一个女人的说笑声从听筒里传出。

孟处？我愣了愣，孟海蜀不过是个科长罢了。脑袋转了个弯才想到，这大概是情人间的玩笑。

我突然意识到，孟海蜀移情于这个女人，是因为她给了他大美人所没有的现实感。大美人不会和孟海蜀谈论关于仕途、政治、靠山、背景、阴谋、手腕、情色等等所有的话题，她就是个活在梦中，混沌于一切的孩子，这让她即使拥有着美貌，却还是在与这个女人的较量中输得一败涂地。何况她应该还不知道，自己正站在天平的一侧，而另一侧是一个她从未见过的女人。

“喂喂，在听吗?”孟海蜀在电话里叫着。

“哦，嗯，在的。”

“有什么情况吗? 你那里怎样?”

“挺好的啊，就是这两天出差，也没在你们家，汇报下。”

“反正一切正常吧。”

“正常，”我突然决定不向孟海蜀说出实情，“信我偷看了，就是她女朋友写给她的。说自己怀孕了，婆婆怎么讨厌了，婴儿东西有多贵了，絮絮叨叨的事，正常得很。”

“哦，那就好那就好。”

“你那边怎样?”我问道。

“我这边啊，哈哈哈，也很正常”，孟海蜀的笑声带着刻意的放荡，“我们啊，我们正常得如漆似胶，哈哈哈哈……”

我猛地挂断了电话，对孟海蜀产生出一股从未出现过的愤恨。我不知道该把自己放在何种立场。我是孟海蜀的好朋友，也是一个男人，该明白的事情也都明白，却从心底迸发出想要拥有大美人的渴望。我觉得这是冲动的情感，可能包含有同情，保护弱小，对另一种世界的痴迷，和充沛的情欲。但我确确实实感到了迷惑。

这天下班后，几个同事约了一起去吃烧烤。我一杯杯地给自己倒酒，觉得一停下喝酒身体就会干裂开来。同事说的笑话，听起来那么好笑，就连办公室的大妈主任，也变得苗条动人起来。我对同事们说，我马上要结婚了，我要娶个你们这辈子都没见过的那么美的美女。同事们起哄地恭喜我，我就兴奋地和每个人干杯。有人打听细节，什么人啊，在哪里上班，手机里有没有照片啊，我一概置之不理，只顾和他们干杯。我的回避起到了高深莫测的效果。哄闹到晚上十点，大家才打着嗝地散去。

我不想回家，我想念一个人，有一种钻心的灼烧感把我折腾得想立刻抱住什么痛哭。三十多年来我没有出现过巨大的情绪不稳定，不会有人有的，孟海蜀没有，大美人没有，谁也不会像我这样难以自控。我告诉自己，我只不过是喝多了，也许是喝得不够。我目前最应该的是喝得不省人事，然后被同事抬回家睡上一觉，而不是像现在这样，控制不住自己，不知不觉走到了孟海蜀家的门口。

我砰砰砰地敲门，很快大美人穿着一件浅蓝色的浴袍，头发湿耷耷地飘散在肩上打开了门。看到大美人的那一刻，我就像看到了心灵的救赎，我想紧紧地抱住她，想抚摸她身上的皮肤，想把脸蒙在她湿漉漉的头发上，想把她按倒在床上。

我绕过大美人的身体，对自己气愤不已，一屁股坐到沙发上。我让自己一动不动，就连嘴巴也不可以张开，否则我会告诉大美人，孟海蜀对她的背叛，会向她求爱，甚至会希望她赶紧和孟海蜀离婚，然后和我结婚。

屋子里没有一点儿声音，大美人睁大眼睛看着我，不知在想什么，也许被我脏乱的模样和气鼓鼓的样子吓到，或者她还没有从她那个幻境般的世界里走出来。

寂静持续了很长时间，突然一声电话铃声把我们俩同时惊得一战。

大美人接起电话："嗯？对，什么？医院？孟海蜀出车祸了？你……"

我突然发现大美人的表情僵硬起来，我支撑着站起身，一把抢下大美人手里的听筒。

“你谁啊？诈骗吧？”我想着正好找个人来给我骂上一顿，发发闷气。

“是真的，我是他同事，我们现在在一二〇车上，马上去仁德医院，我没有骗人，孟海蜀被撞得很严重，你们赶快过来吧。”电话那头的女人急促地说。

我认得这个声音，就是调笑着喊孟海蜀孟处的女人，一定不会错，是真的出事了。

我挂断电话，催促着大美人说：“快换衣服，我们马上去仁德医院，不是诈骗电话，快，你快点儿。”突然间，我的酒劲醒过来大半，“我先下楼拦车，你换好了赶紧下来。”

“孟海蜀真的出事了？”大美人眼睛闪烁着望着我。

“已经在救护车上了，马上就能到医院，应该不会有事的。”

“嗯。”大美人点点头，转身跑进房间。

我们坐在出租车的后座上，明显地感觉到时间在嗖嗖地流淌。大美人挺直背脊，眼睛直直地望着前方。

距离东郊的仁德医院还有半个小时的路程，我在折磨人的冷场中，终于问出了我特别想知道的问题，我装作轻描淡写地说：“你是不是给自己写信？”

“嗯？”大美人细致的脸庞转向我，“你怎么知道？你偷看了我的信？”

“嗯。真的很抱歉，我实在好奇。”

“你怎么知道是我写给我的？”

“其实我早就应该知道的。和你书桌上同样的笔，同样的信纸。也许仔细看还能在干净的信纸上发现笔痕。你为什么要这样做呢？”

“我没有朋友。”大美人的脸忽然间红了。

“你应该很容易交到朋友啊？”

“但就是没有，我不知道为什么。”大美人轻轻地说，一股莫名的惆怅充满了后座小小的空间，我觉得大美人在连声叹息，而对于我偷看她信的事，似乎完全没有放在心上。

接着又是无尽的沉默。酒劲过后的清醒，比任何时候的清醒都要让人惊讶。在刚接到孟海蜀出车祸的那个瞬间，我激动地觉得，这是上天为我做的绝妙安排。孟海蜀死掉，我就可以名正言顺地把大美人娶来，可以为所欲为地摸她、吻她，按倒她。我们可以在每天晚上像神仙眷侣一样地关闭在一个独立的空间。如果孟海蜀没有死，我要当着大美人的面告诉孟海蜀，既然你已经另有新欢，就把大美人给我，我会好好照顾她，照顾得比你好一千倍。

越接近医院，我的头脑就越加清醒。我渐渐觉察到，我身边的这个女人，我可能永远也不能得到。在咖啡店的时候，我看见了她和她自己在约会，她是缥缈的，一个坐在她对面缥缈的她。而她的身体不过是她映射在现实中的一个影像。她们无法合二为一，她们处在不同的时空。无论如何，我能得到的都不会是一个完整的大美人。

换个角度讲，我或许并不愿意拥有这样一个妻子。她不能和我很好地沟通，不谙世事，孤立在一个进不去出不来的封闭环境。长久以往，我会感到孤独感到凄冷，即使她就在我的旁边。

但是，我又是那么地想抱住她，除却男人的情欲，她的细弱纤柔和迷蒙摇晃，又让我产生发自心底的渴求和痛苦。

一个没有任何秘密的美丽女人，一个像白纸一样的大美人，这是一件多么可怕的事情啊。我被矛盾的碰撞摔打得四分五裂，我还在犹豫着恍惚着，医院已经近在眼前。

美食的我

天气渐热以后，秦蕊蕊像是从海底浮出水面的一株细长柔软的水生植物，在我的视线里凸显出来。

几个月前招聘的时候，我作为技术顾问参加了面试评审。那个时候，大家还穿着厚重的冬装。有的人进屋后会脱掉外套，有的人不脱，脱不脱都没有不自然的感觉。

秦蕊蕊那天没有脱羽绒服，包裹得严严实实的坐在对面的椅子上。脸型是圆的，眼睛是圆的，让人以为蓬松的羽绒服下面也是一副圆滚滚的身子。她很年轻，不是那么专业，但有一副诚恳的表情，应该是个听话、勤快的孩子。我在评语上写了褒奖的话。虽然最后录用的权力不在我这儿，但多少可以对领导的判断起一定的作用。

春天之后，我看见秦蕊蕊笑盈盈地坐进了正对电梯口的那间办公室。

同在一层楼上班，上下电梯，去茶水间，走在过道里，时不时会碰面。更何况秦蕊蕊的办公桌几乎正对着电梯口，看见她的概率比除了同一间办公室的其他人都高。

每个人的衣服都被距离我们越来越近的太阳一件件脱去，初夏的时候，公司女孩儿们的皮肤暴露出衣服外的范围越来越大。我甚至想感叹一下，又是一年更替，但我的时间似乎依然停滞不前。

我能看见自己的衰老，毕竟就要四十岁了。零星的白发，粗糙的掌心，腰椎间盘突出手术后留下的疤痕，都在说着关于时间流逝这件事。但我体会不到我身体内部的衰老。也许有个孩子就不一样了吧。可是我和妻子一直没有小孩儿。三十岁之前我们不想要，三十五的时候突然想要了，却发现我们真的生不出来。谁的责任，我们不想知道，忧愁了一段时间之后，也就接受了这个事实。于是任凭时间怎样地翻腾，我就像是沉入水底的石块，一动不动地等待着一天一天的消失。

六月的一天，茶水间里，三五个人在里面喝水聊天。秦蕊蕊站在靠近饮水机的墙边，穿着短袖、短裤，细长的四肢从袖管和裤管里延伸出来，胳膊像植物的茎蔓，蜿蜒着握住一只马克杯。

一位女同事拆开一袋饼干："我儿子从奥地利带回来的，来尝尝。"她把饼干递到每个人面前，我也顺手拿了两块。女同事把饼干递给秦蕊蕊，秦蕊蕊轻轻地摇了摇头。"别客气啊，吃啊。"女同事把饼干举到秦蕊蕊的下巴上。"不是客气，真的不想吃。"秦蕊蕊依然握着杯子，没有动作。"尝一块嘛，真的很好吃的。"女同事不罢休。"是很好吃。""奶味特别浓郁。""秦蕊蕊你就吃吃看了，你反正那么瘦。"其他几个同事也参与进来。

秦蕊蕊拗不过这么多人，翘着手指从袋子里拿起一块，先把饼干放在鼻子下面闻了闻，再用门牙小小地抠下饼干的一个角。然后像刨地似的，一点一点地用牙齿把饼干刨成碎屑卷进嘴里。吃了三分之一，秦蕊蕊举起杯子喝了一大口水，配合着听不见的咕嘟一声，头一低把水咽了下去。看起来像是很艰难地才把饼干冲进喉咙。

下班回家，妻子做了炸酱面。我们一边看新闻联播，一边拌面、吃面。电视里播放着某国大地震的画面，灰蒙蒙的残垣断壁、腾空而起的烟尘——这些画面本身是没有声音的，但我们知道那里的人群一直在喊叫着、哭泣着。主持人播报的声音被刺激性的画面推挤到我的感官末端，也就是说，我知道主持人在说话，却无法弄清他在说什么。

我收回视线，不想被不良的情绪干扰，紧紧盯着眼前的面条。这盘炸酱面看起来粗劣而油腻，也许是下午吃了两块奶味厚重的饼干，面条看起来像是被无数愤怒的人用手反复搓揉，最后一把抓起扔进盘子。我站起身进厨房倒了杯白开水。就着白开水，我一根一根地把面条咽进喉咙。

重复着这个动作，让我想起秦蕊蕊来。她咽下饼干的时候，我看见她白得透明的细脖子。脖子上的青筋从耳根一直延伸到锁骨，似乎没有肌肉，只是被皮肤包裹着的骨架。我想象着用手掐住她的脖子，我似乎能感受到那种特殊的手感。面条一根根地站立起来，它们是被愤怒的人反复搓揉的面条，它们带着同样的愤怒与我对视。突然间，它们柔软起来，摇摆着向我蜿蜒扭动而来。它们看起来就像秦蕊蕊的手臂，细长无骨，把我缠绕在浓黑酱油色的空气中。我挣扎着快要窒息。

筷子被丢在桌上的时候，面条返回盘子，秦蕊蕊的脖子和手臂返回我的记忆。妻子转过头看了看我："又不舒服啦？"

"还好，可能天热了吧，把电风扇打开就好了。"我拧开吊扇，让风把额头的汗水吹干。但秦蕊蕊的样子在记忆里被重新排列，立在了靠前的位置。

上下电梯的时候，忍不住对着秦蕊蕊的办公室看上一眼。一个快四十的老男人，偷瞄一个刚大学毕业的小姑娘，既是情理之中，也稍许有些不道德，但我还是会把眼光不经意地扫向秦蕊蕊，瘦瘦小小的身体像被桌椅挤成了一条缝隙，有点儿让人发笑，又感觉刺着心的痒痒。这种情绪过一阵就会好的吧，我这么想着，一次次从她身边经过。

七月七号晚上七点，吃完饭才想起明天出去开会的文件丢在了公司。明天早上拿了再去开会也行，但又觉得晚上出去走走并不坏。晚餐妻子做了咖喱饭，我不认为咖喱有多好吃，但拌着咖喱酱汁的饭，总能不知不觉地吃下一大碗。走去公司大约需要二十分钟，正好当作饭后运动。

电梯到达的时候，习惯性地看了一眼秦蕊蕊的办公室。办公室的大门敞开着，秦蕊蕊被罩在节能灯的巨大光晕下，脸部随着电脑屏幕的闪烁不断变化着光泽。整层楼没有一个人，她的小身子就像湖面上飘零的一片树叶。

我加重脚步，又清了清嗓子，既是怕自己的突然出现吓到她，也似乎希望她能看见我，点个头打个招呼什么的。

她顺着我的声音望向我："你好。"她说话的声音像飘浮在空气中的一缕烟，从耳朵钻进身体。

"嗯，你好。吃了吗?"我寒暄了一句。

"你呢，吃过了吗?"秦蕊蕊歪着头看我，圆溜溜的眼睛睁得大大的。

"我……"

"你要是没吃，我就和你一起吃。"秦蕊蕊抢在我的回答之前说道。

"没……没吃。我还没吃呢。"我不由自主地说了个谎。

"那好啊，我们一起去找东西吃。"

"哦，你等我一下，我去办公室拿份文件。"我急匆匆地小跑进办公室，还得意于自己没忘了正事。出办公室门的时候，看见秦蕊蕊站在电梯口，细细长长的像被拉开的面条。这么形容一个女性，也许过于残酷，或者可以说，像一根树枝，可依然缺乏美感。秦蕊蕊就这样细直的一副样子，已经像根钉子似的插进我的思维，一时竟有些慌张。

“想吃什么？”我一边和秦蕊蕊并肩走着一边问。

“不知道，最头痛的事情就是想吃什么。如果不吃东西也不会死的话，真不想吃饭。”秦蕊蕊撅着嘴说。

两人之间的距离并不是那么近，但有种相互熟络的感觉。开始我想不出是什么原因，渐渐理解为，我偷偷看着她的时候，即使她看似没有看见我，也应该能感受到我的注视。眼神当中有着某种讯息，总有敏感的人可以接受到讯号，并与之产生互动。我们没有通过语言交流，却已经在不知不觉中有了了解。我暗自笑笑，嘲讽了一番自己幼稚得像青少年一样的想象力。

“中午还能和大家一起吃，到了晚上一个人，完全没有胃口。吃饭是一件连充饥都谈不上的事情，差不多就是为了活着吧。”

“一个人住？”我问。

“嗯，自已租的房子。”

“那你不是本地人啊，老家哪里？”我问，“我不太会听方言、口语这些。”

“徐州。”秦蕊蕊说。

“徐州？”我有些吃惊，“徐州人不是应该更高大更强壮一些吗？你看起来不像啊。”

“哪儿都会有特例吧，我就是咯。”秦蕊蕊的圆眼睛笑弯了起来。

闲扯着走到一条满是小吃店、小饭店的巷子。“吃什么好呢？”我的胃里还塞满着咖喱饭，一时没什么食欲。“这家行不行？”我指着一间中式快餐店。橱窗玻璃上贴着菜肴特写的招贴画，精心的布光、摆盘很是诱人，却还是提不起胃口。不过店堂里干干净净、亮亮堂堂，看着挺舒服。

“行，我吃什么都无所谓。”秦蕊蕊先我一步推开门进去。

端着托盘付款的时候，我想着如果秦蕊蕊要AA制，我一定不答应，一定要抢在她前面把两个人的钱都付了。只稍稍客套了一下，秦蕊蕊并没有多争，便让我把钱付了。也许她已经接收到了我铁定要买单的决定，我更加为自己与她能在空气中交流而感到意外和惊喜。

我装作到现在还没吃饭的样子，大口扒拉起米饭，吃菜、喝汤，像是津津有味。看向秦蕊蕊，她用筷子挑起三四粒米含进嘴里，嚼了嚼，舀起一勺汤，连同饭粒一起咽下。

“和我吃饭很无趣吧？”秦蕊蕊放下筷子，抱着胳膊与我对视。

“这儿的菜，做得是不怎么样。下次还能碰到一起吃饭的机会，我请你吃好吃的。”

“不是菜的问题，就是不喜欢吃东西。没有饥饿感，味觉虽然发达，却发现不了喜爱的饭菜。朋友们喜欢找各种古怪的食物，各种刺激的调料，我可怎么也没有兴趣，和一大桌人一起吃饭很痛苦。”

“人人都有烦恼嘛，虽然你的烦恼古怪了点儿，但是还是表示理解。”

“你呢，你的烦恼是什么？”秦蕊蕊问，又重新拿起筷子挑起米粒塞进嘴里。的确像是为了生存而吃饭，没有一点儿享受的快感。

“没有具体的烦恼，只不过年龄大了，有时猛然发现自己竟然浑浑噩噩地活到了现在。成就啦功名利禄啦，并不是追求的目标，只不过觉得活得有些空洞。你还年轻，可能一时理解不了。”

我用勺子舀紫菜蛋花汤，我看见黑色的发丝似的紫菜在水里打着转儿形成旋涡。旋涡深深沉向地底，深不见底的旋涡里隐藏着黑色的利爪。它带着对虚无的报复把我托起在半空。我有着强大的心脏，我不畏惧悬浮在空中的眩晕感。只是空无一人的旋涡中我感到疲惫，有困顿有无聊有想要和黑色利爪大干一场的冲动。但所及之处，全是柔软无力的紫菜、紫菜、紫菜。还有棉絮一样轻飘飘的蛋花。我喊叫，但声波在柔滑中转换成无人关注的涟漪，消失得无声无息。

我擦了擦汗，为一时的失态解嘲道："嗯，空调开得不够足啊，再小的饭店也不能这样节约吧。"

"是吗?"秦蕊蕊的黑眼珠像深潭似的吸住我。

我的讯息被秦蕊蕊丝毫不差地捕捉到了，但是她能理解多少、消化多少?虽然我看得出她也在打开自己的接收器，企图想把我所有的内容全部接受下来，但是她毕竟年轻，年轻不就该快乐吗?

秦蕊蕊租住的房子距离公司也不远，但与我家的方向刚好相反。我要送她回家，她也并不反对。一路上我们聊得并不多，但裸露在外的胳膊时不时地会碰擦一下。就像两个色块在交融时混合在一起，变化出另一种颜色。从七点二十左右到现在九点不到，一个多小时的时间里，我们各自发生了变化。在空气中传递的讯息让夏天夜晚的燥热更加肆虐，不断地有幻觉袭来，被我们俩同时接受，共同分担着幻象的恐惧或喜悦。但也许理解并不相同。

秦蕊蕊用钥匙打开楼下的铁门，并没有急着说再见。

"知道我为什么吃东西那么少吗?"

我把"不知道"的讯息传递给她。

"有这样一种说法，吃得过饱，会让人的情欲变得迟钝。"秦蕊蕊说完，关上铁门走上楼梯。

我立在原地，被幻觉的旋涡席卷过全身，被抛入烈火和冰川，再也找不到原来的平静沉睡，一动不动的自己。

快到家的时候，胃部剧烈地疼痛起来。我找了个角落把皮带扣松了一个洞眼，还是不能缓解两顿食物完全塞进一只胃里所带来的负担。“吃得过饱，会让人的情欲变得迟钝。”也许秦蕊蕊是对的。幻象被疼痛的身体一分为二，左右分立，眼前只有真实的街景和过往行人冷漠的无睹。

额头冒出冷汗，拖着脚步回家以后，嚼了两颗吗丁啉。过了一会儿，疼痛不再那么如密布的织网紧裹住胃部脆弱的神经。但还是沉甸甸的有种向下坠的错觉。原本已是沉入水底的石块，继续向下，大概就是地壳了吧。

我在员工通讯录里找到了秦蕊蕊的电话号码，很容易，但是打过去已经是一个星期之后了。至于为什么是一个星期，我不知道。是在等待自己清醒，还是在等自己比以往更迷糊，迷糊到一事无成。但是终究拨通了电话。

“是我。”我在电话里说。

“知道。”秦蕊蕊烟一样的声音通过电话传递过来。

“上次请你吃的快餐实在不怎么样，我想再请你吃顿饭。有一家餐厅的东西很好吃，主要是以江鲜为主。你看你什么时候有空呢?”

“明天晚上。”秦蕊蕊利落地回答。

“好，好。”我本来想了更多的话来对付秦蕊蕊的推辞，没想到这么干脆地答应下来，让我又吃惊又喜悦，甚至有几分疑惑。

第二天我特意开车上班，一整天心情惴惴不安，一直在考虑着秦蕊蕊怎么上车才能不被其他同事看见。下午的时候我躲进洗手间，确定没有人以后，给秦蕊蕊打了一个电话。

“你下班以后，出公司的门向右，走到路口在那儿等我可以吗？我可能需要忙点儿事情，大概会迟几分钟。”

“嗯，知道，我会小心不被其他人看到的。”秦蕊蕊低声地说。

我心头一惊，更加自信地觉得，在我和她之间无形的信号即使通过手机也可以畅通无阻地传递。我把更加大胆更加妄为的讯息表达出来，秦蕊蕊在电话那头咯咯地笑了两声，小声说："好了，下班见。"

其实在公司，我们有两次迎面走过，点了点头。但这不能算是我们的见面。虽然不能预测我们单独见面的场景会是怎样，但身体被彩虹般的气流挤压出汁液，这样的幻象一次次地把我的工作打断。一整天的时钟转动，比缓慢还要让人坐立不安。我知道这将不会是单纯地吃饭约会。秦蕊蕊一定感受到了，我也感受到秦蕊蕊感受到了的灼热，因此越发地惴惴不安。

秦蕊蕊钻进车子副驾驶的时候，我警惕地四下张望，生怕有人看见。好在秦蕊蕊瘦瘦小小，动作像小猫似的敏捷，哧溜一下蹿上车子，嘭地带上车门。

刚开始有一阵冰冷的尴尬，空调冷气呼呼吹出的声音大得像是在我们中间砌上了一道砖墙。我拧开广播，让音响里的声音对抗这种莫名的慌张。等红灯的时候我想，也许就是吃饭这么简单。这个丫头太年轻，对于未知，尽管我相信我们都有思考，但是我应该更冷静些才对。

"唉，走了。"秦蕊蕊拍拍我的右手臂，抬起下巴示意我绿灯亮了。她的手指触碰到我皮肤的时候，隔在我们中间的砖墙摧枯拉朽地倒塌成粉末。呼吸着呛人的空气，我们的讯息瞬间连接在一起，这场饭局的结局不会是以买单收尾，我们都在等着饭后的另一场空间和时间，有些迫不及待，但必须按照步骤一项项地完成。

我把车开到江边的一座画舫似的餐厅，这是我能想到的最有情调的一家饭店。也想过小女孩儿或许喜欢西餐厅的洋气和所谓的浪漫，但自己在西餐这方面并不擅长。如果被问及牛排几成熟、喝什么红酒或者饭后甜点选什么这样的问题，我担心自己露出老男人过时、傻愣的窘态。比起那样，不如点上几道当季的江鲜，既来得利落又足够档次。我苦笑一下，觉得自己想得太多，为了这次约会左思右想出许多问题。果然是老态毕现，一点儿也不坦然。

“笑什么?”秦蕊蕊问。

“有点儿感觉像约会。”我们面对面地坐在画舫餐厅的二楼，窗外就是夕阳即将西下的江景。如果风景有什么暗示的话，大约是嘲笑我不断下沉的状态，即使与年轻的女孩儿约会，也像不能把握住真实一样的猥琐。

“你多久没有约会过了?”秦蕊蕊问。

“结婚后和老婆一起出去吃饭不算吧?”

“不算。”

“那么有十三年没有约会过了，十三年前约会的对象也就是老婆。”说出这个数字，我自己也吃了一惊。时间像是长着翅膀飞翔似的，越过了一年又一年。

“结婚这么久有没有其他的女人?”秦蕊蕊微笑着瞪圆眼睛问，让人想要责怪她的鲁莽也没有办法做到。

“好多年前，一个朋友的老婆对我有点儿意思，但是想到是朋友的老婆，什么也没发生。”我老老实实地坦白。

“不是说，”秦蕊蕊托着腮帮，转着圆眼睛说，“朋友妻，不客气嘛。”

哈哈哈哈，我们俩一起大笑起来。

凉拌鱼子豆腐、白灼游水虾、红蒸鲥鱼、黑椒炒甲鱼、芹菜炒香干、鮰鱼奶白汤。菜一道道地上，我们的话题也越来越远离同事关系。在她面前竟然放纵到黄段子也肆无忌惮地蹦出来。秦蕊蕊笑着接纳，让我觉得自己并非猥琐，而只是充满了幽默感。

菜肴很美味，每一条鱼虾都新鲜得好像随时会活过来。秦蕊蕊却还是吃得很慢很慢。一只手指大小的虾子，被她当成玩具似的，一根根地扯掉虾腿虾须，用门牙一点点地撕下虾壳，捏着虾头细细咀嚼虾肉。

“好不好吃?”我问。

“不错啊。”秦蕊蕊望着渐渐亮起的江边的灯光，不知说的是江景还是江鲜。

一顿饭吃了两个多小时，我说的话加起来大概能铺平眼前的江面。秦蕊蕊吃下去的内容，加起来大概只有一小碗。也许她真的是一个不会感到饥饿的孩子。

把秦蕊蕊送到单元口的大铁门，看着她在楼道暗黄的灯光里把钥匙缓缓插进钥匙孔。幻象泛滥在我们身边，把周围的空气搅和成各种粉色的混合体。情色真的变成一种可视的颜色把我们团团围裹在一起。她没有说话，我没有说话，我跟在她的身后向楼上走去。脚步有些匆忙，她的和我的。燥热让我们在楼道里互相搀住对方的手，握得紧紧的，像是不能呼吸。

把全世界关在门外了。我们紧紧抱在一起，亲吻得像是热气蒸腾中扭曲波纹的混沌重叠。稍稍分开两三厘米的距离，在昏暗的房间里，我看见秦蕊蕊的眼睛爆发出猫眼一般的光泽，闪烁如原始森林中荧光色的蝴蝶翅膀倒映月圆的狂热和诡异。

秦蕊蕊一边用舌尖细细碎碎地舔舐我的脖子，一边不慌不忙地一粒粒解开我衬衫的纽扣。我已经感到爆裂前的涌动在身体里横冲直撞，随着秦蕊蕊的舌尖下滑到胸口、腰际，我只好把双手放置到她不大的乳房上，像抓住控制身体的操纵按钮，想要减速这爆裂的速度和程度。

秦蕊蕊细长的手指将我裤子的皮带、纽扣和拉链灵巧地解开，褪下内裤之后，我毫无遮挡地暴露在这个不算熟悉的女人面前。十分钟之前，我看见的是如梦幻般飘零的娇羞、含蓄，在如初日般的纯净天空中游移。而现在我的男性的丑态在不明朗的房间内，像被定格在十字架上貌似的尊严，却得不到自我内心的认可。

秦蕊蕊的连衣裙从她瘦削的肩头滑落在地上，我看见她枝干般身体的黑影盘旋在我周围，由上而下地逼近我的生殖器。当她舔舐的舌尖在挺立膨胀的部位转动的时候，大片大片的阴云把我从地狱的灾难拖向地狱的死寂。

这个魔鬼般的孩子，像品尝着世界尽头的珍馔，耸动着肩膀把这个属于我的秘密小径据为自己的食物。含在口舌中，被地狱之火烘烤的器官，再也不能保持住原有的预想中的冷静，被旋转的飓风吸引起浓稠的喷射。

秦蕊蕊发出嗯嗯的呻吟，像是赞美食物的鲜美和厨师厨艺的精湛。带着享受的神情，秦蕊蕊把罪恶的凝聚含在嘴里深深体会。巨大的吞咽声在空荡的房间中，四处碰壁再次返回到身边。我浑身战栗，包括头脑里的思维。

我害怕了，我像被怪兽追赶的可怜虫，在魔幻的密林中逃窜。从来没有期盼过未来，却也不曾为未来极度担忧。但这次我真的怕了。我但愿这一次依然是我病态的幻觉。但刚才的一切太真实了，我就是一道菜肴，一条鱼一只虾，一只可以爆浆出熔岩的巧克力蛋糕，我幻想着我的生活，却终将被咬碎、撕裂，颤抖着消失在口舌之间。

梦中的小人

做了一个很好玩的梦，人物、情节都有，醒来时发现全部都忘了。很遗憾地爬起床，拉开窗帘，看见一群小人站在窗台边上。

他们看起来非常眼熟，我使劲想了想，哦，原来他们就是我梦里面的吵吵闹闹的一家子。

“哎，你们……”我也不晓得该和他们说什么，碰见他们是不是合理我都搞不清楚。

“你这么快就起来啦。”其中一个小人对我说。

“是你们吧?”虽然我几乎可以百分之百地确定他们就是他们，因为他们连衣服都还没换，一色的米白色的仿绸缎衣服，式样各不相同，却足以表示他们是一家的。

“那还错得了。”另一个小人答道。

“我……我……应该为你们做点儿什么吧?”我考虑到，由于我做的一个梦，所以产生出了这样一群小人，尽管他们个个看起来又精神又机灵，相信自理生活没有问题，可作为我来说，多少应该负点儿责任吧。

“你能做什么?”一个女的小人一脸不屑地看了看我。

“比如……请你们吃顿饭?帮你们做套衣服什么的?”他们这么的小，饭量肯定不大，做衣服的话，家里剩的零头布大概也够了。

“算了，你去忙你的吧。我们还要赶去别人家呢。再说，我们和你的关系基本也就属于萍水相逢罢了。”一个年长的小人说。

“这么说来，你们是职业演员?”我这时才知道，原来他们只不过是到你梦中表演一出戏，然后换个地方再演。

“当然咯。难道我们看起来很业余?”又是那个女小人说话，看来她对我的印象十分不好。

“不是不是，只是我以前一直不知道你们。我还以为我的梦都是我自己想出来的呢。”

“得了吧，你还能想出梦来?”女小人很不客气地说。

“所有人的梦都是你们演的?”我问。

“我们只是三六四九五九二八一〇三分部的第九十四小组，只能说一部分的人的梦是我们负责的。”年长的小人说。

“原来是这样。”原来就连梦都不是我控制的呀。

“别说是梦了，就算你睡着的时候翻个身、磨个牙什么的，都是帮你安排好的。”又一个更小的小人像给我上课似的认真地说。

“是这样啊。”我有些闷闷不乐，醒着的时候，所有的事情自己都做不了主，没想到睡了后，还是不能想自己的事，还要被迫看这些小人排练好的节目。

“你好像不高兴嘛。怎么?我们辛辛苦苦地排练、赶来赶去地跑场子、认认真真地演出，你还不满意?”女小人真是敏感。

“不是不是，”我急忙说，“突然知道这种事情，不能一下子接受，心里面有点儿怪怪的。”

“你现在知道了，那以后梦里面碰见咱们可得礼貌些咯。”女小人扬了扬眉毛。

“是是，当然当然，我知道，我会的。”

“哈哈哈，”年长的小人笑了起来，“你还真是蛮可爱的呢。挺喜欢你的。”他顿了顿，“要不这样吧，我们正好刚排了一出新戏，就表演给你看吧，这可是首演哦，而且绝对是能让你流泪的超级悲剧。”

“那多不好意思。”

“没什么啦，你赶紧去躺下睡了，我们还要化化妆、换换衣服。”年长小人催促着。

梦里面，小人演得非常卖力。女小人扮演的那个角色和我同名，是个又敏感又讨厌的家伙，情节现在已经忘了，只记得我是哭啊哭啊哭得喘不上气来后醒的。醒来后，我急忙爬起床，拉开窗帘，想向他们表示祝贺，可是窗台上空荡荡的，也不知道他们去赶哪个场子了。

七月的凤仙花

把儿子送进幼儿园后，我原路回家，沿途买了豆浆、油条和烧饼。每天早晨，家里在不同时间段有不同风格的早餐。儿子是在六点半到七点之间的西式早餐。面包、麦片、牛奶、鸡蛋、培根、酸奶、水果等等的搭配。七点半之后，是老公的中式早晨，在送完孩子回来的路上买现成的打包即可，不外乎包子、油条、糍粑、烧饼、豆浆、豆腐脑、稀饭等等的搭配。我有时和儿子一起吃早饭，有时则和老公一起吃。

我把打包袋的封口扎紧，担心里面的食物凉掉。现在是二月中旬，呼呼的寒风吹得人脸上刺痛。但是很奇怪，今天从早上六点钟起床开始，我就感觉脸颊在火烧火燎着，加上风吹，疼得像是要裂开。

回到家，老公已经在刷牙，和以往的这个时间点相同。我把豆浆盛好在碗里，他刚好坐下来。老公一边看着手机里的早新闻，一边咽下早点，读一两句他感兴趣的新闻内容。

吃完早餐，老公换上出门的鞋子。

“今天晚上回不回来?”我问。

“现在还不知道，不回来我会打电话的。”

老公出门后，桌上剩下父子俩吃剩下的早餐。半片面包、几片苹果、一根油条、三分之一碗豆浆和一只蛋黄。我把这些塞进肚子，把空碗碟收拾进水池，看了一眼时钟，八点过六分。距离接孩子还有七个小时，距离老公下班回家（如果他没有应酬的话）还有十个小时左右，在这个时间段里，我是自由的，甚至可以说绝对自由。不是一天如此，而是几年都将如此。每天这个时候，我仿佛看见前面是一片茫茫沙漠，需要穿越过去。

怀孕之后我便辞了职，孩子还在肚子里开始，我就被他的一切包围了，他出生那段时间更是如此，本来以为长大了会好一些，但至少目前还不是。图片上看到的孩子，都是柔软而迷人。自己的儿子也是，特别是一两岁的时候，每天带着孩子在户外散步，到哪儿这个大眼睛的小家伙都引得关注。或晒着太阳，或在甜品店和儿子分食小蛋糕，觉得幸福得可以跃上三层楼那么高。

儿子上了幼儿园之后，我才意识到那种每天塞得满满的忙碌不是永恒的状态。孩子是个独立的个体，这是我应该早就明白的事情。我能清晰地看到他在不久的将来离开，已渐渐不再感到担忧，而成为理所当然。我爱他，我为他准备吃喝、衣服、故事、生活，但所有的动作呈现在机械当中，有微笑、有怒斥，却与我自身没有太大关系。

每天接送儿子，还是没法工作，没有什么单位可以在三点多钟下班。做全职太太的时间越久，越失去出去找工作的勇气。更何况大学学的专业比较冷门，想找到合适的工作，想想也知道不易。老公倒是鼓励我专职带孩子，他跟我一起浏览了关于父母缺位对孩子如何不好的网页，还劝我多利用午休时间保养，这些因素加起来让我觉得真的不必再到社会上去了。

今天起床后，身体有种与以往不一样的感觉。体内的燥热和寒冷的空气像夹击我的两股强大势力，让人一直弄得郁郁寡欢。也许郁郁寡欢已经不是一天两天了，但今天的身体有明显的异样，体温正常，肯定不是发烧感冒之类，我不知道那是什么。

我上网搜了下女性更年期的资料。更年期综合征（MPS），指妇女绝经前后出现性激素波动或减少所致的一系列以自主神经系统功能紊乱为主，伴有神经心理症状的一组症候群……我才三十多岁，上次的月经来得很准时，血流通畅，血色健康。也许是我想多了，安静的时光总会使人更加关注自己的身体。这样的我也许会被人分析为寂寞难耐，也许会被认为没有信仰，我想，也许我该洗个澡试试，用热水冲冲全身的皮肤。

打开浴霸、暖风机，站在淋浴房门口，看着墙上温度计上的水银柱一点一点地攀升。一年四季过得飞快，去年冬天，我记得我曾经站在这里，看着温度计上的水银柱一点一点地攀升。前年冬天，我也这样站在这里看着温度计上的水银柱一点一点地攀升。回忆每一年，让人有种跋山涉水的感觉，虽然我难得出门旅行，更谈不上为生活辛苦奔波，但时间本身就是一座山，一片海吧。

我脱去衣服，看着自己的身体。时间又是只在原地打转。怀孕的时候胖过，之后又瘦回去，然后再也没有变化。要不是看见孩子每年都会嫌小的衣服，和寒冷炎热的交替，真的不太感觉到日期的变化。这是因为时间变慢了还是因为时间变快了？

本以为热水冲洗皮肤，可以让身体内外的温度接近，但洗完澡后燥热更加在身体里蔓延。吹干头发，鼻尖上竟渗出几颗汗珠。我疑疑惑惑地看了一下手机上的天气预报，今天最高温度七摄氏度，室内也不会高于十度。现在这样穿着毛衣和夹棉的居家衣裤并没什么反常。

环顾房间，我决定今天不打扫了。一来房间被我每天收拾，已经几乎找不到一处有灰尘的角落，二来也不想在洗完澡之后再出一身汗。全职的责任不外打扫、做饭、洗涤，照顾家人生活，但偶尔偷偷懒，又有谁会知道。

我刚在沙发上坐定，就听见嗡嗡的声音。一只苍蝇飞在吊灯的周围。苍蝇的飞行线路十分诡异，短暂的直线、弧线，再直线、转圈，不知道它想落在哪儿，更不知道它是从哪里冒出来。冬天里的苍蝇，看起来稀罕，但毕竟不是让人喜欢的昆虫。我去厨房，翻出一只苍蝇拍，想把这让人烦躁的嗡嗡声消灭掉。

拿着苍蝇拍回来的时候，已经看不见苍蝇的踪影了。我举着苍蝇拍发呆，突然觉得苍蝇拍真是件特别的东西。红色的塑料制品，既柔软得可以上下摇摆，又硬度恰到好处得可以拍扁苍蝇。更何况这样东西是专门为对付苍蝇而设计的，也就是说它只有一种功能。在网上常能看一些帖子，《柠檬的多种用法》《肥皂的多种用法》《胡椒的多种用法》《精油的多种用法》《电饭煲的多种用法》……却没有一篇关于苍蝇拍的多种用法。正想着，嗡嗡的声音又一次响起，并且擦着我的耳朵飞过。我盲目地挥动几下苍蝇拍，追在苍蝇后面。苍蝇在窗户玻璃上停下，我在窗户边也收住脚步。看起来不动的苍蝇，腿、翅膀、眼睛都在微小地动个不停。苍蝇的一生只有一至三个月的生命，也许这是它第一次也是唯一一次看看外面的风景。我没有打扰地让苍蝇看了几秒窗外，啪的一声，准准地把它拍死。

处理完苍蝇，我坐回沙发。觉得心跳也随着身体温度的升高在加速。我从书架上抽出一本书，想安静地看会儿书，让自己平缓下来。来来回回看了一页，有点儿不知所云。与自己的过去相比，也许头脑的变化远远大于身体的变化。现在的头脑似乎被分割成了一小截一小截，互不相连的隔断。而过去，可以用头脑串联出完整的事件、体系、结构，这些抽象的概念。

可以证明这点的是，上大学时实实在在地看完了几十部名著，其中包括卡夫卡全集和托尔斯泰全集。而现在，头脑中塞满了各种碎片，却得不到一条完整的信息。

如果没有孩子、没有辞职的话，我现在的生活会是个什么样子？也许还是按部就班地上班和下班吧。到现在为止我没有为辞职这样的选择后悔。老公既不是大富大贵，但支撑一家的生活还算有余。我可以不过多犹豫地办美容美发健身的各类会员卡，虽然总也不去。他也会每月存下一部分钱，作为孩子以后出国的经费。家庭财务处理得妥妥当当，要我操心苦恼的事情少之又少。我觉得难过得想哭，大概是被从身体里燃烧起来的火焰熏得眼睛酸胀吧。

强迫自己又翻了几页书，好歹是把几个长人名的关系搞清楚了。这花了我很多时间，抬头看钟，已经十一点半多了。虽然没有运动量，并不感到饿，但总算是到了吃午饭的时间。

一度一个人在家，觉得没有吃午饭的欲望和必要，只是不吃午饭一个月后胃开始绞痛。去医院查出浅表性胃炎。医生说，这个病大多数人都有，不必过多担心，只要定时定量吃饭就行。好吧，我换上外出的加绒牛仔裤、毛衣和羽绒服，出门找东西吃。羽绒服裹在身上，像棉被似的厚重。很想要脱去，但觉得在这个季节不穿棉衣或羽绒服出门，多少会被人认为不太正常。

附近十来家餐饮小店，有面条、米线、盖浇饭、中式快餐……即使每天换着吃，几年下来，对每一家都已熟悉和腻味。何况午饭时分，小街小巷总是人满为患，人群带着嗡嗡嗡的声音从各地冒出来，汇聚在大中小饭店，这景象让人看了揪心。如果活着是必须，那坚持这必须的首要必须——吃饭，都是那么艰难。

我几乎是闭着眼睛进了一家店，点了西红柿鸡蛋盖浇饭后，背上已经汗津津的了。我把羽绒服的拉链拉开，看起来是怕吃饭时把羽绒服弄脏。这样做的人有，因此不会觉得是因为热而显得怪异。

边吃边望着街上过往的行人。一个穿着深蓝色羽绒服，剪着平头的男人从眼前走过。只几秒钟便消失不见，但心脏一阵收缩，又是一大片汗水从腋下、后背和鼻尖渗出。我告诉自己认错人了，不过就是和他长得有两三分相像而已，但心跳还不能一下子平复。

说实在的，对他的印象，侧面多于正面。上大学的时候，每当我坐进图书馆，抱着厚厚的小说，就是不愿意背单词的时候，他就坐在我左边的座位上，等着我垂青似的和他说上两句话。

他的鼻梁悬起而精炼。结婚后有几次把老公的侧面同他做比较，老公的鼻头有些宽阔，但对我的温和与纵容也许就是因为这个好好先生似的大鼻子。有时候，我觉得这样的比较对老公不公平。对他的印象停留在二十岁左右，而结婚的时候，老公已经快要三十了。本身较胖，加上婚后更加不节制饮食，使得老公的脸看起来松松垮垮，没有支撑的线条。但是，即使在一年多前再次遇到他，他看起来还是精瘦干练，眼睛里充满期待的神采。

那天和儿子在餐厅吃饭，小家伙一次次地把玩具从宝宝椅上扔掉，我就一遍一遍地帮他从地上捡起。从桌子底下爬出来的时候，我看见一双细长的腿，然后是他惊喜又忍俊不禁的微笑。

“这么巧……好久不见。”我一边整理着刘海一边说。

“嗯，真的好久没见了。上次同学聚会你没来。”

“是啊，那时刚生完宝宝，哪儿也去不了。”

“这是你儿子？好可爱。”他逗弄着小孩儿，“就你们两个？”

“嗯，老公晚上有应酬，就带着儿子出来吃饭了。”

“我坐这里可以吗?”

我点点头。那次我第一次与他面对面地对视。再也不像上大学时那样躲闪着眼神不敢与他对视。那一次我看清楚了他正面的脸。消瘦而立体，像是画家喜欢的那种可以画出无数个立面的脸。

大学时我们一直没有真正的恋爱，直到毕业的时候，他问能不能抱抱我。我们拥抱的一瞬间，是我们四年来最近距离的接触。我不知道如果我们在大学的时候有一场轰轰烈烈的爱情，再次相遇的时候是不是会有更多的话题。但我更不知道，如果我们轰轰烈烈后，又遭遇分手，那个时候是不是能够像这样平静而悠然地聊天。那天，宝宝乖得出奇，像是能听懂我们谈话似的没吵没闹。还不时吱吱呀呀两句，像是加入我们的聊天。

以后的日子里，总是有两个画面时常出现在我的头脑里，像是给我黑白的生活里，抹上两笔淡淡的水彩颜料。一个是在我们毕业时的那个拥抱，似乎就要水到渠成，却又戛然而止。另一个是一年前，我们畅快地聊了一晚上后，他平淡而流畅地说:“记一下我的电话，我还没有结婚。”

我坐在靠近门口的位置，吃着西红柿鸡蛋盖浇饭。吃饭的人进进出出，玻璃门一开一合地扇着风。盖浇饭已经冰冷，可我还是热得卷起了袖子。我拿出手机，翻到电话簿里他的名字。这个号码一次也没打过。也许这就是我们一直没有恋爱的原因，他总是在等着我说什么，而我又总是不确定要不要说什么。

仅仅看着这个手机号码就又让我出了一身汗。我的手指在手机边框上转了一圈又一圈，我该和他说什么呢。今天天气可真是奇怪，明明是冬天，怎么会这么热?或者，你还记得《百年孤独》的内容吗?我可是全都忘了。就是大三的时候，我看完你接着看的那本。那个何塞·阿尔卡蒂奥·布恩迪亚到底有几代。我今天翻了几页，怎么感觉像从来没有读过似的。你呢，你记得吗？

我想着，还是把手机放回了口袋。我觉得他说“记一下我的电话。我还没有结婚”这是两层意思，或者说，这是两件不相联系的事情。他只是让我记下他的电话号码，然后叙述了一下他目前的状况。并不是让我给还没有结婚的他打电话。我舒了一口气，又咽下几口饭，起身离开小饭店，去超市买晚餐的食材。

迎着风快步走，觉得扑面的风吹得特别凉爽。走起来很舒服，像是就要乘着风飞起来了。如果现在还是一个人，我真想就这么走上一整天。汗就尽管出吧，然后冲个澡，或者跳进游泳池里，痛痛快快地游上几个来回。自从儿子出生以来，他就以他的蛮不讲理的作息规律来规定了我的作息规律，这不是多艰苦的事，但偶尔也会让人觉得无趣和辛苦。很多时候感觉疲惫得想要倒下就永远不起来算了，又有很多时候，浑身沸腾着无限的精力，急不可耐地想发泄干净。但只有几分钟，我就已经快步走到了超市门口。

超市里的暖气开得很足，我顺理成章地脱掉羽绒服，折叠起来放进购物篮里。扯下几只食品塑料袋，手心里满身汗，塑料袋口轻轻一捻就打开了。挑选了虾子、猪蹄和几样蔬菜，付了钱离开。

如果带着儿子来买东西，有的服务员会和小孩儿逗弄几句，而我独自来的时候，即使看着我眼熟，谁也不会和我说一句话。超市和楼下的店铺不一样，它精确无比，不会让你赊一分钱的东西，既然这样，稍微智能点儿的机器人就可以完成我的工作。把要买东西的品名和牌子输入，机器人可以比我完成得更快更好。

回到家已经快一点了。得赶紧把猪蹄做好。三点钟儿子放学，接回来后给他弄点儿小点心。然后陪他玩一会儿，再辅导他完成作业。老公回来之前，要把几个蔬菜炒好。虽然不上班，让人以为是个清闲的主妇，但只有自己知道，其实每一天都过得慌慌张张，事情一件一件地冒出来，带着公事公办的脸色。即使是跟着团队出去旅游，也没有感到过身体的松弛，被导游吆喝着快走快走，车要开了。和在家里被时钟的追赶一样让人紧张。

猪蹄炖上后，我在自来水里洗菜。凉飕飕的水流浇透手掌，我觉得还不过瘾，又捧了一捧水浇在脸上，顿时爽快了许多。洗完菜站在炉火前把猪蹄翻个身，继续炖煮。即使是文火，也觉得像是自己被丢在锅里闷着。汗水从额头滚落下来，晶莹剔透得让人害怕。这么一整天地大汗淋漓，我实在不知道自己哪里出了问题。

我觉得呼吸有些急促，像是在缺氧的高海拔地带行走。我慢慢挪到沙发上，一动不动地坐着，就连捋一下刘海的动作都会渗出汗珠。眼睛渐渐感到模糊，似乎有困顿向我袭来，周围的景物蒸腾出热气的虚影，睡眠一下子把我包裹在其中。

我打开房间的门，一股巨大的凉意扑上我全身。房间里开着冷气，凉爽得像清透的仙境。我看见一个年轻的女孩儿光溜溜地躺在大床上。关键的部位用一条镂空的针织毯盖着，四肢修长紧绷。女孩儿张嘴说了些什么，可是一句也听不见。她望向窗外。

接着我来到窗前，一双大手把薄纱窗帘拉上。拉上的一瞬间，我看见楼下绿化带里盛开的凤仙花。我爬上床，即使是冷气十足，也感到燥热难当。大手开始在女孩儿的身体上走动，我的眼睛距离女孩儿的脸那么近，近得可以看见她嘴唇边细微的绒毛。

大手支撑着身体，一下一下地拉近再拉远。女孩儿的表情从微笑到皱眉到扭曲地发出听不见的喊叫。一颗汗水滴到浅蓝色的枕头上。我感到就要爆发出的巨浪在身体里翻滚，巨浪游遍全身，最后在身体里炸裂开来，我倒在女孩儿身边，看着窗帘被空调里吹出的凉风，掀起再落下。

我从沙发上惊坐起来。眼前光线暗淡，与刚才看到的明媚刺眼有着强烈反差。耳边听见厨房里咕嘟咕嘟炖煮的声音，猪蹄荤腻的味道已经散开在客厅的每个角落。

我站起来，慢慢推开房间的门。我害怕看到像刚才那样一个鲜活的女孩儿躺大床上。好在房间里空空荡荡，厚棉被叠放得整整齐齐，房间里充满着过于冷清的味道，也许是少了个鲜活肉体的原因。

我擦了擦额头的汗，想整理一下刚才那个梦境。但作为梦境的话，那些画面又太过清晰。没有梦境的混乱和模糊，反倒像是亲身的经历。那个时候，我像是个男人，在一个年轻女孩儿身上发泄。在这张床上，用着夏天的空调毯、夏天的浅蓝色床上用品。那么……我打个一个寒战，只有老公有可能在这张床上做这样的事情。

我回忆着刚才的大手，粗短的手指，指尖上布满竖条的指甲纹路。难道会是我进入老公的身体，感受到他与一个年轻女孩儿在这张床上发生的事情？可是我天天窝在家里，这些真的会发生吗？

我哆嗦着让自己放松下紧绷的肌肉。画面里，楼下的凤仙花正在盛开。一般来说，凤仙花的花期在六月到八月。而去年的七月我的确离开过家四天。七月中旬老公把孩子送到奶奶家，给我报了一个四日游的旅行团，让我好好地放松放松，休息一下。那几天我没有问老公都吃了些什么做了些什么，也许就是像平常一样的上班下班吧。

我走进厨房，用大火把猪蹄的卤汁收干，在烤盘上铺上锡纸，一块块地把猪蹄夹到烤盘上。突然，我感到透彻的寒冷，发现自己只穿着一件毛衣。在这样寒冷的冬天，不穿一件棉外套或者羽绒的衣服怎么行。我套上夹棉的居家服，继续把猪蹄放入烤盘。撒上椒盐，放入烤箱。

再烤上二十分钟，外焦里嫩的椒盐猪蹄就做好了。然后我得换上衣服去学校接儿子。时间刚刚好。

巧克力蛋糕店

虽然觉得很有罪恶感，但我还是跨进了这间昏暗局促的小蛋糕店。这三个多月以来，每天晚自习结束后，我都会进到这家夜间营业的小蛋糕店。一块蛋糕一杯奶茶，匆匆忙忙地吞咽进肚子，骑上自行车赶回家继续做试卷。短短三个月，我胖了至少五斤，已经再也无法掩饰体形了。但因为面临高考，谁也不去理会这些外貌方面的事情。我也一如既往地在夜宵时间，塞进这些高热量的东西。

三个月前的一天，从教室里走出来，天空异常黑暗，雾蒙蒙的空气中带着侵入骨头的寒气。我裹严棉衣领，把帽子拉到睫毛上一丁点儿。骑上自行车的时候，皮肤还是感受到了坐垫上的凉意。我一边骑车一边想，如果这时候来一块涂满厚奶油的蛋糕和一杯热腾腾的奶茶，该有多幸福啊。正想着，不远处一间从磨砂玻璃里透出米黄色光线的小木屋出现了。

就像童话中的小精灵，一挥魔法棒，带出一溜排闪亮的星星，小木屋就在星星丛中诞生了一样。这间叫做“巧克力蛋糕店”的小木屋孤零零地出现在街角，似乎还在摇摇晃晃地适应着地面。与周围黑乎乎的店铺比起来，它像是来自另一片星球的怪物。与寒冷的气氛不搭，却召唤着我停下自行车，推门而入。

店里大约只有五六个平方，一只不大的蛋糕陈列柜占据了铺面的大半。两张小小的铁艺桌各配了两把铁艺椅，椅子上铺着深色带暗纹的坐垫和靠垫。蛋糕柜后面，一个似睡非睡的男孩儿向我似笑非笑地点了点头。“欢迎光临。”他似乎说了这么一句。声音小得几乎被微弱的光线吞没。

我走近蛋糕柜，发现三层全都摆放着巧克力蛋糕。无一例外，每一种都深沉厚重，看起来更像金属。黑森林蛋糕、巧克力布朗尼、提拉米苏、巧克力瑞士卷、巧克力拿破仑、熔岩巧克力……真是特别的蛋糕店。我抬头看看柜台后面的男孩儿，发现他其实并不是似睡非睡的状态。他的眼睛非常细长，像流星划过的线条，在头顶小射灯的照耀下，不时闪亮一下光芒。

“请问有喝的吗？”我对这个瘦长的单眼皮男孩儿说。

“嗯，有的。”他指指身后的小黑板，上边写着几种奶茶、咖啡和茶的名字和价格。

“一块巧克力布朗尼，一杯原味奶茶，谢谢。”

吃蛋糕的时候，我习惯性地把单词本拿出来放到桌上。可店里的光线实在太暗了，根本看不清密密麻麻的字母，只好又收进书包。我大口大口地吃喝，想早点儿回到家再做些习题。蛋糕十分美味，美味到与目前的心境产生强烈的反差。太安逸了，太奢侈了，临近高考还这样闲适，我几乎产生了罪恶感。这些事情不是应该留到高考结束才能做吗？

尽管这样想着，之后在晚自习回家的路上，都着了魔似的在“巧克力蛋糕店”门口停下车，坐进去快速地吃喝一通。

不久后，在这里的几十分钟就成了我每天唯一的休息时间。

因为极其放松，我在这里不像一个面临高考的学生，而是像一个顽皮的十六岁的女孩，和那个单眼皮的男孩儿也有了一些交流。

“这些蛋糕是谁做的？”

“我。”

“你就是这家店的老板吗？”

“嗯。”

“蛋糕很好吃。”

“谢谢。”

“我就要高考了。”

“加油。”

……

我的梦越来越多，只要躺下，黑白色的梦境就铺天盖地向我袭来。内容、场景不尽相同，但全都是昏暗的色调和沉重的心情。有时，我梦见自己被黑色的蕾丝缠绕，不但没有办法挣脱开来，蕾丝的一头还源源不断地由黑色的天空垂坠下来，一圈又一圈，把我包裹成动弹不得的木乃伊。在梦里声音也不能发出，任凭怎么呼救也不能听见。更何况大家都在关心高考的事情，谁会到梦里面来救我呢。

我还梦见，一只黑猫长得比我还要高，直立着踱到我面前。它用前爪摁住我的后颈，把我押到一只装满剩饭剩菜的泔水桶面前，逼着我把里面的东西统统吃掉。我恶心极了，几乎要吐出来。但梦中的挣扎只会让人醒过来。醒来后我才想起来，这只猫的原型是“巧克力蛋糕店”里单眼皮男孩儿养的宠物。每次看到猫眼睛在暗处灯泡似的发光，就觉得这么个特别的形象一定会被自己记住。这不，在梦里就长高了这么多。

虽然噩梦缠身，但每天醒来的时候，精神还是很不错。清晨骑着车在凛冽的寒风中迎接朝阳，这种画面与夜间的凝重黑暗形成鲜明的对比。清晨显得特别的明亮，特别的清爽，也更真实，到处都有生活气息。多余的热量也给自己增加了体力，有种精神抖擞的味道在空气中荡漾。

天气开始转暖，对蛋糕和热奶茶的需要不再迫切了，但每天在“巧克力蛋糕店”坐一会儿成了习惯，是每一天存在的一个标记，就像在墙上画上“正”字的一笔，或者是高考倒计时牌的下一页。

这天，我走进店里的时候，发现有些不一样。环顾了一下，看见四周的墙壁上凌乱地挂了几只相框。走近看见每只相框里都黑底白字的写着一句励志的话。“业精于勤而荒于嬉，行成于思而毁于随。”“自己打败自己是最可悲的失败，自己战胜自己是最可贵的胜利。”“每一个发奋努力的背后，必有加倍的赏赐。”凌乱的笔迹被隆重地装裱、上墙展示，倒也显得有滋有味。

“这些是……”我指着镜框问。

“送给你的。”单眼皮男孩儿睁着眯缝的眼睛对我说，“祝愿你能考好。”

我的脸在昏暗中噌地通红，想要避开男孩儿的视线，却不禁与他的眼神连接上来。虽然我们两人的对话加起来还不到一个小时，但几个月下来，几乎天天面对，这个沉默的男孩儿似乎成了我生命中不可或缺的人物，我这么认为。

回家后，我在书桌前坐下来，摊开苍白的试卷，努力让自己看明白上面黑黑的字，看懂所有的试题。一年来我每天晚上要花费三个多小时，坐在灯光里一动不动，眼睛、脑子和手之外，身体其他的部分似乎被卸下来放到冰库里去了。想到单眼皮男孩儿布置的墙壁，我觉得自己确实受到了鼓励。但我突然发现这里面有件事挺有意思：如果我不折不扣地执行那些话，我就不该花费去他那里享受的，我应该一分钟都不浪费。想到这里我笑了起来，自顾自地笑，房间被自己的笑声塞满。我的笑声听上去非常恐怖。

我的黯黑梦境还在继续。但不时地会有单眼皮男孩儿的加入。

我梦见一座吸血鬼似的古堡剪影在我的面前拔地而起。我抬起头，看见单眼皮男孩儿站在古堡的顶端，似乎想要往下跳。我急得大喊，没有声音。我想登上古堡，绕着墙壁兜了一圈又一圈，可始终也找不到入口和楼梯。终于，在闹钟刺耳的声音里，我汗津津地醒过来。

我还梦见一只巧克力色的大蛇从单眼皮男孩儿的蛋糕柜里爬出来，爬到我的床上，在我的大腿上绕来绕去。凉飕飕的触觉从大腿延伸到小腹，直到醒来这样的感觉还在。

也许在这个时间出现不太适宜，但我认为我恋爱了。在高考的前夕，我确切地感受到我对单眼皮男孩儿的迷恋。那是种挠人心胸的实实在在的触感，无论多么地专注于学习，在题与题之间的三秒钟里，这种触感汹涌澎湃。

我决定向单眼皮男孩儿告白。我心跳加速地走进蛋糕店，里面依然没有其他顾客。单眼皮男孩儿在米黄的射灯投射下，给了我一个和蔼的浅笑。

“我……”我结巴着说出我心里的话，“我……再过一个月就要高考了，也就是一个月。然后……我……我就考完了。之后……嗯……我就考完了，考完后，我就没什么事情。你知道，考完就没事了，就很轻松。所以……嗯……我是说，我考完后可以跟你……我是说，找你，找你出去，白天。我的意思是……嗯……约会，可以吗？”我吐了口气，说完后全身放松。

“呃。”单眼皮男孩儿张着嘴看我，一副不知所措的样子。

我们隔着蛋糕柜静止了几分钟，不停地有汽车从外面驶过，车灯的光芒从单眼皮男孩儿的脸上扫过，留下飞驰而后的寂静。

“不如……”单眼皮男孩儿摸摸头发，“现在就出去，我带你去个地方。”

“可是我还有作业，很多试卷，我怕太晚。”

“一个小时，不会超过一小时，一定能回来。”

“好吧。”我的心脏狂跳不止。

单眼皮男孩儿骑上我的自行车，载着我向郊区的绿龙山出发。我们穿过小半个城市，看着橘黄色的灯光把一切都笼罩起来，不管是住宅还是大厦都像样品一样安安静静。随后就是城郊，植物和虫鸣声多了起来，这里比城里还喧闹。最后我们推着车，到达了绿龙山的制高点。我以前来过这里，是四五年前还是十多年前，我记不得了。我一路上只是感慨世界真是大，连身在其中的城市就有这么多陌生的地方。单眼皮男孩儿听着我的感叹，似笑非笑。

我们坐在山顶的大石头上，感受着星空下的窘迫，背景该是抒情的萨克斯风摇曳的旋律才对。

“这是我在晚上最喜欢来的地方。”单眼皮男孩儿说。

“嗯，很美很宁静。”

“我来过成百上千次了，我有时候甚至想，死了能在这里做个野鬼也不错。”

我们又沉默了，柔和的月光挂在眼前，渐渐变得很浓，我觉得可以伸手把它撕下一大片。春天的风暖融融地吹拂，有些困倦袭过，又被眼前的星空唤醒。

“我最近老是做梦，全是像巧克力一样黑乎乎的梦。”

“是因为巧克力含有可可碱和咖啡因这两个重要的精神兴奋物质，能唤起人的身体感官，提高精神兴奋点。大概是这个原因。”

“哦。”我慢悠悠地点点头。

“其实，”单眼皮男孩顿了顿说，“我也是个经常做梦的人。”

他说得那么正式，像宣言，和眼前弥漫的昏暗一点也不吻合。但我还是忍不住问他："你都会做些什么梦？"

"说起来有些可笑，我的梦里会出现美丽的女神。如果在白天的时候，我做的巧克力蛋糕越浓烈，梦里出现的女神的形象就越清晰。虽然我不知道她是谁，但我们在梦中的距离近在咫尺，非常亲密。"

"哦。"呆呆地不知如何接话。

"我想，我们每个人都会有梦想。就像你想要考上名牌大学，我也希望我的梦想通过自己的努力可以实现。"

"你的梦想是什么？"

"我的梦想就是把这个店一直开下去。我能预感，总有一天那个梦中的女孩儿会在某一天的夜晚走进来，点上一块我做的巧克力蛋糕，静静地小口小口地吃下。"

"你的意思是……"

"是啊，我的蛋糕店生意并不怎么好，我撑到现在，就是因为我的这个梦想。我送给你的那些话也是希望你能够坚持，更何况你只要再坚持一个月就可以了，而我的梦想还很远。"

"所以说……"

"是啊，我喜欢女神一样美丽的女孩儿，像在我的梦中那样的光彩照人，没有瑕疵。"

"哦，我懂了。"我站起身，不想让他看见我被拒绝后流下的眼泪。我丢下单眼皮男孩儿，骑上车飞快地逃回家，倒头就睡，一夜无梦到天明。对于有梦想有追求的人，我怎么能够强求呢。

这就是我的第一次告白，也是我被人不断拒绝的首次。但好在高考分数出来，我考出的分数上第一志愿绰绰有余。大概这是老天对我情场失意的补偿，更是对一个矮矮胖胖女孩的补偿。不管怎么说，我对有梦想的人，始终抱着崇高的敬仰，自己也把自己的梦想拔得越来越高，拉得越来越长。在以后的日子里，如果遇到了失败，我总是对自己说，失败看起来不就像是个童话吗？

人鱼传说

爸爸买回几条金鱼，这是第几次了。就有这么种人执著于某件事，虽然根本就做不好。金鱼在我们家里没有哪条待的超过一个月。

爸爸把空鱼缸里的旧水倒掉，换上新水，小心翼翼地把塑料袋里刚买的几条金鱼放进去。这些小鱼儿一进入立刻活跃起来，四处欣赏着自己宽敞明亮的新家。

鱼缸就放在我的床头柜上。因为我的床头柜特别的大，准确地说这是张茶几。我的房间不喜欢别人参观，因为每个人进来后都先惊讶一阵，继而摇着头不停地说：“太奇怪了，太奇怪了。”

首先让人奇怪的是那种墙纸，你确实无法说出它是什么颜色，黑色，褐色，深红和一点点绿，掺和在一起，斑斑驳驳，像一座古老的山洞，在很久以前发生过命案，如今青苔已将血迹覆盖。然后是那种吊灯，是当前最流行的纸质材料，它是白色的，呈一种扭曲的球形，由一根电线从房顶低低垂下，有风的时候它会随风晃啊晃啊，很美，只不过他们都说："怎么这灯像灵堂用的!"最让别人无法接受的是我的衣架，那是一个纤瘦的人体模型，有匀称的比例和哀怨的表情，我每天都会把第二天要穿的衣服套在它身上看效果，我的衣服，多是质地柔软的黑色。穿在它身上与它僵硬的肌肤非常和谐。每个人都要问我："你为什么把它吊起来?"他们不懂啊，只有把它吊起来，它才能够跳舞。在PUNK音乐声中，瞧它摇摆得多自在。

点上一支烟，靠在床头。我确信自己抽烟的姿势十分优雅，因为我抽得很在行。不是抽给谁看，只是我的需要，生理的，心理的。侧过头一些，我看见了这些新来的小家伙，他们都有着漂亮的大尾巴，我看见一只黑色的金鱼正无所事事地沿着玻璃墙壁溜达，它有一双好看的眼睛，大而深邃，和我的眼睛一样。我很少盯着某人看，因为别人都不喜欢与我正视，他们说我的眼睛里有杀气，让人战栗。

这时，爸爸拿着几根水草近来。看见我抽烟，厌恶地皱起眉头："女孩儿没女孩儿样，看来你真的是嫁不出去了。"说完把水草恶狠狠地丢在鱼缸里，转身出去了。

我结过婚，又离过婚，谈恋爱时，他对我很好，直到结婚后他依然对我很好。他容忍我把家里弄得阴冷黑暗，容忍我每天坐在桌前，写下古怪的句子和变形的图案，容忍我在凌晨三四点，依然坐在床上，用明亮的大眼睛盯着他。甚至容忍我在做爱时，像个木头那样地躺着，悄无声息。直到有一天，他再次趴在我身上，摸着我的乳房，我顺手拿起枕边的电话，向他狠狠地砸去……

一支烟抽完了，于是我将兴趣转向这些金鱼。此时，那条黑色的金鱼也看见了我，深深地盯着我："你好!"我打了个招呼，我一向知书达理，这和我的本科学历有关，我是这么想的，他轻摆了一下尾巴，算是回应，接着，他顺势转了个圈，接着又转了个圈，随后由缸底直冲而上，在接近水面的地方停住，游起了8字形。“你是在为我跳舞吗?”他瞥了我一眼，算是肯定回答，依然晃动着精致的大尾巴和健硕的身体。“你跳得真好，谢谢。”我笑了。突然他停住了，一眨一眨地望着我，我惊呆了，我发现他全知道了，我的过去，我做过的每一件事，我说过的每一句话，他全部知道了，泪水夺眶而出，他依然看着我，什么也不说，什么也不做，任凭我的泪珠不受控制地涌出。

……

睁开眼睛，已是第二天清晨，阳光很好，还有小鸟的啁啾，哦，昨晚我在泪水中睡着，睡得可真香。他呢？我急急地寻找。在这儿呢，他在早锻炼。他与我对视一下，算是问个早安，依旧在水草中上下翻跃，健康的肌肤在阳光下闪闪发亮。“我得去写东西了，我会想你的。”他歪着脑袋瞧了瞧我，嘿，这小子。

傍晚，他总是安静地等着我回来，先跳上一段现代派的舞蹈，然后听我写的小说或是诗歌。念到悲伤的地方，他就会流泪，他的泪水看不见，因为他在水里，但我知道，他流泪了。

这样的日子，幸福而美满，转眼快一个月了。

“明天是我生日，打算怎么给我庆祝?”他一扭头，不理我了。这家伙准是要给我什么惊喜。

生日歌唱完了，蜡烛吹灭了，房间里一片黑暗，只有他的眼睛，依然亮着。我想，在他眼里，我的眼睛，也一定是亮的。我们对望着，我仔细地感受着他对我的祝福。再后来，我们都沉默了，就这样过了很久很久，突然，他向前一蹿，用身体紧贴着玻璃墙壁。我没有震惊，一点儿也没有。是啊，我们的爱情不该是柏拉图式的。

我，缓缓解开黑色连衣裙的扣子，拉开领口，衣服坠坠地落在地上。黑色的文胸和底裤，包裹着我全身最丰腴的两处。啊，他的眼睛里正喷射着绿色的火焰。好吧，我真的不忍心再折磨你了。

全身顺滑光洁的我，慢慢走到鱼缸边，把双手放进清澈的水里："亲爱的，让我们更加亲密吧。"温柔地捧起你，此刻你已完全深醉在我动人的躯体和幽幽的体香中。把你放在我的双腿之间。你为什么退缩了？你害怕什么？我轻抚着你，可你是如此柔软，你太紧张了，没关系，我来帮你。我用两根手指，撑开自己的阴部，来吧，亲爱的，我爱你。

一股凉意袭入全身，我忍不住叫出了声，我忍不住哭出了泪，我们终于在一起了……

第二天早上，爸爸发现金鱼全死了，特别有条黑色的，死相惨烈，像被踩扁了似的。当然，他的女儿，他那个神经质的纤瘦美丽的女儿也死了。她吊在人模衣架吊着的地方，一丝不挂，身材比那模型更加匀称。

现场十分混乱，爸爸当然不会发现，他只买了五条金鱼，而现在鱼缸里，浮着六条金鱼的尸体，有两条黑色的。

肉搏战

陈进回到家，老婆何佳佳兴高采烈地告诉他，今天把邻居狠狠教训了一顿。

陈进的家住在顶楼，从过道再往上几级搭建的台阶，就能到达楼顶的天台。说是天台，不过是夹在两只水箱中间的几平米空地。就是这么点儿空间，成了与对面一家争抢的宝地。天台上阳光充足，晾衣服、晒被子都极为合适。最关键是，两家的居住面积都很小，阳台也都被做成房间，能晒东西的地方也只有楼顶了。两家挤挤碰碰了好久，都想要多占点儿地方。

其实这些都是陈进听何佳佳说的。自己朝九晚五的上下班，总是和家里的太阳错过。晚上疲惫得倒下就睡，被子晒过没晒过从来觉察不到。

国庆节期间，居委会通知全市大检查，楼顶不允许晾晒东西。接到通知的第二天，通往天台的一扇小木门被一只锁锁上了。陈进和何佳佳都以为是居委会锁了。

直到一个月后，何佳佳带着两岁半的儿

子在楼下玩，儿子仰着脑袋指着天空说：“妈妈，看，灰机。”何佳佳这才发现楼顶的天台上飘着几床花花绿绿的被子和一溜排对门家的衣服。

“你看我有多聪明，”何佳佳圆瞪着眼睛，兴奋地对陈进说，“我一秒钟的时间就知道了事情的真相。不是他们家锁的门，还是谁锁的？我就说嘛，这段时间看他们家的人怎么客客气气的。不就是理亏吗。

“你猜我发现以后怎么样了。我抱着儿子噌噌噌就上了楼，啪啪啪拍他们家门。我大喊：‘你们给我出来，我知道是你们锁了天台的门。你们凭什么锁门啊，这是你家的地吗？我告诉你，老娘不是那么好惹的！’

“里面一点儿动静都没有，平时不是应该在家吗。下岗职工，这个时候不待在家里，还能去哪儿。我使劲拍，他们就是不理。后来你猜我怎么干的？”

陈进还没来得及摇头，何佳佳又接着说，“我把儿子往地上一放，跟儿子说：‘你看好了，这叫老虎不发威，就当我是病猫啦。’然后我上去天台的台阶，噌地踹起一脚。你信不信，就一脚，那个门就给我踹开了。以为上个锁就管用了，太小看老娘了。他们要是再加锁，我就再踹，我就不信他们还敢。”

陈进觉得事情很严重，但又很想笑。何佳佳永远一副生龙活虎的样子，不算胖，但结结实实的。没事的时候是一张笑嘻嘻的脸，遇到不如意的，想也不想，张嘴就骂。泼辣在整个小区出了名。这次这样的举动不知道会不会有后遗症。

陈进确是多虑了，几天过去，两家之间并没有发生正面冲突。秩序恢复到国庆前，两家人抢着上楼顶把衣服挂上晾晒。但也都会给对门留下一定的空间。挤挤碰碰，但也相安无事。

陈进又想龚敏了，生理、心理都想。认识一年多，开过两次房间，去过她家三次，这样的频率大概不能算是情人吧。但陈进想有一个情人，就像龚敏这样的情人。

每次看见龚敏，就有一种画风转变的错觉。陈进的眼里，看见的就像电视剧里那样，干干净净、透透彻彻的画面。龚敏穿着长裙，蹲在宠物店的小狗笼子前。裙子在身后长长地拖在地上，陈进想上前帮她把裙摆摞起来，又不想破坏眼前的画面。龚敏逗弄着小狗，圆溜溜的眼睛，看起来就像只小宠物。

龚敏没说什么话，陈进就乖乖地把小狗买下送给她。有的人会莫名其妙地喜欢一个人，陈进却清清楚楚自己为什么爱龚敏。因为她温柔啊，像水滴一样又轻又滑。就连陈进要赶着回家，龚敏也只是用大眼睛盯着他，用细细的没什么力气的手臂把他抱紧。这样就已经让陈进酥软得要命，觉得一定要对龚敏好。

大年初三，全家回何佳佳的老家。虽然提前和龚敏说了，让她不要打电话和发信息，却始终有种不安全感，手机一直踹在裤子口袋，并且设置了振动。

兴高采烈的过节气氛，下午和岳父家的几个亲戚打麻将，何佳佳抱着儿子去村前村后的人家串门儿。晚饭不到的时候，何佳佳就黑着脸回来了。

吃饭的时候，何佳佳一直不说话，机械地一口一口喂着儿子。儿子嘴巴不动，何佳佳阴森森地骂两句。陈进有些心惊，知道有事，又不了解具体的事。问也是不能问的，一来自己做过亏心事，虽然被发现的几率很小；二来，一问，遭受劈头盖脸怒骂、抱怨、发泄的几率就很大。

直到儿子在外公房间的床上睡着，陈进和何佳佳这才进了卧室，钻进被子看电视。何佳佳的脸色还是没有转变，陈进知道这绝对是件大事。不大的事情，何佳佳理应早就爆发出来，早就噼里啪啦嘚啵嘚啵地骂开了。

“你说我爸这人怎么样?”何佳佳终于开了头。

“很好啊。”陈进心里稍微松了口气，事情和岳父有关，就和自己无关。

“怎么好啦?”

“身体好啊，人也随和。你妈去世后他还继续帮你姐带小孩，又当外婆又当外公。”

“人品呢?人品怎么样?”何佳佳继续问。

“虽然我和他接触不算多，但是左邻右舍的不都说他的好吗。培养的孩子个个都有文化，都在城里安定下来。自己又喜欢帮帮这个帮帮那个。人品当然是好咯。”

“就是，我爸名声一直都是好得不得了的。但是这下给毁了。”何佳佳的脸越来越黑，“你知道我下午出去听见什么了?

“陈家的那个女的，就是从四川过来的那个，她说我爸和毛民生家的寡妇有一腿。她又不敢直接说，就拐弯抹角地说那天她的妯娌加班回来的时候，看见我爸和毛寡妇在草丛里。

“她意思不就是想说我爸和她不干不净吗，你觉得我爸是那种人吗。她还到处和人说，我估计她妯娌也和人说了。后来还真有人问我爸怎么回事。我爸说就是上茅房的时候摔了一下，正好毛家寡妇路过，就扶起来，正好就被人看见了。

“你说他们怎么这样，明明没什么事情，现在都说我爸对毛寡妇有意思。怎么可能呢，那个小婊子还想和我爸好。你不知道她是个什么烂货呢。她老公一死，我看她是乐开了花。

“农村人，就是会瞎传风言风语，人言可畏啊!”何佳佳皱着眉，阴沉着脸。

“你有没有问问你爸，到底是怎么回事，或者你爸是不是真的对她有意思。”

“滚你妈的，我爸对谁有意思也不能对那个婊子有意思。从这个村睡到那个村，都烂得不能再烂了。”

“你这不也是听说的吗。”陈进说完就后悔了，知道忤逆了何佳佳。在她气头上，劝说的话只会适得其反。

“我说的话你是不相信还是怎么着，那个烂货一看就不是好东西。你没看见啊，我们过来的时候，路上你不是看见的吗。这么冷的天她还穿裙子，她什么意思啊。她不就是想勾引男人啊。”

陈进的脑子里突然就飘出了龚敏。龚敏穿着格子的呢子裙，露出一截细细的小腿塞在厚厚的毛靴子里，就像小动物肉肉的小爪子，挠得陈进心里痒痒的。

“我现在有些想明白了，一定是那个骚货勾引我爸，我爸怎么可能看得上那个烂货。我还真是咽不下这口气。不行，我要找她把这事说清楚。”

何佳佳开始穿衣服，陈进赶紧把脑袋里的龚敏赶走，按着何佳佳的肩膀：“你这是干什么呀，你看看都几点了，快十一点了，你这个时候过去算什么啊，明天，明天再说行不行啊。”

死拽活拽地劝到十二点，何佳佳终于睡下了。陈进也疲惫得一挨着枕头就进入了梦乡。

听到外面熙熙攘攘的吵闹声，陈进瞥了一眼立柜上的座钟，八点还不到，想趁着假期不用上班多睡会儿，这下给闹得睡不成了。慢腾腾地穿上衣服，好奇地从窗口探出头。这一看吃了一惊。

一片田埂过去的马路上，何佳佳被亲戚邻居拉着往这边拽，陈进听不清她在骂什么，但不想也知道，一定是一大早何佳佳趁自己睡着的时候去毛家大吵大闹去了。忽又想起来，刚才醒来的时候，何佳佳不在身边，竟然没有觉察。对于她的存在，注意力已不在床上了，只时常被她的大嗓门不断提醒着她的存在。

陈进匆匆忙忙走出去，正看见何佳佳甩开她表姐的胳膊，一脚把堆在路边的一只破烂竹筐踹倒。这个动作陈进真是再熟悉不过。在家里吵架的时候，陈进的吵架水准和何佳佳根本不在一个等量级，仅脏话的词汇量就不及何佳佳的十分之一。加上何佳佳翻旧账的记忆力惊人，语速也丝毫没有换气的地方，陈进毫无反击之力。陈进不得不躲进屋里锁上门，何佳佳却不屈不挠，轰地踹门，至今房间的门上还留着一个大窟窿。踹露台门的时候，大概也是这样的动作吧。

陈进跑过去，一把拽住发疯一样的何佳佳，再是民风彪悍的乡下，何佳佳这样的举动也太引人注目。

“你干什么！”何佳佳大吼

陈进不敢说话，知道自己一千张嘴巴也说不过何佳佳。只得暗暗使劲想把张牙舞爪的她压制住。何佳佳一个反手，把陈进用力一推，陈进一屁股坐在了地上。

一群人哄笑起来，何佳佳似乎也微露了下讪讽。有人要拉起陈进，陈进摆摆手。看着一群人拖着何佳佳进屋，自己还坐在路边，一动也不想动。

都快四十了，陈进想，当初和何佳佳恋爱、结婚，觉得自己挑到了个宝贝，年轻貌美、肤白细嫩，说起话来，当当当当的清脆，瞪眼愠怒的样子很是好玩。过去六七年了，何佳佳长胖了不说，脾气也大得离谱。轻则抱怨，重则发疯。也不知道自己能坚持到何时。人生苦短，自己却常常苦长。既不是想死，却也不想如此活。为难地长吁短叹，却还是一天天地无奈下去。

想着想着，陈进不觉走到了一个不曾到过的地方。早上八九点钟，这里未免显得有些阴暗。仔细一看发现沿着眼前的山坡一片棕红色的乱坟堆。阴历二月，冷飕飕的寒气渗进骨头里。没带帽子出来，头皮阵阵发麻。

忽然看见一个穿着旧焉焉棉袄的老头，陈进赶紧跑过去。

“你好，我想问下何家坡在哪个方向？”

“这么久了你还记得？”老头大声回应，典型的耳背。

“我问何家坡在哪里?”陈进扯着嗓子问。

“没想到啊，以为早就没人提这事了。”老头继续答非所问。

“算了。”陈进说，转身准备离开。

“来来，坐下来我慢慢和你说。”老头不由分说地拉着陈进坐到旁边的一块大石头上。

“那时候我才二十一岁，新兵蛋子啊。第一次上战场就碰上场奶奶的变态战。人人手握钢枪，就是不让开。你知道那天有多热吗，站在地上，就像泡在水里。太阳那个大啊，心里也害怕，其实也说不上是害怕。就是激动、紧张，身体紧绷得都在发抖。”

“肾上腺素飙升。”陈进说，不过老头子似乎没有听见。

“登上岛的时候，对方和我们几乎是同时登上的。两军对冲，几乎是面对面地对峙。所以不是说变态吗，上面下达的命令是不许开第一枪。你知道为什么吗?我们要站在道德的制高点上，我们不是侵略，我们是自卫反击。所以哪方开第一枪太他妈重要了。对方不用说也是这样下达命令的，他们眼珠子本来就大，死死盯着我们，举着枪对着，就是不动手。

“人的神经啊真的是一根筋，一直绷着一直绷着，就会要断。我身边的排长突然间破口大骂起来。‘我操你妈，你开枪啊，你冲我开啊!’这一喊双方都骂了起来。各种语言各种方言全搅和在一起。好多听不懂的话，但就是知道是骂人的话。骂人的话就是那样骂的，表情就是骂人的样子。眼珠子要大，瞪着骂。同样的话能重复几十遍，不带喘气的，一喘气就泄了，就不是骂人了，气势就不行了。然后有人开始吐口水，渴得已经不行，还是吐出好多口水。我脸上也被吐了口水，擦也不想擦，不带歇地骂人，痛快得很。

“我们这边，不知道谁被踢了一脚，局势转变了。我们的人扔下枪，疯子一样冲上去，对着对方的人飞起一脚。队伍混乱了，站列的队形全部破坏，两边的人几乎是一对一肉搏。一边打还不忘一边大骂。我们长期训练近身搏击，真管用啊。一帮二十来岁的小伙子，什么都没有，什么都没有，就是一身使不完的蛮力。这个好，到现在我还想着那时候啊。痛快啊，还有什么比对着活生生的人又打又骂更痛快的啦。拳脚咒骂都使上了，骂到他们祖宗八代，打得他们嗷嗷叫。

“枪声终于响了，是他们开的。这一枪就是宣告我们胜利了，我们赢了。就是要让他们开枪，是他们先开的枪，我们只是反击。你懂吗，我们再怎么打，我们都是对的。

“排长大喊一声：‘快跑！’我们丢下对手和枪，拼命向回撤。地上的枪也来不及捡了，只能没命地跑。身后枪声不断，身边也不停有人倒下。踩着死人也要跑啊，不跑那就是死。死了呀，这也没办法啊，至少痛痛快快地打了一架。

“很快炮兵接上来，我们的任务算是完成了。就是这么他妈变态的一场战啊。高科技啊、尖端武器啊什么的，我是不懂，反正骂人、武力，真你妈太管用了。近距离的时候就是要用暴力，要用武力。这个你明白不明白？”

你明白不明白，你明白不明白……

陈进迷迷糊糊地不知道怎么理解，只觉得冷得瑟瑟发抖，说不出话来。

“喂喂，你怎么回事啊。”听见何佳佳的声音，陈进睁开眼睛。“你怎么睡马路上啊，你什么意思啊，你别给我丢人现眼的了。”

陈进这才发现，自己被推倒在地上后竟一直没爬起来，歪靠在旁边的一棵树桩上睡了过去。大概也就十来分钟吧，依稀听了一个离奇的故事。

过完年回家，生活原封不动地继续。直到龚敏声音哽咽地打电话给陈进：“你现在能过来吗？”

龚敏眼睛红红的，头发散乱着，几缕沾在脸颊边。身体在宽宽松松的睡衣里越发地瘦弱。陈进都不敢使劲，只轻轻地把她腮边的发丝捋到耳后。想抱在怀里，都怕揉碎了。

“小林走了，他不要我了。”龚敏的声音细细哑哑。

小林是龚敏的正牌男友，谈了几年，差不多该谈婚论嫁了。

“是我的原因吗？”陈进害怕小林找上门，自己怎么都是个不光彩的角色。

“和你没关系。是因为他要出国了，不能带我。说不定能带，但是他不带我。我知道只要分开了，我和他就完了，不可能了。”龚敏抽泣地说，像个孩子，连语句也变得稚嫩起来。

“别哭别哭，看看有没有别的办法。”陈进抚着她的背说。

“不可能了，他走得很坚定，在他眼里我比不上出国的诱惑。”哭泣中的龚敏，梨花带雨，陈进看着忍不住地吻掉她的眼泪，手也不由自主地伸进衣服里上下抚摸。

两人蜷在棉被里，龚敏枕着陈进的胳膊，凉凉的食指尖在他胸口，上下划出奇奇怪怪的线条。

“我以后就是单身了。”龚敏的头埋在陈进的肩窝，嗅了嗅陈进身上的味道。

“没关系的，肯定有排着队的人想追你。”陈进安慰道。

“我不喜欢，我知道有人喜欢我，可是我都不喜欢。”

“要相处了嘛才知道喜欢不喜欢啊。”

“就是不喜欢，我最喜欢的人是你，你要我吧。”龚敏撒着娇说。

“这……”陈进心头一惊，装作打了个哈欠，摸着龚敏的头说，“乖。”

回到家，陈进心里很慌乱，他不知道龚敏说的“你要我吧”究竟是真是假。如果能和龚敏生活在一起，该多好。屋子里放一个娇娇嗲嗲的小女人，回到家被柔情似水的眼睛，崇拜地打量。男人都受不了这个吧。但是，这可能吗?

放在茶几上的手机突然响了，何佳佳探个头过来：“谁啊?”

陈进瞥见屏幕上显示着“龙文科技”，心里一惊，这是龚敏的号码。一直说好晚上是不能打电话的，这是怎么啦。莫非真的想和我在一起。陈进装着不经意地拿起手机，对何佳佳说，“客户，怎么这么晚打来，不接。”随手掐了电话。

如果离婚的话，如果要了龚敏，如果……陈进乱糟糟的。所有的想法在何佳佳看着电视剧里的搞笑情节，笑得双腿乱踢的时候结束了。陈进知道，他和龚敏的事情一旦败露，何佳佳是绝不会放过自己的。当然，也不会放过龚敏。陈进能想象得出，何佳佳知道了龚敏的存在，势必找到龚敏对她进行史无前例地谩骂。由于身处其中，何佳佳对婊子、骚货的定义将上升到一个前所未有的高度。动起手来，龚敏也完全不是何佳佳的对手，自己大概也不是对手。只稍微想一想就能看到，那将是一场无边无际的咒骂，一片翻天覆地的打闹，鸡犬不宁，腥风血雨，永无安定。

陈进删除了“龙文科技”的号码，他依稀听过一句话：“骂人、武力，真你妈太管用了。近距离的时候就是要用暴力，要用武力。这个你明白不明白?”

“你们村里有当兵的吗，当兵后来退伍回来的?”陈进问何佳佳。

“当兵的？没有吧，没听说过啊。”何佳佳转了转大眼睛，“哦，好像邻村吧，我是听说的。好像是参加什么中菲战争的吧。是不是这个名字。我也搞不清，反正没回来。死在那儿了吧。怎么啦，怎么问这个?”

“没什么，随便问问。”

舒伯特的花园

这儿叫“旭日东升”，南京所有染着金色或红色头发，夏天自信地穿露脐装或露背装的女孩，十有八九来过或常来这儿。

这家迪厅的生意火爆，音乐震撼，DJ 煽情。在这儿，我可以无须借助摇头丸，只靠音乐和酒精就让自己 HIGH 到顶。

今天，外面很冷。哦，今天是十二月二十二号，冬至。二十二岁到二十二号，也是我的阴历生日。如今没人过阴历生日了，可我挺看重这日子的，所以一人来这儿喝酒蹦的，好好放纵一下。

我喜欢跳舞，在音乐声中，舒展身体，扭动腰肢，忘乎所以。让巨大的声响包围我，让我活着，让我动着，让我像棉花一样柔软，让我像钢一样有力又像风一样无形。气功静坐时，需要什么也不想，我无法理解什么也不想是在想什么，可是我舞着的时候，确实能做到什么也不想。

但短暂的快乐，对于我与别人艰难的相处而言，太少了。我不是一个内向的人，却总觉得与所有人都无法交流。别人的想法我看不到，我的想法别人无法理解。于是，我说着他们常说的话，做着他们常做的事，但总担心有一天会被他们识破。

呵呵，啤酒喝多了，内急。我穿过舞池和一些拥挤的桌椅来到一条窄长的走廊，走廊那头就是WC。我常来，熟着呢。

突然我觉得不太对劲。刚才外面那么多人，走廊上却一个人也没有。甩甩脑袋，一定是喝多了，糊涂了。

我径直朝前走，有些摇晃，但并不妨碍我优美的步伐。有没有人，很重要吗？管他呢，别胡思乱想了。

很快到了洗手间，咦，怎么有一老奶奶在门口？她怎么不让路啊？

老奶奶稍稍抬起头与我对视。她满头白发，脸上皱纹纵横。奇怪了，迪厅里从没见过这么大年龄的人。她穿一身白色的纱质的衣服，眼睛里射出平和而笑意的光。

“对不起，请让一让，我要进去。”我很礼貌地对她说。

“进去？你是要去这里边吗？”老奶奶一边说着一边推开了身后的门。

我的眼前豁然开朗，一片新鲜的世界出现在面前。

一条金色的大路由此伸向望不到的远方，路两边是大片大片的绿草地，草地上散着含蓄的各色的花朵。许多的苹果树，快乐地按自己的姿态生长。树叶饱满翠绿，中间挂着银色的苹果，润泽地闪着光泽。粉蓝色的天空，与乳白色的云彩交织在一起。一道七色的彩虹从天上缓缓流下，注入树丛间一条水晶河里，河水变幻着各种色彩奔流远去……

“要进去吗？”老奶奶打断了发呆的我。

“要……要……进去。”我迷醉地越过老奶奶，踏上了金色的大路。

就在这一瞬，我身上的紧身露脐短袖毛衫和那条紧裹臀部的牛仔裤消失了，取而代之的是一身洁白的纱质的衣裙。身体像只从蛹里挣脱开的蝴蝶一样轻盈起来。

我用脚尖向前迈了几步，白色的衣裙和着我的长发飞舞开来。

苹果树里钻出一位和我同样装扮的女孩，她飞到我跟前，用一只纤细微凉的小手牵起我："你好，我叫乔。让我们来跳舞吧。在这儿，我们可以一直跳舞，永远跳舞。"

她轻轻一拉，我们飞到了半空中。我回过头来，看见一扇门孤零零地竖在草地上，门边站着那位微笑的老奶奶。

"你要回去吗？"老奶奶温和地问。

这时，我听见了钢琴声，先是影影绰绰，直至清楚无比。没错，是钢琴声，是舒伯特的《降 B 大调奏鸣曲》。是谁在演奏？肯普夫？不，没人能完美地演奏舒伯特。那是谁？谁在浪漫地演绎冗长的奏鸣曲？

身体跟随着乔，跟随着舒伯特在空中翻转、延伸。

"要回去吗？"老奶奶耐心地又问了一遍。

"不，不回去了，我要留在这儿跳舞。"我无法抑制住自己欲飞的翅膀似的手臂，无法从音乐缠绕的网中抽身。看着那扇门和老奶奶渐渐变得模糊，完全地消失，我笑了。

"乔，你说，我不回去，我的父母会着急吗？"

"不会，当然不会。因为老奶奶会变成你的样子，过着你的生活，没有人会知道你在这里。"

"乔，你说，我们一直这样跳舞、跳舞，会累吗？"

"当然，当然会累。可是我们在这儿，只要有天空，只要有植物，只要有音乐，只要我们活着，必须得跳舞、跳舞、跳舞……"

所以，你现在看到的我，不是我。真正的我并不是这个我。因为，我还在那儿跳舞，音乐没有结束，我不能停……

素菜馆

从开始的一无所有，到现在有了三家分店。生意不好，失落低谷的时候，想想自己也算有了些奋斗历程，所谓的正能量又噌噌地高涨了一些。所以，当主厨林婷婷提议把餐厅改成素菜馆的时候，开始我是拒绝的。谁都知道现在生意不好做，特别是餐厅，形容为雨后春笋已是保守的说法。

当初怀揣着几百元来到这座城市，从打杂小工做起，到了现在底下有了二十来个厨师、服务员，我珍惜这些，因此不想有那么多的改变。辛酸、艰难不谈，依靠着这三家小饭店买了不大的房子和不那么豪华的车子，要感激的是我自己和跟了我将近五年的主厨林婷婷。

“为什么要改素菜馆?”我学历不高，每一件事，大事小事，都要想很久。

“你没发觉现在生意越来越不好做?”林婷婷是从贵州山区里出来的，当初花了好久才能完整地听懂她带着方言的普通话。

“是的，你不说我也知道。现在不是十年

前了，现在人人都在想着法子挣钱。那些价格战也不知道他们是怎么想的，明明不就是要亏钱的嘛。”

“亏也是促销手段，吸引人气是当务之急。”

“素菜馆能吸引人气？”我脑袋还是转不快。

“好宣传嘛。养生、佛学，不管什么大道理，有点儿说头总比平平常常的大众菜要好些吧。”

“有道理有道理，可我还是得想想。现在的确生意不好做，但也能维持基本开销、员工工资、房租房贷、汽油水电什么的。哎呀，我也想有突破啊，不进则退，对不对？我知道，可真是难啊。我再想想再想想。”

“嗯，我也只是这么构想了下，真要实施还有好多细节呢。而且还得做个调查吧，喜欢素菜的人到底有多少也不清楚。”

和林婷婷聊完生意，又拉了会儿家常：“你过年怎么没回去？”

“嫌麻烦，回去了又要问对象、结婚的事情。现在连男朋友都没有，想编造个又编不出来。老家亲戚又多，一个个地问，应付不过来。”

“那赶紧找一个呗，为了谈恋爱请假，我一定批准。”

“呵呵，谢谢你啦张总。”

“怎么回去？要不要开车送你？”

“不要了，走走，减肥。”林婷婷摸摸自己圆乎乎的脸蛋说，“这么胖，肯定没男朋友的。”

大约半个多月之后，林婷婷给了我一份菜单：凉拌松茸豆腐，鸡枞菌西兰花沙拉，盐焗锡箔松茸片，石锅三杯杏鲍菇，梅干菜茶树菇烧竹笋，牛肝菌荠菜豆腐，豌豆尖扒蟹味菇，香菇花盅，三色猴头菇，香菇田园蔬菜粥。

“下功夫了啊。”我赞叹道。

“有上网找的，不全部是原创。”

“谁在乎原不原创，好吃就好了，还有你说的文化啥的。”

“嗯。这几天我做出来给顾客试吃，看看反映如何。”

我很想谢谢她，但是多年的关系，反而说不出口。想给她加工资，但其实自己也不富裕。真的，是有赚，但是有限。更何况我想更有钱，有更大的房子，有更好的车，最好再买下一间门面房。有了自己的门面，以后的日子会好过多的。

新菜单简单地打印出来，没怎么宣传，准备先用较低价格给顾客试吃，效果理想再做更细致的打算。很久没有推出新菜了，这天我有些紧张，或者说激动，或者有预感会发生什么。

有几桌客人夹杂在普通菜品里点了几个素菜。观察他们的表现，没看出特别惊艳的表情。不过这也是预料中的事情，现在人的味觉被各种浓重的调味料破坏殆尽。菜肴本身的鲜，混淆在味精的鲜中，甚至被味精的鲜掩埋。

八点半之后，已经没有新的客人进来。几桌还没吃完的客人，也不过是围坐着喝酒聊天。我让林婷婷先回家，她想了想说，回去也没什么事，再在厨房里想想做菜的事好了。“味道总是不能达到预想。”林婷婷嘀咕着没再理我。

快九点的时候，一团白影飘了进来。其实只是一个穿着白色毛皮外套的姑娘，为什么觉得是飘，大概是她太瘦小了吧。一个人进饭店的客人本来就不多，又是个惹眼的姑娘，无意识地，我已经捧着菜单走到她面前。

“吃点儿什么?”我问。

“看看。”她眼皮没抬一下地接过菜单，低头看了起来。

“我们有新推出的素菜，以菌类为主，还在试菜阶段，价格非常优惠。”

“不错啊，这个、这个和这个。”她点了梅干菜茶树菇烧竹笋、三色猴头菇和香菇田园蔬菜粥。

我记下菜名，飞奔似的冲进厨房交给林婷婷。

等菜的时间里，我坐在柜台，偷偷地瞄着这个姑娘。窗外突然下起了小雨，一时间，我恍惚像到了另一个地方。怎么回事，一种焕然一新的感觉，也不对，像是被什么砸中了心脏，影响到了视觉、听觉和味觉。

我的这家餐厅，其实是一套老式四合院的迎街门面房。我的能力能租下的只有一个厅堂外加用作厨房的一小间，再往里进，住着其他人家。餐厅的屋子后面，是个不大的天井。刚来的时候，天井里乱糟糟地堆满了各家的杂物。我和每一家交涉，连收购加上帮着卖废品，才算把天井收拾得能看下去。我又从市郊的花卉批发市场搬来很多花花草草。加之本来里面就有一棵大槐树，以及沿着墙壁到了夏天气势汹汹茂盛着的爬山虎。墙角的铁笼里，养着几只用来做烧鸡公的活鸡。精神抖擞地等着被客人挑中。天井虽然不是我的地盘，里面还停放着别人家的电动车和自行车，但绿色植物陪衬着车辆，也成为一片颇有特色的小花园。

白衣姑娘脱去外套，里面穿件白色的短袖高领毛衣，坐在临着小花园的窗口。天气还冷，她却把窗户推开。冷风夹杂微雨在她右侧飘散，细嫩小巧的身形让人担心她随时会从窗户里飞出去。

菜上来了，她也不急着吃，慢慢点起一支烟。烟也不急着抽，抿两口，更像是忽明忽暗的道具。一只手夹着烟，另一只手伸出窗外，接住雨滴，傻乎乎地抿着嘴微笑。

林婷婷和我打招呼说回去的时候，我这才看了眼时间，已经快十点了。回忆刚才的一个小时，我竟然发痴一样看着一个不认识的姑娘，玩玩雨，喝两口粥，夹一点菜。

林婷婷走了以后，我鼓足勇气走到姑娘身边，“嗯，你觉得我们新推出的菜品，还合胃口吗?”

“不知道，我味觉有问题，吃不出来。”她终于抬起眼睛看了看我。

“啊。”我一时语塞，听起来倒是诚恳，不是敷衍地回答“还不错”“还行”“蛮好”，但真是够古怪。

“吃饱了，买单。”姑娘用纸巾在嘴角按了按。

我多想说，免单。我能做得了这个主，但又怕把姑娘吓到。

付了钱，她问，“能借我一把雨伞吗?”

“哦哦，”我发觉我的服务多么不周到，应该想到顾客没有带伞，主动问她需要不需要才对。“你等着。”我急匆匆钻进柜台，从柜子里拿出一把备用的伞。

拿着伞的时候，我突然想到刚才林婷婷走的时候已经下雨了。这伞是她放在这里，又嘱咐我记得位置。她刚才和我打招呼回去的画面，也就十几分钟前，却觉得遥远模糊得不那么真实。突然觉得心里乱糟糟的。

“给。”我把伞递给姑娘。

“下次带来还你。”

我想说没事，拿去，最好连我也拿去好了。

我把她送出餐厅大门，看着她撑开伞，看着她白色毛皮外套的袖口从手腕向下滑落了三四公分。纤细的手腕像随风就要折断，却又稳稳地把伞举过头顶。

“你等一下。”我突然想到应该给她电话号码，当然不是为了还伞，是为了可以继续。我折回柜台拿了张送外卖的卡片。“三公里之内我们可以免费送外卖。上面的电话就是我的手机号。”

“好的，谢谢。”

看着她细小的背影离开，像只柔软的动物在尘世茫然。天空中的雨点飘成洁白的雪花。那种异样的感觉在心里荡漾开来，三十年来没有过的甜美和恐慌的交错，这是怎么回事。别多想，也许只是偶遇，只是擦肩。我还有我的餐饮事业，现在还不能想这些。

“张总，”林婷婷红扑扑着脸，刚从市场运了菜回来，“我发现啊，之所以菌类素菜总达不到那种口感，和原材料本身有关系，我刚在市场转了几大圈，就挑出这么点儿还算满意的。今天继续试菜，别担心，成本还是能回来的。”

“好，菜品这边就交给你，我在城南又看中了一间门面。一会儿过去谈谈，如果合适再开一家分店。就算一家店挣得不多，四家店加一起，日子也会好过点儿的。”

“嗯。”林婷婷点点头，扛着菜进了厨房。

下午两点左右，在和房东看门面房的时候，电话响了。

“喂，你好，请问可以送外卖吗？”细细的声音把我全身贯穿。

“可以的可以的。你是不是那个……”我问。

“是啊，你还记得？”

“当然记得，你想吃什么？”

“就和上次一样吧，菜的名字我都不记得了，你能记得吗？”

“记得记得，”我抬头发现房东正用怪异的眼神看着我瞬间变化的语调，赶紧把头别过去，“不但我记得，主厨应该也能记得，她记忆力很不错的。你地址？嗯嗯。这个是你的手机号码？你贵姓？陈，陈玲玲。你家靠我们总店这么近啊。是啊，好，不麻烦，半个小时之内一定能送到。不客气不客气。”

挂了电话，我一边点着头和房东抱歉，一边打电话到店里。通知他们送外卖的地址、电话，一再嘱咐要快，要准时送达。用贵的那种环保盒装，餐具、牙签都别少带了。

和房东谈得不太理想，虽然地点不错，但租金总觉得不那么合理。之后又去另两家店看看，大大小小、繁复琐碎的事情一大箩筐。这个那个的解决了几件，又召集厨师领班开了个小会。忙忙碌碌，其实也没忙出什么来，天已经乌黑。

回到总店的时候，店里已经打烊，大门紧锁，黑乌乌的看不出个轮廓。我用钥匙打开门，大厅里洒落着从院子窗口里透进的月光。原本棱角分明的桌椅，一下子全都柔软下来。安静的空气里，偶尔传来院子里的鸡咕咕嗦嗦的声音。

突然间觉得很累，肩颈和腰总是会酸痛。忙碌的时候，不那么明显，也顾不过来，当夜深人静把自己重重放在椅子上，把四肢沉沉地垂下来，不但浑身，就连心里也酸痛起来。

小时候家里穷，读书也不行，十几岁出来苦熬到现在，经历的事情想想或许也够写本书了。二十三岁的时候谈了一个女朋友，没那么如胶似漆，但在分手的时候却痛得刻骨铭心。之后玩命地工作挣钱，也真的忘掉了，或者说淡化掉了那些不想记忆的事情。

今天不知怎么了，寂寞和疼痛又席卷而来，在昏昏暗暗的大厅里，像是在大海里找不到方向。理想当然是挣更多的钱，那然后呢，然后就是老了、死了，一眼望到的结局，却又让人难受得想哭。

"有人吗?"细小的声音在大厅里旋转。

陈玲玲? 我噌地坐直身体，使劲眨巴眼睛想看清昏暗中，从门口走来的身影。还是那件毛皮外套，身体的剪影毛茸茸地蓬松着。头部的剪影显得精致窄小，犹如小动物一样机灵地蹿了进来。

"我在这儿。"我慢慢站起身，生怕站得太快吓到她。

"嗯，能看见。刚才路过，看到店门开着，里面又没灯光，就好奇走进来了。是不是打扰了?"

"没有没有，正坐着发呆呢。"

我们相互走近，我看见陈玲玲亮晶晶的眼睛在黑暗里闪烁，让人觉得有爱意般的温暖，流过全身。

"我去把灯打开?"

“不用，这样挺好。”陈玲玲说。

我环顾四周，从通往院子的窗口射进的浅黄色月光，把大厅勾勒得不似现实。陈玲玲的加入，像是生动的风景里，一个遥远的背影点缀出生动。

院子里的鸡大概都睡沉了，安静得或许可以听见陈玲玲的呼吸。但我害怕听见，担心自己会沉迷进一只深不见底的黑洞。时常有一种即将要瘫倒下来的疲惫袭来，当我和陈玲玲走得如此近的时候，这种感觉愈加强烈，却又不能立刻把她推开，甚至还想要牢牢抱住。

“不急着回家?”我问。

“一点儿也不着急，回去也是我一个人。”

“你等一下。”

我从酒柜拿了一瓶红酒，两只酒杯，又把林婷婷偷偷藏在抽屉里的两包薯片，拿到一张靠近窗口的桌子上。

我和陈玲玲面对着坐下，这真的让人以为是梦幻，与我的日常生活相去甚远。

我们喝着、聊着，知道她单身，知道她学艺术，知道她富二代无忧的生活，知道她有多美。月光下透亮的皮肤和水灵灵的大眼睛，让十几度的红酒就把我弄得头晕。

“是不是不舒服，身体?”陈玲玲问。

“肩颈一直不好，一直酸痛着，好像都习惯了。”

“我帮你按摩。”陈玲玲说着，走到我背后，纤长有力的手指按压在我的肩颈，微微酸痛的感觉，浑身上下立刻松懈下来，像浸泡在巨大的温水池里，醉意、困意、疲惫感同时袭来，抵抗不住地趴在桌上睡得失去了知觉。

“我睡了多久?”我坐起身，看着对面的陈玲玲问。

“没多久，大概几十分钟。”

“太疲惫了，真是不好意思。”

“没什么，我回去了，你也赶紧回家吧。”

“谢谢你。”我说。

陈玲玲侧过脸朝我笑笑，面色和唇色红润光泽，在白色皮毛的映衬下，煞是好看，不觉又有些迷醉。

第二天一进店，就听见林婷婷的大嗓门儿，随着声音到了院子。

“这是谁干的？谁这么缺德。爱吃想吃就到店里来吃，吃不起就整个偷了得了，搞得跟犯罪现场似的，美观啊还是重口味啊。我们店是招谁惹谁了，院子我天天收拾得干干净净的，谁不满意谁说话，用得着弄成这样吗？……”

我看了一眼，场面的确触目惊心。被关在笼子里的三只鸡已经被撕得支离破碎，鸡毛、鸡血、鸡骨头，像抽象画似的排列出怪异的图像，七零八落地排列在鸡笼旁的地面。

“等等等等，你先别叫。”我拽着林婷婷，恨不得把她的嘴赶紧堵上。“你先看看啊，看仔细啊，这好像不是人弄的。”

“什么？”林婷婷猛地停了嘴，“难道院子里有黄鼠狼？”

“不知道啊，可哪有人，会把活鸡给撕成这样？”

“可是……”林婷婷篡紧眉头，“我来的时候鸡笼是开着的。昨天我走的时候，明明检查过笼子已经扣好了的。哪只黄鼠狼会开鸡笼的插销？”

“那也不会是人啊，手撕鬼子见过，手撕活鸡还真没有这道菜。”

林婷婷扑哧笑了一下，然后还是横横地说，“不行，得报警。”

“报警了，一会儿不还是谢警官过来，再和我们嘻嘻哈哈闲扯几句，和事佬似的打个哈哈，还能怎样。城市管理条例本来就是禁止住宅养鸡的，你这一闹弄不好我们更麻烦。”

“可是……可是……”林婷婷的眼睛突然含了泪，“大花也死了呀。”

“知道知道，”我赶紧过去搂了楼林婷婷肉乎乎的肩膀，“迟早都会被客人点吃掉的嘛，算了算了，不想了，事情过去了。一会儿我们把这里打扫一下，我马上再去进些冻鸡回来。”

“哦。”林婷婷低着头，进了厨房。

我和陈玲玲是恋爱了吗？不记得谁比谁更主动。我们用微信聊天，之后视频聊天，再后来我抽着空就给她打电话。见面后，我们一起吃了几次饭，在她家上了几次床，却一直没有一起看过电影，没有陪她逛过街，没有找个公园逛逛。我的时间总是匆匆忙忙，我想我如果是大老板，有着众多的得力干将，决策性的事情我来一下就好，其余的琐碎全交给别人，那是一种多好的状态。

可我现在忙得就像条狗，细细碎碎的事情总也忙不完。客源的问题也自始至终烦扰着我，厨师、服务员每月的工资也拖欠不得。今天这个、明天那个的机构会来检查各种名目。城管、片警、居委会等等也要常来常往。订餐电话不仅写着每个店的座机，还有我的手机号码。随时会有电话打来，又不敢不接，哪怕是在床上，生怕错过了什么大生意。

陈玲玲从刚开始的体谅变得态度越来越差。

“少接个电话会死啊。”陈玲玲斜着眼睛看着我。

“不会不会，但是，万一有什么重要的事情呢。”我堆着笑想去抱她，被她挥手挡住。

电话又响了，我一看是总店的，心想，林婷婷都处理不了的事情，肯定是大事了。

“不许接。”陈玲玲表情严肃地说。

“说不定有重要的事情呢。”

“能有什么大事，就这么几家小店，搞得跟几千万上亿的大生意似的，全是些鸡毛蒜皮的小事。我重要还是那些小事情重要，我是想好好和你在一起，你瞧瞧你，动不动就走，就那么赶时间，没了你地球还能不转了？一到我这儿就匆匆忙忙的，弄得我像是偷偷摸摸和你在一起似的。在一起也有好几个月了，我们有出去玩儿过，逛逛街看看电影什么的吗？就是跑来和我睡一下，你当我是什么啊！”

“好了好了，不是真的有事嘛。我也就想多赚点儿钱，有了一大笔钱，心里安稳了、踏实了，肯定是想好好陪你的。”

陈玲玲低着头不说话，最害怕这一招，我只好安慰着一遍遍地说：“乖，听话，店里真的是有事情，我也不想走，但是今天真的得走了呀。”

出了陈玲玲家的门，我立刻打电话给林婷婷：“怎么了，刚才不方便接电话，店里怎么了？”

“大厅来了个男的，点了几个素菜，吃完后不付钱，还说一定要见见老板。哦哦，他还说自己是和尚，确实没有头发，但也不知道真的假的。你还是过来看看吧，现在都快三点半了，他就从中午一直坐到现在，还是盘着腿坐的。不付钱也不好催他走啊，真是挺难办的。”

“我一会儿就到。”

一进大厅，就看见一个闭目盘腿坐在椅子上的光头男人。林婷婷使了个眼色，告诉我就是这个男人。我走过去，轻轻咳了一声，男人缓慢地睁开眼睛。不知道是不是错觉，还是光线的原因，男人的头顶周围出现一圈朦胧的金色光芒。莫不真是哪路神仙，至少大师什么的。

“你好，我是这里的老板，请问有什么需要？”我毕恭毕敬地双手递上名片。

男人同样双手接过名片：“施主你好，我是莲华寺的和尚，听人说这里的素菜不错，今日一试，果然有些与众不同。”

“谢谢谢谢。”

“施主，你最近身体如何？”

“还好还好。”

“施主，我看你印堂发黑，妖气盘踞玄关，这里必有妖怪经常出入。”

“呃。”这些年我也算是遇到了形形色色的人，但这样诡异的对话还真没有。

“此妖花灵狐魅，已经化为人形，且俱备人情，将你迷惑。”

“哪有这样的事。”林婷婷叫了起来。

“住口！这位施主的性命已危在旦夕，莫再执迷不悟。”和尚对着林婷婷低吼道。而后转向我说，“施主，有些话我需只对你一人说起。”

我示意林婷婷和几个服务员进去，林婷婷嘟囔了几句带着大家走出大厅。

“大师，你不要怪那个姑娘，她是我们这里的主厨。不过你说的什么妖啊怪啊的，我们这里真没看见过。”

“你们这里难道没有什么诡异、不可解之事？”

“这个……”我觉得自己在往圈套里跳，但还是忍不住说，“有倒是有一件，也就是个悬案而已，还不至于什么妖魔鬼怪。”

“不如我换个说法，让你能够理解一些吧。”和尚冥想了一下，“人与人之间只有很少的差异，但这种差异却往往造成人生结果的重大差异：小的差异就是人生的态度是积极的还是消极的，大的差异就是成功与失败。

“美国成功学院对一千名世界成功人士的研究结果表明：积极的心态决定了成功的百分之八十五。因此，有什么样的心态，就有什么样的思维和行为，就有什么样的环境和世界，就有什么样的未来和人生。你可听明白了？”

我点点头又摇摇头，“这段话的意思我是懂了，但是你想表达什么我还真不懂。”

“你现在被一种消极的因素缠绕，我直言妖怪你不懂，所以我用成功学的方式告诉你。在我们出家人眼里，妖怪是以一种消极的因素来纠缠人类，以获取能量。而你正被一种低靡颓废所困扰，你的梦想和拼搏正在被削弱，这会让你一蹶不振，会让你的事业受阻。或许你已经有所觉察。虽然你在挣扎，但不立刻采取行动的话，很快就会被毁灭。”

“那……那要怎么破？”不知道为什么，我是那么害怕自己的事业出现问题。

“我这里有串佛珠，它已经染了我的法力，可以收妖治邪。你一定要把它带在左手手腕，这样方可逃离此劫。”

我毕恭毕敬地双手捧住手串，抚摸着上面细微的纹理。

“务必将它带在左手手腕，在下告辞了。”和尚迈着大步走出饭店。

我恍过神来的时候，发现林婷婷和其他几个服务员正站在我身边。

“张总，你这是怎么了。那个人走啦？他还没付钱呢”林婷婷哇哇大叫。

“哦，没买单？”我觉得恍恍惚惚，一时不知道怎么解释。

“张总，你是怎么啦，最近，总是心不在焉的。别说和尚说你印堂发黑了，我看你也是中了邪似的，成天迷糊。不是告诉你嘛，他还没买单，所以我们不敢让他走。你让他走了？真的是高人？打个折就好了嘛，没付钱？”

“他吃了多少钱？”我问。

“一百五十三。”林婷婷利索地报出价格。

“嗯……”我觉得有些尴尬，被林婷婷指责得没错，但又碍于自己是老板的脸面，“哦，他拿这个抵的，这手串差不多一两百。没事了没事了，大家该忙什么忙什么去吧。”

林婷婷嘴唇动了动，想说什么又没说出口。向厨房走了一半，又折回头对我说：“张总，我能不能请一星期假？”

“怎么了？”我问。

“老家打电话过来，说我爸得了中风，虽然送医院及时，没有生命危险了，但现在只能坐轮椅。我还是觉得不放心，想回去看看。”

“那你赶紧回去，这边的事情和小杨交代下，采购事项列个单子给小宋。五天假够不够？不，一个星期假好吧，就这么说定了。”

处理完事情，我决定再回陈玲玲那里。一想到她，突然疲惫感一下子加剧。也许不能算是疲惫感，只是心理、身体全部沉重起来。我的确很喜欢她，那个滑溜溜、小小软弱的小东西抱在怀里，那一刻实在是舒服得，觉得可以抛弃身外的一切，就此沦陷下去，永远不起。但又总有另外的声音，拖着我起来干活，处理事情，强迫我去想工作上的窘迫，生活的不易和艰辛。

我一边走出饭店一边拨了陈玲玲的电话，不自主的。

“我这边处理完了，我马上再过去，你还在家吧。我说很快吧，你看这不就弄好了吗？嗯，没什么大不了的事情。一个和尚，吃了素菜没带钱，后来用个手串抵押。我也不懂手串这种东西，据说有他的法力在上面，呵呵，谁能看见法力啊，一会儿给你看看。”

“你不要过来了。”陈玲玲在电话里幽幽地说。

“怎……怎么啦？”我不知所措。

“以后也请不要过来，不再见面，也不要打电话和发信息。”陈玲玲挂了电话。

我吓得一个寒战，也不知道自己又是哪里做错了。已经尽可能抽出时间和她约会，可还是时常被她抱怨。有时候也想放弃这段关系，可实在舍不得这样一个魅惑的小东西，在怀里钻来钻去的感觉。

到了陈玲玲家，发现房门虚掩着，门缝里透出飕飕的凉气。诧异着推开了门。

“玲玲，玲玲。”我喊了两声没有回应。

各个房间，包括厕所、厨房都看了下，确实没人。然后我在茶几上看到了一只白色的信封。

抽出里面的信笺，是一封陈玲玲给我的信：

看见这封信的时候，我已经不在这里了。匆匆忙忙地写信，一时也不知道该如何表达。

快半年了吧，在一起。真的很爱你，喜欢听你说些琐琐碎碎的小事，喜欢听你说不那么好笑的笑话，喜欢听你讲你小时候很穷的故事，总之喜欢和你待在一起，那么轻松自在，忘记烦恼。

然而，更多的时候，我们是分开的。你那么忙那么忙，你把自己赶进一个没有尽头的隧道，在那里勇往直前，却不知道错过了外面多少的风景。

我们不是同类，即使是相爱，最后也不会走到一起。在我们还爱着对方的时候分开，也许是最合适的时候吧。

Ps：你在我身边睡熟的时候，悄悄进到你的心里，那里住着一个人，却不是我。

信笺从手里滑落，我看见整个房间变成了灰色，破旧的桌椅散发出霉腐的气味，灰尘、蜘蛛网布满角角落落。这里是曾经和玲玲相拥在一起的地方吗？以前的美好色彩怎么可能在一瞬间就消失了？我错过了什么？我不知道我错过了什么呀。

在阴冷荒凉的房间里一直待到天黑，不觉得冷也不觉得饿。一种心脏的疼痛，真正生理上的疼痛。那是怎样的风景，陈玲玲的世界，我一直没有走进去。的确不是同类吧，可为什么又要交集。也想要深深地去探索她，与她长久地生活，但直到最后，我在这里，她在那里，身体的交集，也没能把我们捆绑在一起。

之后的两天，完全吃不下东西，强迫自己喝点儿菜汤，也全然不知味。员工下班后，我坐在柜台里不想挪动，我知道这样下去不行，但刀尖掠过心脏那样的痛，一次次袭来。我对自己说，会好的，过一阵会好的，时间能够冲淡一切。

“唉，帮我把薯片拿出来。”

突然听见林婷婷的声音，左右环视只有空荡荡的大厅。这样的声音，让我似乎看见林婷婷从柜台外伸手够抽屉里的薯片，肉乎乎的胳膊似乎就在眼前。

“短胳膊。”我笑着看她。

“哪里短啦。”

“肯定比我的短，我从柜台外面能够到抽屉。”

“骗人。”林婷婷嘟着嘴说。

“不信比比看。”

我走出柜台，张开胳膊平伸开来。林婷婷也学着做了同样的动作。我们手掌对着手掌，胳膊贴在一起，胸口也不可避免地贴合起来。我左右手各比她长出半个手掌，更加得意地嘲笑了她，她厚嘟嘟的嘴巴撅得更高了。

想着林婷婷的事情，突然意识到自己的嘴角在向上着微笑。那一刻的温暖和安抚，像是把疼痛全部抹掉了。陈玲玲说，我的心里住着一个人，却不是陈玲玲。如果是这样的话，我的风景会不会是一份陈玲玲无法体会的别样风景。而这片风景中，有我的追求、执着和相伴的、需要的一切。

凌晨一点，我打电话叫醒睡熟的领班：“小宋，我要出去几天，一大早就要走，对，是急事。这几天店里就麻烦你多照顾。那个，院子要打扫，花花草草的到时候要浇水。”

“林姐已经交代过了。”

“哦，还有送菜的电话我写在柜台上的本子上了，每天要电话确认。”

“林姐也交代过了，电话号码也给我了。”

“哦，还有什么，我想想……”

“张总，林姐走的时候说她电话二十四小时开机，有事随时可以找她的。你就放心去吧。林姐交代得很细致，没问题的。”

“好好，那就麻烦你了。”

火车、长途汽车、乡村公交，一路颠簸到林婷婷地址上的老家。青山碧水的风光，让我的眼睛像是刚被洗刷过的前挡风玻璃。我呼吸着不同的空气，想着陈玲玲说，我错过的那些风景。心里没有伤痛，却有着焦急。

“哦，你找林婷婷?”村口一位老奶奶撑开下垂的眼皮，“一大早就看见她去那边了。”说着用拐杖指了指南边。

“谢谢。”我奔跑着向着那个方向，远远地，我看见林婷婷熟悉的身影。

我们在太阳底下面对面地站着，林婷婷的圆脸红彤彤的闪着细小的汗珠。

“张总? 你……啊，我正想打电话给你，这里的菌菇可以做出更好的素菜。我想我们可以和当地的农民合作，让他们按照我们的要求给我们供货，我们可以……”

“我很饿。”

“什么?”林婷婷瞪圆眼睛。

我想对林婷婷说，如果可以，愿意不愿意一直在我的饭店工作，一直做我的主厨，一直做菜给我吃，一直一直陪着我。

夏日旋涡

“爸爸”，晓嘉看见我进门，像往常一样喊了我一声。斜坐在沙发上看电视的她，丢了一颗葡萄进嘴里，仅咀嚼几下就吐出葡萄皮和葡萄籽。突然想到她小时候有次不小心咽下葡萄籽，我吓唬说得到医院把喉咙切开来了时，她哭得惊天动地，鼻涕流进源源不断嘴里的样子。转眼已经六年级了，穿着短裤的腿架在沙发扶手上，看起来又修长又饱满。

“爸爸，你今天是不是去将军路的加油站了？”晓嘉问我。

“呃。”我心头紧了一下，想着她怎么会到那里。

“我和妈妈今天蹭张阿姨的车去批发市场买水果，正好就看见你的车啦，开得还挺快的呢。”

晓嘉正说着，妻子端着菜从厨房里出来，“是晓嘉先看见你的车的，她让张玲赶紧追上去，她说要看看爸爸的车里面有没有别的女人，哈哈，张玲还真的紧追着不放。我们的车从你旁边过去，你没看见吧。后来见你进加油站了，我们就算了。”

两个放暑假在家的女人太可怕，我脱了西裤衬衫，换上宽松的沙滩裤和背心。车子拐进将军路之前，车上的确坐着一个女人。

和马岚交往快一年了，相差十八岁的年龄，竟然没有感到多少压力。大概一直陪伴在女儿身边吧，对小女孩的种种古怪想法并不排斥，即使不理解的地方，也能接受下来，觉得年轻人思绪飘忽是再正常不过的事。就像晓嘉不停地变化将来想从事的职业，从卖饼到老师到医生到作家，从小老板到外交官到宇航员。

马岚的摇摆在于，亲密的时候她会搂着我的脖子说“我要跟你回家”“你要我啦”“我做小的呀”。可是今天送她回家的时候，她听说我要加油，坚持让我把她丢在公交车站：“加油站和我们是一个系统的，谁知道会不会碰到熟人，我可不想让认识我的人看见我和一个小老头在一起。”不去计较她说的话有多少开玩笑的成分，她这么做真的太明智了。

晚上，我在书房上网，妻子洗完澡走进来。天热加上热水澡的蒸腾，妻子的脸白里透着粉嫩。尽管已满四十，但看起来也就三十出头的样子。感谢妻子的遗传基因，女儿虽然和我长得相像，但皮肤、表情、气质和妻子一模一样，加之青春逼人，已经亭亭玉立地绽放开来。

“唉，你说多大谈恋爱算是早恋?”妻子问。

“怎么啦，晓嘉谈恋爱了?”

“不知道呀，最近陪她买衣服，风格变化很大。以前就喜欢穿运动裤、牛仔裤，反正就是要舒服就好了。可最近买了好几条裙子，还有短裤，一边试衣服一边照着镜子说，我的腿是蛮直的哦。”

“长大了嘛，爱美之心人皆有之。”

“话是这么说，可是我有直觉的啊。说不出来哪里不对劲，可就是知道有些事的那种感觉。”妻子一边捋着半湿的头发一边说。

“又没抓到什么证据。才十二岁，你想多了吧。”

“哼”，妻子撒娇似的嘟着个嘴说，“我睡觉去了。”

妻子从女儿出生到现在，一直陪她睡。小学二年级时有段时间，我们培养晓嘉单独睡。没持续几个月，被晓嘉的各种哭闹、无理要求弄得烦不胜烦，于是我们夫妻分床，我睡书房，不觉已经十二年了。

妻子离开书房后，房间一下子安静下来，我们两人的对话似乎还没散去。

“可是我有直觉的啊。”

“又没抓到什么证据。”

第二天是周末，我没有调闹钟，九点左右自然醒了。起来后看见母女俩坐在餐厅吃早餐，两个白白净净的美人，没让我觉得特别的美感，反而有些不安。妻子是教师，假期悠长，总是在放假的时候忙绿各种烘焙、汤羹、自制冷饮等等；女儿不是拔尖的那种学生，却是让人挺放心的中等偏上水平。教育女儿的事情，妻子负责了大半，我仅是在节假日陪她们出去吃吃玩玩而已。这样的日子清爽得有些无趣。

“今天要不要带你们出去转转？”漱洗后我也坐到餐桌旁，“晓嘉上次不是说想吃越南菜吗？要不中午去找一家？”

“我马上要去同学家。”晓嘉用牛奶咽下面包说，“我跟妈妈说过了，她同意了。”

“嗯，不用担心，就隔了一条马路。注意事项我都跟她说了，是她好朋友的家，没问题的。”

“哦，安排好啦。”我喃喃说，“那我们俩在家干什么呢，我要是上网看电影，你又要唠叨我不陪你们了。”

“啊，不好意思，我也得出去。同事拜托我去教她做提拉米苏，我一会儿把材料和工具收拾收拾就走，中午她要请我吃大家乐。”

“哦，这样啊。”

母女两人走后，我一个人依旧坐在餐桌旁慢悠悠地嚼着面包。这样的情形似乎没怎么出现过吧。几年似乎也碰不到一次我单独在家的时候，为什么今天就碰到了。其实这不是很正常嘛，我对自己说。窗外的知了叫得时起时伏，屋子里开着空调，凉凉的不觉得夏天的炎热。天气预报说的三十八度五，不过一个数字罢。这个数字也没能阻挡母女俩出门的脚步。

昨天晚上妻子说晓嘉可能早恋的事，还是让我有些担心，一想到这个小小女孩儿，如果被男孩儿抱住的话，她知道应该做出什么反应吗？

马岚对于我来说也算是小女孩儿吧，第一次想要占有她的时候，是因为看见她从肩膀上滑落的衣领。脖子上的皮肤看起来薄薄的一层，锁骨的形状完完全全地暴露出来。有时候我看着马岚，觉得她的肩膀像晓嘉，又有时候我看着晓嘉，觉得她的肩膀像马岚。第一次搂着马岚的时候，微醺的她就半推半就地任凭我抱紧抚摸。晓嘉不会这样的吧，才十二岁呀。

我丢下咬了一半的面包，有些迟疑地走进晓嘉的房间。她的房间里还放着一张二年级时买的小床，长期不用小床成了书架，一摞摞的课内课外书摆放得还算整齐。我坐到晓嘉粉红色的写字台前。买写字台时，卖家说高度可以调节，一直用到高中都没问题。可高度没问题，颜色感觉已明显不适合即将上初中的晓嘉了。

桌上堆着几本学校要求完成的课外读物、经典名著，随手翻开，是《从百草园到三味书屋》，文章中间配着一张生长着小草的园子图片。陡然记忆起晓嘉五六岁的时候，奶声奶气地说：“我有一个愿望，就是我们全家，我、你、妈妈，还有爷爷奶奶、外公外婆，一起在一个公园的草地上野餐。”

看到这图片，晓嘉大概不会记起自己说过的话吧，全家在一起，也不再是什么愿望了吧。我对晓嘉小时候的记忆已经有些迷糊，只是偶尔能想起一些片段而已。

偷偷地翻着她的物品，莫名其妙地很紧张，知了的叫声似乎也消失了。书包、文具盒、笔记本，所有的学习用品已经不再是刚上学时哭着闹着要买的粉红色公主图案。随意涂画的草稿纸上有些我看不懂的涂鸦和组合起来的复杂文字。她现在在想什么，我已经不能像过去那样一猜既中了。

习惯倒还有些我的遗传，在抽屉垫纸的下面我发现了一封信。我小时候也在同样的地方藏过秘密。

一个叫小罗的男孩儿写给晓嘉的情书。文本还算流畅，把晓嘉的优点写得放大了好几倍，特别是对她腿的赞美很有趣。“笔直修长，每次看见你走过我面前，就觉得是你支持了我无聊的小学生活。”

最后提出约会的请求：“放假后的第一个星期天，我带你去一个神秘的地方。”

那么就是今天咯？我的心咯噔一紧。和一个叫小罗的男孩儿？去一个神秘的地方？两个十来岁的孩子？

我第一反应打电话给妻子，想问问她认识不认识一个叫小罗的男孩儿，还想要质问她，知道不知道晓嘉今天是要去约会。

妻子的电话始终无人接听，我变得有点儿急躁。虽然仅是猜测，但因为这个不能确定的约会，因为这个没有及时接听的电话，让我感到一种不可控的情绪。我厌恶了平静，但这丝毫的不平静瞬间使我不冷静。我深深吸口气，把晓嘉的情书放回原处，把刚翻乱的东西尽量摆成原样。

十几分钟后妻子打来电话。

“哦，我刚才手上全是黄油，没办法接电话。”妻子急匆匆说完这句。

“你知不知道晓嘉今天去哪个同学家?”

“知道啊，闺蜜家。”

“我刚才无意在她房间看到一封男孩儿写给她的情书，而且约她今天出去。晓嘉有没有和你说这事?”

“啊，你翻她东西啦？情书？约会？她没说啊。不过她昨天晚上倒是承认有个男孩儿想追她，她不知道怎么办。我给的意见她又嫌土，所以她说今天去闺蜜家商量这事。”

“我们应该信任她吧。”我似乎是在自言自语。

“不知道呀？有没有去约会啊？要不等她回来问问?”

“还是不问吧。”我说，“她如果不想说，问了也没用。”

“说得也是哦。”

不是什么大事，心里却被搅乱，闷闷不乐地出门吃午餐。吞了一碗面条后，在大太阳底下走着，不想回家，拐去一家熟悉的茶叶店坐坐。茶叶店的老板娘是个丹凤眼、微胖的女人，身体充满故事，待人接物心知肚明又不会刨根问底地八卦。和马岚一起出现的公共场所，除了饭店就是这家茶叶店。老板娘大概一眼就能看出我和马岚的关系，几次和马岚一起去喝茶，她也不问不提不关注，给我们备器、择水、取火、候汤，聊天气聊明星聊股票聊新闻。有着把小情人带出去的心，却没有让熟人知道的胆。这里似乎满足了些许虚荣，却没有担忧的成分。

推门进店的一瞬间，冷气嗖地从门缝里钻出。从那条缝里，我看见马岚和一个年轻的男人并排坐在一张长椅上。不仅是穿着同款的T恤，两人的年龄、身材和长相都如此般配。T恤短裤的马岚，比平时穿着连衣裙与我约会时更显年幼。男人露出脚踝的裤子和浅口的渔夫鞋，新潮得就像在拍广告。我默默地离开，心里面有股要爆裂开来的疼痛。

不起眼的小旅馆，老时间。我从背后把马岚使劲抱住："看见你的小男朋友了。"

"哦，"马岚的肩膀轻轻一颤，"怎么样？"

"很时尚，跟你很配啊，看起来就像金童玉女。"

马岚一下子挣脱我的手臂，面对着我说："不是你要我找男朋友的吗？不是你一直说我不小了，得谈婚论嫁了吗？不是你说我结婚你要包个大红包吗？"

"对啊，没错。今天就是想来祝福你的。"

"祝福我为什么这种态度？我本来就没打算瞒着你。"

"我态度有问题吗？我是为你高兴。"

"得了吧，我看不出来？你别一副阴阳怪气的嘴脸，没打算要我就给我闭嘴。"

"我有老婆小孩儿你开始就知道，给你说得好像我欺骗你似的。"

"你不懂日久生情？不懂一夜夫妻百日恩？"

"你说得这是什么跟什么呀。"

"那就是没有感情咯？"

"又不是谈恋爱，我们一个月也见不了几次。"

"好吧，"马岚抿了抿嘴，"我也只把你当忘年交而已。呵呵，最近的表现，我看你连那种关系都算不上。"

"那你不是叫得很起劲。"

"那都是装出来的。我对你也没有一丝一毫的感情，只不过不想变成约炮那么 low 的档次，谈谈感情，大家都愉悦罢了。"

"你这个混蛋。"我扳过马岚的身体，把她推倒在床上，扯掉她的内裤从背后进入她身体。就像是在颠簸的船上抓住唯一的一根桅杆，我知道有很多事我无法控制，但现在，我连自己的情绪都不能掌控，而我竟然是个四十多岁的成年男人。

平息之后，马岚转过身，搂住我的脖子轻声说："我们结婚吧，我想一直跟着你。"

"你知道的……乖，听话，不要给我压力好不好?"

"嘿嘿……"马岚发出两声尖利的怪笑。

接下来的几天心里始终不痛快。晓嘉的事，我和妻子说好了不问，真的忍着没问。马岚和她的小男朋友到底发展到了什么程度，更是我这个什么也给不了她的外人不能触及的话题。别别扭扭地过了一个星期，表面上与平日的平淡无异。

这天下班回家，没看见晓嘉，妻子也没做饭，躺在沙发上看电视。

"晓嘉呢?"我问。

"送我妈那里了，想轻松地过几天假期。"

"哦。"

"你先去洗个澡吧，我们一会儿出去吃晚饭。"

"好。"我放下包，脱了外套和长裤进浴室。

我和妻子很久没有两人一起去过饭店，并排走在一起的时候，气氛有些异常，不知什么原因。

等上菜的时候，妻子慢悠悠地说："明天，我约了马岚谈谈。"

"马……马岚……"我结巴着说，"谁？哪个？哪……个马岚?"

"不要这个样子，"妻子还是不紧不慢的语调，"我说过，我有直觉。这些天你的神情不对劲，知道有事情。我去查了你的通话记录，发现了一个频繁通话的号码。我打过去，不出所料是个年轻女孩儿，对你也相当熟悉。我们约了明天见见。"

"我和她没什么!"我几乎要咆哮起来。

"没什么最好。我知道结婚十多年，早已经没有爱情这玩意儿。你有些胡乱的心思，我完全可以理解。我告诉你我也不是没人惦记，但是结了婚就要承担结婚的责任，不痛快不满意也得扛着忍着。我要越出那一步比你容易得多，现在打个电话，就会有人把我带去他家。但我始终在为这个家忍耐，我不知道明天马岚会和我说什么，我现在没有任何打算，也不想再说话。”

“你们简直疯了。”我拿起手机冲出餐厅，我要立刻打电话给马岚。我和她约定好的，只要不是被捉奸在床，死也不能承认我们的关系。也许她是因为上星期的吵架才同意了妻子的见面要求，我要让她赶紧取消这个可笑的约会。

没有，手机里找不到马岚的号码。我把她的名字存作“马师傅”，这样看起来像个便民网服务人员的名字。可 M 字母里没有马师傅这个名字，我又根本没记住她的号码。

我怒气冲冲地折回饭店，对妻子压制着怒火：“你是不是删了她的电话号码？你趁我洗澡的时候删啦?”

妻子用冷淡的表情看了看我，一句话不说，埋头吃着饭菜。

我想过要跟踪妻子的约会，但想到如果三个人面对的话，情形或许更加不可收拾。一整天我做了最坏的打算。我和妻子离婚，晓嘉肯定会跟她。我知道这是我犯的错，房产全部给妻子和女儿。家里的所有存款全部给她们。我还算是壮年，养活自己没有问题。净身出户好了，这是我应有的下场。

晚上九点妻子回来了，平静得可怕。

“我们出去走走吧。”妻子说。

我们在夜风里走着，冷静得让人想要忘记一件件的烦恼。

“想知道我们聊什么了吗?”

我点点头。

“给。”妻子把她的手机递给我，“我录音了。”

我拿起手机，走进路边的大厦墙脚，手忙脚乱地打开录音文件，嘈杂的背景声中分辨出马岚的声音。“你不要这样气势汹汹地看着我好不好？我同意和你见面不是来接受你审讯的。我不知道你这把年纪还有没有男人会关心你，你老公打电话来嘘寒问暖的时候，我不可能对他说：‘滚，老娘不要你关心。’这你能理解吧。

“你们有感情这我知道，当初他什么都没有的时候，你倒贴嫁妆和他结婚。现在这样是挺丢人的，可说不定就是所谓的真爱啊。那不管怎么说，你们那已经是过去的事情了。现在是他盯着我不放。

“他说我工作辛苦，要带我去江边散心，又说他们老家的大草原多美丽，要带我去看看。我晚上睡得迟，他絮絮叨叨地教育我要早睡。我不按时吃饭，他又会打电话提醒我吃饭时间到了。

“还有，我虽然觉得难以启齿，但是不说也不行。你们分床睡了十多年，你觉得这样真的好吗。你不把他伺候好，他在外面全是花花心思。男人不就是那么点儿东西嘛。”

“我们不是完全没有。”妻子的声音。

“好了，我今天和你见面，其实就是想帮你，对你们夫妻生活我一点儿也不感兴趣。我就是拜托你把你老公看紧了，别在外面勾三搭四的。我是有男朋友的，虽然拉不下面子对你老公翻脸，但如果被我男朋友发现了，也没什么意思。

“话我也不好说太重，你老公是怎样的人你肯定比我清楚。我和他没什么关系，以前打打电话就算了，现在我有男朋友了，麻烦你让他别再来烦我了。”

录音结束。

我抓住妻子的胳膊说：“不完全是这样的，你看见通话记录的，她也经常打电话给我。我有时候觉得她很烦，也因为怕她晚上会打电话过来，夜里都睡不好。你要相信我，不是我……”

“不要说了，又没抓到什么证据。”妻子大步走了，留给我一个苗条的背影。

夏夜的风无比的凉意，也无比的珍贵。四十多岁的自己以为已经牢牢把握住了生活，却发现最亲近的人，也不能了解他们的全部。晓嘉是不是已经开始约会了，妻子口里那个随时可以把她带走的男人是谁，他们真的没有什么关系。说着愿意跟我一辈子的情人，是不是真的嫌我烦。

反正又没抓到什么证据。

我想明天接了晓嘉，一起去买张床。已经有男孩儿追的大姑娘了，一定要开始一个人睡一间房了。

游来游去的鱼

由于被猫咬伤，注射了狂犬疫苗，接下来的日子里不得不遵医嘱停止咖啡、浓茶等饮料的饮用以及 YRP 药物的服用。这对于我来说无疑是一次与自己薄弱的意志力相抗衡的艰巨战斗。

为了在这场战斗中不至于输给那个不够坚定的自己，我花费了不少的财力和心思在遥远的某处租下了一间小屋。我的金钱的来源一直是个解不开的谜，就像卡夫卡的《懂音乐的狗》里，“有时我得不到食物，就在我眼看就要欢呼我的发现的时候，食物却又来了”。金钱对于我，好像食物对于这只狗一样，不富足却也从未严重缺乏过。

住进小屋是在某天夜里，本来从我的原住地可以坐飞机很快到达，但我选择了用船慢悠悠地把自己晃到此地，这样我便多出了十几个小时用于路途。不然通过坐飞机节省下来的时间，会莫名其妙地多出来，然后再莫名其妙地不知了去向。

屋子布置得温馨得过分。一张双人床那

样宽大的单人床，床四周围着粉红色的圆顶帷幔，衣柜也被装饰上了一圈粉色的花边。灯光昏黄氤氲地停在每件物体上，好像稍一搅和，整个房间就会变成黏稠的半液体状。屋子附带一间卫生间和一间厨房。我很满意厨房里的一应俱全，从电磁炉、冰箱到碗筷、抹布，统统给人一种厚实的酒足饭饱后才出现的安全感。

我一边哼着 Beatles 的《Hey Jude》，一边愉快地冲了个澡，带着干净滑溜的皮肤一头栽进陷阱一样的床里。不一会儿，就觉得自己被搅拌得像糖稀一样柔软了。

第二天醒来时，感觉已近中午，我四下寻找钟或是表，发现墙上挂着一只机械钟，显示十二点十分。自己出来时并未带手表、闹钟、手机之类的东西，不知机械钟是否准确。但我决定不去管什么时间，即使机械钟的发条走完了，也不去把它拧紧。在这间屋子里，根本没有时间存在的必要，我如果设定一天为五十个小时，也没有什么不可行、不合理之说。试想，如果整个人类都以一日五十个小时为准，是否会过得悠闲而不浮躁些，或许不会，有人就是习惯了争分夺秒或是和自己过不去。但这些与我关系已经不大了，我相信在这儿我把一天定为五十个小时或六十个、七十个小时，并不会给社会秩序造成影响。

习惯了起床后一杯咖啡，或者在犯困时吞一片 YRP 药片，现在都不允许了。因此还迷糊着，像没及时吃的冰淇淋。好在并未被禁止吸烟。我推开窗，迫不及待地对着窗外的一棵野杨梅树大大地吐了一口烟。

之后，我认认真真地刷牙、洗脸，并用啫喱膏把翘起的头发梳理平整。机械钟彻底停了，时间一下子在房间里调皮起来。有时迅速膨胀，把屋子撑大一倍，有时又呼啦一下聚集到我身上，害得我不得不在屋子中间又跳又跑，把这些爱痒痒人的家伙甩开。到最后，我干脆不去管它们，独自坐在地板上，背靠着墙，翻看带来的最近一期的时尚杂志。这样反而好了，时间们见对我无计可施，也就各自忙各自的事去了。

房间里的光线渐渐暗了下来，我这才觉得有些饿了。我走进厨房，拆开一袋梳打饼干，又从冰箱里找出一瓶柠檬果酱，把果酱平平整整地抹在每一片饼干上，再将这些饼干在一只白瓷盘中整齐地排成两圈，中间放一块“好时”巧克力，并用果酱在巧克力表面点出两只眼睛和一张微笑的嘴。很好，看起来异常美味。

我端起盘子走出厨房，把盘子放在地板上，依旧坐在刚才的位置上继续看杂志，随手拿起一片果酱梳打饼干慢慢地嚼着。饼干屑时不时撒下，有的落到书页与书页的夹缝中。我时常这样一边吃东西一边看书，所以常常会在旧杂志或过去看过的书中找到几粒薯片屑或者一颗小巧圆滚的油渍。每次发现时都会觉得一阵惬意，就好像竖琴的滑奏，从头顶进入再淌过全身，最后从脚底流走。

吃完饼干，杂志也看完了，我不由自主地准备煮咖啡，这才想起，这里没有咖啡，也没有 YRP。

我开始清洁浴缸，用一只大号的刷子把浴缸里里外外狠擦了一遍。本来就不脏的浴缸，现在看来就更像一只假得一目了然的赝品维纳斯像了。接着，我在浴缸里注满水，装扮成尸体的样子把自己半浮在水里，想象着几日后，报纸的社会生活这类版块中，我占据了烟盒大小的地盘。题目用粗体字显示着我的重要性《一女子溺死于浴缸 尸体七日后被发现》。之后，福尔摩斯看到了这条消息，微笑着说：“华生，你不觉得这条消息十分有趣吗?”真的十分有趣，我也忍不住笑了起来，这一笑便被水猛呛了一口，连续大咳不止，连忙坐直了身子。

远去的柚子

在公司忙到快下午三点，才得了空吃午饭。进了一家兼做简餐的咖啡馆，惊奇地发现过去和我有特殊关系的朋友，居然是这家店的老板。他还是留着三毫米的板寸，牛仔裤加板鞋的搭配，像是时光在他身上停驻了。只不过，当年略带羞涩的表情已经荡然无存，生意人特有的亲切可掬的笑容时时荡漾在脸上，即使看见我，微微一怔之后，笑容又快速地浮现出来。

他端着我点的肥肠豆花鱼套餐加一只菠萝柚和一对烤鸡翅，把托盘端端正正放到我面前，与我面对面坐下。

“老板亲自上菜啊。”我调侃着，尽量用十几年前的语气。

“你还是怎么吃都不胖的体质？羡慕羡慕”，他拍拍有些突起的肚皮说，“我是真的老了呀。”

“哪里哪里，你风采不减当年嘛。”

“不行不行，老了。你才是青春常驻，像个少女似的。”

“还少女，半老徐娘了。瞧你这派头，这才是最有魅力的正当年呢。”

“魅啥力啊，早就被人叫大叔了。”

一阵相互吹捧之后，我们再也找不到其他话题，沉默像是骤然来临的降温，我们忍受寒冷。

十几年前，我们大概也算是在恋爱。牵着手过马路，躲在墙根下接吻，趁他父母不在家的时候，溜去他家做爱。与他相处的回忆，像是快镜头的回放。或者本来那个时候的我们就是蹦跳来去，说话动作都是匆匆忙忙，也或者我们的交往就很短暂，短暂到没有一个长镜头可以用来记录。

“你看你看。”那个时候的他边与我穿过马路边说，“那个，那个女人的胸好大啊。快看，连走路都在弹，手感一定不错。”

“滚!”那个时候的我把他往快速驶来的汽车上一推，他灵活地躲开，拉着我的手哈哈大笑。

他开始在全国各地跑业务，联系不上就不联系，想不起来联系就去找其他小伙伴玩。偶尔也会打电话，偶尔也会找个空抱一抱，偶尔也会思念，浅浅的思念像微风吹过湖面，留下的涟漪清清淡淡，消失了也没有知觉。

一顿饭的时间里，我们聊了天气、反腐和女明星，喝完套餐附赠的最后一滴汤，我擦擦嘴说：“老板，买单。”

“买什么买，咱俩谁跟谁。”

“谢了，老板。”说出这话，我微微有些心跳。那个时候，从他家出来，他把我送上出租车，硬是把打车的钱塞进我手里。我咧着嘴细声细气地说声：“谢了，老板。”

不知道这些细小的回忆，他能记得多少。我们没有故事，没有承诺，甚至没有确认关系。和凌晨飘过的梦境似的，几个不连贯的画面而已，实在说不出个大意。

刚走出门，他从里面追出来，手里提着一个礼品盒。

“我们店的端午礼盒”，他指指盒子，“情有独粽，名字有点牵强哈哈，但是很漂亮吧，我亲自设计的，拿着。”他把礼盒塞给我。

“那怎么好意思，我都已经白吃一顿了。”

“就是几个粽子嘛，客气什么。”

我还是没有接。

“我……我……”他吞吐着说，“我从来没有送过你什么东西，这个就勉强算个吧。”

我们站在太阳底下，我发觉他的发际线比十几年前退后了不少，我轻声地说：“你有送过礼物给我。”

“有吗？”

“有啊，一只这么大的柚子。”我用手比画了个大小。

一天他从福建出差回来，把我从家里喊出来。他站在楼下的路灯里，脸庞看起来有些浮肿。

“什么事啊，我都要洗洗睡了。”

“路过路过，大半个月不见，看看你长胖了没有。”

“我会长胖？”我摸摸自己的小脸，“怎么吃也不胖的体质，一边羡慕去吧。”

“给你个好玩的东西。”他从旅行包里掏出个柚子，“去福建的一个产业园考察，在路边发现结着柚子的柚子树，就偷偷摘了一个带给你。”

“从福建带个柚子回来？还偷偷的？”我夸张地长大嘴巴，“我们这儿没有柚子卖吗？”

“就是觉得用摘的，又是偷偷的，反正就是给你，这不是很好玩吗？拿着。”

我捧着柚子回家，被爸妈怪异的眼神扫描了好几遍。

“你这么一说我也想起来了”，他笑嘻嘻地问，“怎么样，那个柚子的味道如何？”

“没吃，直接给扔了。”

给了我柚子之后，他又消失了很久。柚子一直放在我的床头柜，开始还有阵阵香气飘过，一天天过去，味道越来越淡，直至变成一只干巴巴的柚子。

打算扔掉之前，我无聊地剥下柚子皮，撕成一小块一小块的丢进玻璃杯中，浇上开水，看着小小的气泡一串串地升起，清水一点点浑浊，晃一晃杯子，柚子皮在里面乱撞。

喝了一口，苦涩微酸，却觉得很有种自虐味觉的快乐。喝了一整天的柚子皮茶，记住了一种味道。以后偶然再喝到类似的饮料，会想到他一下，像是给他做的一个味觉标记，也许是因为可以回忆的内容实在太少了。

过了些日子，我又去了他的咖啡馆。他人不在，服务员说，他还有几家店，什么时候会在这儿不能确定。

第三次去，他和他老婆都在店里。他的老婆很有老板娘的样子，高高大大，眼睛放光，见到人一脸堆笑。听说我是他的朋友，热情地招呼我坐下，又向我推荐菜肴。

老板娘忙碌的时候，他坐到我对面。

“不错呢，你老婆，一看就是女强人。”

“什么女强人，母老虎。一发火我就得跪搓衣板。”

“哟，这恩爱秀得还真是别致。”我笑着说。

“没有没有，我说真的，脾气挺大，不过对人还不错。”

“你们怎么认识的?”我顺口问道，其实自己也不想知道答案，但他的脸色突然变了一秒，甚至一秒都不到，眼角的肌肉出现了一阵明显的抽搐。但愿这是我的幻觉，这时他老婆擦着手走过来，一只手搭在我的肩膀上，典型的自来熟。“你要不要尝尝我们新推出的柚子沙拉？客人反应很好，今天还是半价?”

“好好，”我连连点头，“我正想要减肥呢，最近吃得太油腻。”

“你又不胖。”

“其实很胖，就一张脸小，欺骗性肥胖。”

我们大笑着，像是很熟的姐妹。

柚子沙拉里拌着柚子肉、黄瓜、芹菜和蟹棒，加入了柚子汁、醋、糖、盐和黑胡椒。比较浓烈的味觉，没有什么破绽，却也不是让人难忘的美食。

打完折，付了钱，他礼节性地把我送出门。

我客气地感谢他的招待，很想告诉他柚子皮的味道很好，清淡却特别，说不出它的好，却怎么也不能忘记。

我和他过去没有可说的故事，现在没有任何可能，未来自然也更加什么都没有，像两个越走越远的人，远到曾经同行这件事都已经忘了。我再也没有去过他的店。倒是有两次想约人在那里谈工作上的事，但我一时间说不上来具体的门牌号码，连店名也模模糊糊。那就算了吧。偶尔会恍然，年轻的时候一切都像是轻飘飘的，晃晃悠悠摇摇摆摆地就过去了。没有真实的感觉也没有迫切的必要，想要什么也没有确定，想说什么也不知道怎么表达。其实现在不也一样？两次，我连问一句“你现在过得怎么样”也没有问出口。

真情流露的那一天

当年的闺蜜颜舒突然邀请我吃饭，她很坚决，甚至都没有说为什么理由吃饭。我只得前往她所说的“美丽心情”西餐厅和她对面而坐。很快我发现她真的是为了吃，吃完七八块小面包和一整块牛排，颜舒又把满满一盘金枪鱼蔬菜沙拉吃得只剩下几片残叶。沙拉酱点缀在盘中，那曲线看起来就像一副太极图。

我把橙汁推到她面前：“噎不噎?”

颜舒打了个嗝：“一百二十分饱，太爽了。”

“失恋就要吃这么多吗。”我皱着眉头说，此前在她咀嚼的缝隙中她说她失恋了。快速地甩出一句，似乎那不是重点。但我知道这就是重点。

“是我甩他的好吗”，颜舒抽张纸巾擦擦嘴，“一年多没见面了，故事也有一年多了，都在这儿。”颜舒戳戳自己的胸口，心脏的位置。我摇摇头，老生常谈，所有不同的婚外情版本都只有两类结局，修成正果和半途而废。

颜舒说，这段感情让她很难受，但越是难受越不能自拔。老男人不解风情，不是个做情人的材料，但胜在真诚憨厚，经常把人弄得气呼呼的独自在深夜一个人喝闷酒。隔两天又被老男人自我检讨似的道歉逗弄得心里像爪子似的，想要立刻捶几下他肉墩墩的肚皮。

总是让颜舒生气的原因，是老男人喜欢在颜舒面前提起自己的老婆。颜舒见过他老婆几面，远远地看着。他们夫妻确实像夫妻那样逛街购物，那个女人总是笑嘻嘻乐呵呵的，对着孩子生气时，眼睛也似笑非笑水灵灵地弯着。

颜舒不讨厌他的老婆，但是，老男人总是从手机里把他老婆带着儿子出去玩时的照片翻给颜舒看，总是在说“我老婆吵着要买根金手链”“我老婆去库奇了，说今天全场九折”……渐渐地，颜舒厌恶起他老婆来，一种纯粹的厌恶。颜舒无法把厌恶传达给那个女人，只好把这火发到老男人和她自己身上。很多次她想问，你怎么能做到对一个跟你上床的女人不断地说起自己的老婆？每次都忍住了，这句话不仅能打击老男人，也嘲讽了自己。

有一次缠绵之后，老男人兴致勃勃地说：“知道我今天为什么这么厉害吗?”颜舒哼哼着，把头塞进老男人腋下，一时还没从刚刚的快感中出来。

“因为啊，”老男人说，“我昨天刚和我老婆做过，而且时间超长，是最近十年来最长的一次。”

颜舒像挨了一记闷棍，一脚把老男人踹到床沿。下身还暖热着，头脑却瞬间着了火似的，让她一刻也无法待在这个男人身边。颜舒一边快速地穿衣服，一边在心里感叹自己怎么这么下贱，怎么能容忍一个男人把被别人用过的东西塞进自己的身体。

那天颜舒以为就要真正地分手了，当她想要删除老男人电话号码的时候，手抖得厉害。知道自己删除不掉号码，也就知道这次不可能真正地分手。她等着他的道歉短信和电话。果然，第二天，老男人一离开家门，就打来了自我检讨的电话，任凭颜舒发了足足二十分钟的火。颜舒骂着骂着就笑起来。相互之间又开始想念，老男人想念颜舒滑溜溜的皮肤，颜舒想念老男人拍打时可以配上“咣咣”音效的肚皮。

“感情这么好，为啥甩了人家?”我听了觉得难受，却又漫不经心地问。

“是啊，感情好，还经历了患难。”颜舒不经意地说。

患难？一个月见面两三次，每次见面不过匆匆忙忙的几个小时，像谈一项过时不候的合作，何来患难？

颜舒见我不信，而不是好奇，就怄气般地说起了患难经过。老男人带颜舒去吃海鲜自助餐。两个人咯嘣咯嘣地啃着凉凉的生虾生蟹，聊着时局和文艺，还得空腾出一只手来，在桌子底下摸摸大腿。时间在夜晚流淌得特别快，从相对论的角度来看，两人真的有了恍惚的爱情，所以两个多小时过去也没觉察。忽然，老男人胖嘟嘟的脸，开始变色。他紧皱着眉头，握起拳头，汗珠密密麻麻地布满了额头和稀松头发下的头皮。

“胃……胃疼。”老男人结结巴巴地说，“应该是急性肠胃炎，几年前得过，就，就是这种样子。海鲜不新鲜，你不要吃了。”

颜舒看着老男人的样子有些想笑，他非常像抗战老电影里视死如归、临死不忘交代革命任务的同志。喜感归喜感，可又觉得心疼，惨白的脸色，亮晶晶的汗珠，看来真是疼得严重。

“怎么办？有什么办法？很疼很疼吗?”

老男人痛苦地点点头：“去医院吧，有些扛不住了。”

颜舒搀扶着老男人走向停车场，老男人厚重的身体斜倒在颜舒一边的肩膀上。这和躺在床上，双手支撑起上半身完全不同。

架着老男人到了他的雅阁旁边，老男人说："不行啊，疼得开不了车了。你来开吧。"

颜舒把老男人扶上副驾驶，等自己坐到驾驶座上，才想起来这是手动挡的车。颜舒的车是一辆自动挡雪佛兰。在驾校学的是手动挡，过了好几年，完全忘记了该怎么操作手动挡。

看着老男人虚弱地缩在座椅上，颜舒的心瞬间强大起来，凭着依稀的记忆，多年不用的左脚竟神奇地发动起了汽车。一路上车子熄火两次，几次档位大概不对，车子发出奇怪的声音。但自始至终颜舒就是没有告诉老男人，自己应该算是不会开手动挡车的人。

这大概就是爱吧，颜舒想。他让我变得强大起来，一直是个遇到事就想躲起来，什么都不想改变的人。他让我觉得自己充满了斗志。颜舒一边手忙脚乱地换挡、油门、刹车，一边规划起未来。自己的未来人生中没有老男人的位置，但瞥一眼旁边老男人光亮亮的脸，心里面洋洋得意对事物的掌控和坚强。

到了医院，忙前忙后地挂号、排队、就诊、挂水……挂水时老男人要吐，颜舒举着药瓶搀扶着老男人去了水池。腥臭的呕吐物让颜舒看到自己未来贤惠的模样。悉心地倒了开水，一小口一小口地喂老男人喝下。颜舒浑身带劲，一点儿感觉不到自己的疲劳。一定是真爱，才会如此的动人。

这之后两人的关系更加亲密。老男人疼爱地亲吻着颜舒的发际线，把她搂在怀里，一遍遍地喊她小乖乖。

"后来出了什么事？感情这么好还分开？"对他们的关系再不屑一顾，我还是忍不住好奇起来。

"什么事也没出。但如果一定要算的话，突然有一天，我就放弃了，果断地退出这段关系。删了所有的联系方式，干净利落，像是从来没有发生过。”

那一天，颜舒和老男人约好了下午去燕子矶江边散步。可临出门前，收到了老男人发来的短信。小孩儿突然发了荨麻疹，和老婆带孩子去医院。短信的文字简短省略，惜字如金。一看就知道是在家里，背着家人地下工作似的发出来的消息。没有别的安排，衣服围巾也穿戴整齐，颜舒想，不如自己一个人去江边散散心吧。

沿着江边的堤岸被铺上了暗红色的颗粒跑道，色彩、质感与滔滔江水冲突得厉害。但孩子们很喜欢，撒野似的在跑道上疯跑，尖叫呼喊让颜舒不自觉地微笑起来。

走啊走啊，直到走到跑道的尽头。再往后便是没有做成景观带的荒蛮区域。地面是干硬了的土地，杂草也肆无忌惮地蔓延，丘陵地带特有的软绵绵的山，就在不远的地方俯卧。

荒凉的场景中又不乏几处跳跃的景象。一对四十岁左右的男女四手相握，脸凑在一起说着悄悄话。女人穿着短裙坐在大石头上，大概硌得慌，不时扭动着屁股。男人善意地拍拍她的屁股，摸摸她穿着黑丝袜的大腿，甚至把嘴凑向她的鬓角。他们不会是夫妻，夫妻到了这个年龄，都是若即若离，绝不接吻的。

颜舒远远地看着类似这样的几对情侣，有一种被孤立在另一个时空的错觉。一对男女站了起来，牵着手走向不远处的一辆奔驰车。侧面车窗玻璃贴着黑色的膜，从外面什么也看不见。

大概是要车震了吧。颜舒想等着看车子震动的样子，可车子纹丝未动。车震是什么感觉呢？老男人和颜舒聊起过这个话题。他们总是在颜舒的出租屋里做，虽然老男人说一定要和颜舒试试车震，可在一起一年多了，他们永远固定在颜舒的床上。

二十分钟过后，两人从车里走了出来。男人拽拽衣襟，女人整整丝袜。站着聊了几句，男人坐上驾驶座，女人走进不远处的一辆粉色的轿车。两辆车一南一北向两个方向分开。彼此还带着对方的气味，向两个不同的家庭走去。颜舒觉得，这情景似乎正是自然界中一种无可逃避的现象。

五点左右，几对情侣陆陆续续走了。五点大概是空挡期。下午来约会的该回家做饭吃饭了，晚上过来偷情的不等到天黑不会出动。荒野之上，颜舒小小的身影伫立在风中。

干燥泥土的地面上有着各式花纹的车轮印。也许会有行家能够凭借轮胎印说出是什么车子吧。私家侦探也可以。那么这里是不是常会埋伏着偷拍的私家侦探，会不会再怎么小心谨慎也会有被发现的一天。颜舒胡思乱想着往前走，突然发现地上有一张揉成一团的纸巾。纸巾前面还是纸巾，苍白尽头还是苍白。颜舒放开视线，愕然地发现，慌乱的地面上被纸巾覆盖了大半。像是航拍的镜头俯瞰着地面，颜舒在纸巾堆里像一只僵死的昆虫。镜头越来越远，一大片带着污浊的苍白将颜舒的身体掩盖得消失不见。地球的轮廓渐渐显现，这是一颗白色的、被纸巾包裹的星球，这是一颗正在流脓发臭的星球，污浊的液体从一层层覆盖上去的纸巾底下顽固地渗出来。

颜舒想，他们和他们在一起的时候，都在想些啥。他们是爱情吗，他们在那一刻是真心付出的吗，他们给了他们什么，他们又得到了他们什么？颜舒觉得每一个他们都是用心在一起。即使是下午的一会儿，或者夜幕下的瞬息。每一个他们都是爱情，都是真心，就像这满眼白茫茫的纸巾，在没有使用之前，干净得耀目而刺眼。

原来这颗星球上有那么多那么多的真爱，在一起的时候，谁也不会觉得谁是在玩弄谁。事前事后，他们会思考，而那个关键的时刻，他们——每一个人都在用心付出。

问题在于，颜舒心目中的老男人，以及她认为老男人心目中的自己，都真心付出，而且开始污秽而腐烂。余下的不过是一个难熬的过程。事情就是这样，仅仅就是这样。颜舒取出手机，想要把老男人的联系方式全部删除。手依旧抖得厉害，无法按下“确定”键。

这样好了，颜舒决定自己和自己玩一个游戏。她捡起一根枯草枝，在地上画了个直径一米不到的圈。如果在这个圈里的纸巾团里找到一个避孕套，就立刻删除所有的联系方式，一个颜舒说。如果在这个圈里的纸巾团里找不到一个避孕套，就保留所有的联系方式，另一个颜舒说。颜舒蹲下来，一个一个地把纸巾团打开。没有、没有、没有……

当颜舒把一个隐隐透着粉红色的纸巾团捡起来的时候，眼泪突然间流了出来。都是液体，都那么迅猛，像极了真情流露的那一刻。好了，终于可以删除联系了，早就该删了嘛。颜舒擦了把眼泪，打开纸巾团，看着缩成一团的避孕套。

“好了，就这么把他甩了，利索吧。”颜舒把盘子里仅剩的一点沙拉酱用勺子全部刮起来塞进嘴里。

追 忆

“最近气色不太好啊。”妈妈皱着眉头对小晴说，“看起来印堂发黑，面色铁青啊。”

“说什么呢，又说这种神神叨叨的话。这一阵子工作忙，总是加班熬夜，脸色能好看得起来吗？”

“小晴啊，我不是说你，你也不小了。我不是那种急着抱孙子的父母，不过就是看着你一个人这么辛苦，心里挺不是滋味的。你看看你同学、周围人，哪个不是成双成对的，那个谁谁，就你原来一个宿舍的，小孩儿都上幼儿园了。上次李妈妈给你介绍的那个，怎么就没有后来了呢？我看着不是蛮好的吗，白白净净的，房啊、车啊，都有，胖一点儿有什么关系……”

“好了好了，”小晴无奈地抿了抿嘴，“我去上班了，你收拾好就赶紧回去吧。”

奋斗了三年，加上父母的资助，小晴好歹在市区买了一套房子。可妈妈时不时跑过来送一锅鸡汤，检查下被子的厚薄，把水池里堆积的碗洗掉……这些让小晴觉得自己依旧没有一个独立的空间。

出了单元门，走在小区规整的绿化带间，还有些料峭的春寒让小晴对妈妈有些恼火的头脑冷静了下来。小时候和爸爸妈妈在一起说说笑笑的场景浮现出来，那些笑声就像还在耳边，可时间却过了好多年。

如果三年前，爸妈没有硬生生地把她和林怡翔分开，现在他们还是不是在一起呢？一想到林怡翔，小晴心里还是会像被揪住了似的分明的疼痛。

林怡翔抱着小晴说："我们总会挺过去的，以后会越来越好的。"热乎乎的呼吸顺着耳朵钻进小晴的身体。被压在林怡翔的身体下面，小晴却感到像飘浮到了半空。从一开始，小晴就没有感到紧张，完完全全地把林怡翔的一切接受下来。小晴想，现在已经足够美好了，即使别人不这么看，更何况还有可以期待的以后。

一边走一边萦绕着对三年前的回忆，小晴突然觉得下身涌出一股热流。不是吧，小晴感到内裤里黏黏腻腻，赶紧跑进最近的公共厕所。检查了一下内裤，果然是来了，提前了四五天。唉，难道想一想这种事，也会刺激到生理。还好包里有备用的卫生巾，熬过今天应该没有问题。

马路边一个中年女人拖着哭腔向行人乞讨。这让小晴烦不胜烦。这腔调与三年前，妈妈跟踪到小晴和林怡翔租住的小屋，站在只有六平米的屋子里痛哭时的腔调一模一样。

屋子很小很小，一张加宽的单人床，一张四方形的桌子和两把折叠椅，一只简易的帆布衣柜，除此之外，再想摆上一只床头柜都不可能。妈妈在局促的空间里，表演着无处落脚的形体动作，然后开始抽泣，然后开始拖着哭腔为女儿的苦难鸣不平。

妈妈说了些什么，小晴记不清了，只有那一声声像箭头般的高频语调，让小晴第一次在这个小小的空间里不安起来。曾经她把这里当作温馨的憩所，当作奋斗的起点，当作将来住进自己的大房子后的美好回忆。也许，对未来坚定的信心在那一刻已经开始动摇了吧。

如果那时奋力地抗争下去呢？即使父母每天接送上下班，毕竟不能二十四小时时时监控。是从那一刻开始，在一起的信念逐渐瓦解的吧，就像那时在泪眼模糊的视线中，看见昏暗狭小的出租屋在一点点崩塌，心痛如刀绞，却已经知道回不去了。

在家里躺了近半个月，却瘦了有十斤。妈妈照顾在左右，也许一辈子也想象不出，这样的打击有可能致命。妈妈安慰着："就当这个人死了吧。"如果真是死了，如果真是死了呢？

一边回忆着过去的不美好，一边到了公司。算不完的报表让小晴平静了下来。但好几个人都问小晴："你脸色怎么这么难看啊？"小晴到洗手间照了照镜子。不是挺好的嘛，红光满面，简直就像在恋爱一样。小晴摸着自己的脸想，真想有人照顾我、呵护我啊，两个人抱在一起的甜蜜，离我都那么遥远了。

一直忙到深夜，工作还剩点儿尾巴，小晴决定留到明天再弄也不迟。走出公司大门，天色全黑了。

眼前有雾蒙蒙的水汽蒸腾起来，让小晴觉得回家的路变得有些陌生。来往的车辆和行人很少很少，稍一走神，就会以为身处在一个没有人烟的世界里。

空气静静的，街道静静的，小晴也放慢脚步，深怕打扰到这个看起来不那么现实的世界。肚子隐隐有些作痛，把缥缈的视觉和真实的疼痛串联起来。有行人撑起了雨伞，小晴却觉得脚步越来越轻。

红色的奔驰停在小晴身边，滑开车窗，林怡翔从驾驶座上向小晴摇手打招呼。

林怡翔？小晴揉揉眼睛，睫毛上有些湿漉漉，像是被水汽浸盈，或者忍不住地激动。林怡翔看起来有些消瘦、苍白，但也只是三年没有见面。粗粗的眉毛和带着关切的一眨不眨的眼神，一点儿也没有变化。

林怡翔伸手为小晴打开车门。小晴站着没动，怀疑地看着这一切，像在梦里。四目相对，发动机的转速声也没能掩盖住小晴咚咚咚咚的惶恐心跳。就像把三年来的思念全部倾斜而下，身体里的每一个细胞都恨不得大叫着“我很想你”“我还是那么爱你”。

像被施了魔法，小晴再也没有多考虑，飘忽忽地上了车的副驾驶，嘭地带上车门。也许可以拥抱，可以接吻，可以把三年来的琐碎相互倾诉，但是总像是有什么隔阂在他们之间。林怡翔看着小晴，似乎也找不到什么可说的话，可做的事，于是拉开手刹，让车奔跑起来。

小晴在心里默默念着，我很想你，非常非常想你，我想知道你过得怎么样，想知道我们可以不可以重新开始。但最后脱口而出的却是：“车不错哦。”

“谢谢。”林怡翔的声音还是那种厚厚哑哑的音色，像能钻进身体的热气流，让小晴从脚底开始酥痒。

“着急回家吗？”林怡翔问。

“不着急，回去也还是我一个人。”

“想去哪儿？”

“随便，去哪儿都行。”

“那……”林怡翔想了一会儿，“我们去看电影吧？那时候一天到晚忙，从来没有时间陪你看电影，我们现在去好吗？”

“嗯。”小晴点点头。

车子飞快地在路上行驶，小晴被窗外嗖嗖从眼前掠过的景物弄得有些困意，转过头看着林怡翔。前面的灯光印在他的眼睛里，像变幻的七彩霓虹，让人捉摸不定。

话题始终没有打开。林怡翔大概也感觉到冷清的尴尬，拧开了音乐的开关。神奇的音乐，让氛围从冷静一下蹿到暧昧。也许只是小晴想多了，她看见林怡翔还是专注地开着车，关于爱情的歌声只是徒增心脏的跳动和对曾经那样紧紧拥抱的脸红。

似乎过了很久，小晴看见了电影院的霓虹招牌。他们买了票进入，发现影院里空荡荡的只有他们两个人。

这是一部关于初恋的电影，但凡种种，小晴觉得，今天的一切都是为了让她的回忆更加清晰，让她对自己的决定产生质疑。她终于忍不住哭了，借着电影中的煽情桥段，痛痛快快地大哭起来。如果爱一个人可以不用考虑将来和过去，只是手握着手专心地看一场电影，只是在做爱的时候，把对方完完全全地拥抱进怀里，那该有多好。

小晴躲过林怡翔伸过来为她擦拭眼泪的手。她想让眼泪流个痛快，把三年来一直积压在身体里的，也许是悔恨，也许是思念，全部释放出来。小晴哭得身体颤抖，哭着哭着，觉得累了。

她把身体微微靠向左边林怡翔的肩膀，她能闻到他身上特有的，混合着洗衣粉香气的体味。熟悉的味道，就像三年来，他从来没有远离她的身边。原来，她一直记忆着他的味道，这让她无法接受别的男人的气息。

小晴满足地靠在林怡翔肩上，浑身乏力，再也躲不过林怡翔绕住她肩膀的手臂。他把她的脸抚向自己，深深地吻住她。原来最最忘不掉的是他的气息，热乎乎的带着清洁的味道在口腔里转动。

眼泪滑进吸引在一起的嘴里，小晴想让时间停止，想抱住林怡翔宽宽的肩膀永远不放开。

但是，电影散场了。

小晴说："能送我回家吗?"

林怡翔愣了愣，点点头。他应该花了一点点时间来理解，所谓的回家，不是回到以往那个小而温馨的地方，是回到自己刚买的崭新的家里，那里的水泥是新鲜的，砖块是新鲜的，家具是新鲜的，地板是新鲜的，灯光是新鲜的……但装着一个陈旧、无奈和懦弱的人。

小晴知道自己回不去了，在可以争取的时候，放弃了争取。能得到他的原谅，却得不到自己的原谅。即使疯狂地迷恋着他的气息，即使往后再也没有可以让自己从身体到心里彻底接受下来的男人，那也是自己应该受到的惩罚。无论林怡翔怎么想，无论有多伤心，已经无法回头了。

小晴觉得浑身冰凉，像被从头到脚淋透了一样。决心下定，却还在颤抖着疼痛。就当三年前他已经死掉，现在看见的他不过是他的魂魄而已。

小晴第二天上班，总觉得同事的眼光怪异。有些感冒、发低烧，晕乎乎地坐下，打开电脑。一连接网络，各种新闻奇闻就从电脑的右下角跳出。

突然她从一篇新闻的图片里看见了一个模模糊糊，很像自己的背影。打开链接，是一段视频。小晴的眼睛睁得越来越大。

画面显示的是一片荒郊野外，虽然是夜晚，但天空的光线，把一个孤零零的女孩儿的背影照射得分外清晰。天空中飘着细雨，但女孩儿似乎没有觉察，只见她端坐在一块石头上，一动不动地看着前方。接着女孩儿似乎哭了，肩膀微微耸动。突然她像躲避什么似的，向右边侧过身体。女孩儿哭得更加激烈，大幅度地抖动身体。哭泣持续了好几分钟，然后女孩儿缓缓地向左侧靠去。

左侧空无一物，然而女孩儿像是靠在一个有形的物体上面。紧接着，更恐怖的一幕发生了。女孩儿的脸转向左侧，手臂环住一个不存在的物体。像是在亲吻空气，从侧后方可以清楚地看见她蠕动的嘴唇。

整个过程，女孩儿一直淋着雨，却全然不知的样子。

视频大约二十分钟，文字说明中写道：和女友去郊外车震，看见这么恐怖的一幕，兴致全部扫了。莫不真有中邪一说？

小晴视线涣散，头疼得要裂开，手脚发麻却无法动弹。

顷刻间，小晴发现自己身处荒郊野外。绵绵的细雨从上而下地把自己淋透。周围静悄悄的，远处的荒坟和树影像四散的浓墨和枯笔。没有一个人可以依靠，只有冰冷、孤独和恐慌。小晴想回去，但是不知道怎样回去。是啊，怎么可能回得去呢。被抛弃的是谁，是谁被抛弃在了这个荒诞的场景里。

图书在版编目（CIP）数据

七月的凤仙花 / 杨莎妮著. -- 北京：作家出版社，2016. 7
(21世纪文学之星丛书. 2016年卷)
ISBN 978-7-5063-9102-3

Ⅰ. ① 七… Ⅱ. ① 杨… Ⅲ. ① 短篇小说 - 小说集 - 中国- 当代 Ⅳ. ① I247.7

中国版本图书馆CIP数据核字（2016）第191581号

七月的凤仙花

作　　者：杨莎妮
责任编辑：李亚梓
特约编辑：朱晓岭
装帧设计：守义盛创
出版发行：作家出版社
社　　址：北京农展馆南里10号　　**邮　　编：**100125
电话传真：86-10-65930756（出版发行部）
86-10-65004079（总编室）
86-10-65015116（邮购部）
E-mail:zuojia@zuojia.net.cn
http://www.haozuojia.com（作家在线）
印　　刷：三河市北燕印装有限公司
成品尺寸：142×210
字　　数：190千
印　　张：7.875
版　　次：2016年11月第1版
印　　次：2016年11月第1次印刷
ISBN　978-7-5063-9102-3
定　　价：30.00元
